GENERACIÓN NUTELLA

S. BARBERÁ

Generación Nutella. S. Barberá

ISBN-13: 978-1518733727

DEDICATORIA

A todos los jóvenes que se van…
A los que se quedan…
A mi generación Nutella…

CONTENIDO

ONE-NIGHT STAND

"This is when I learned that mistakes are interesting and began planning a life that contained several of them. "1
En "Stumbling on Happiness" de Daniel Gilbert.

A veces en la vida bastaba un pequeño episodio de recaída para que todo volviera a ser como antes.

Tras una noche alocada, sentía que había perdido el control y no sabía cómo recuperarlo. ¿Era necesario caer para aprender a levantarse de un modo más inteligente?

—Soy idiota, soy idiota —se decía a sí misma en voz alta—. No puedo creerme que haya vuelto a pasarme otra noche —seguía hablando como si alguien pudiera escucharla y ayudarla.

Pese a su desordenada vida, en el fondo era una persona de costumbres. Todos los viernes iba a una discoteca donde servían copas a un precio razonable y donde como contrapartida no había papel en los baños. Pero no se podía tener todo en la vida.

Los viernes eran especiales. Se despertaba con otra energía sabiendo que por la noche iba a poder sumergirse en la oscuridad de una discoteca donde todo era posible. Lo que más le gustaba era la sensación de su corazón latiendo al ritmo de la música. No había tantos elementos que aceleraran su corazón de esa manera especial, pero la música y los hombres eran factores que propiciaban ese estado de euforia. Por eso los viernes se alegraba siempre, porque podía tener su dosis —de música y de hombres—.

El resto de la semana, sin embargo, su corazón parecía hibernar. A veces sentía que cada día era una copia del anterior y le costaba percibir si era martes o jueves, porque a efectos de su rutina, no había ninguna diferencia.

—Soy idiota —repitió al recordar de nuevo la última noche.

Pese a que durante una etapa de su vida había explorado la noche sin miedo, mostrando una gran tendencia a la promiscuidad, llevaba semanas portándose bien y después de ese periodo de buenas intenciones, haber cedido una vez más a la tentación le había hecho demasiado daño.

—¿Por qué no sé controlarme? —lanzó una pregunta retórica como si alguien pudiera responderle.

De la vida nocturna, le fascinaba conocer a muchas personas diferentes y escuchar todo tipo de historias. Generalmente se presentaba brevemente porque prefería ceder ese espacio de la comunicación a la otra persona. A ella le gustaba más escuchar. Disfrutaba sin duda de la compañía de desconocidos, pero al final de la noche intercambiaba como mucho el número de teléfono, como se imaginaba que habría hecho una niña buena.

Se había sentido feliz durante semanas porque había logrado portarse bien y había rechazado las distintas proposiciones de sexo esporádico que le habían hecho. Le gustaba pensar que era signo de madurez. Por primera vez pensaba que valía la pena esperar a que llegara la persona adecuada, sin aceptar a cualquiera que sencillamente le propusiera follar como si no tuviera nada mejor que hacer un viernes por la noche.

Se había mantenido fiel a sus buenos propósitos semana tras semana, hasta que una persona lo cambió todo.

—Soy un caso perdido —dijo en un susurro. Miró a los lados como si alguien fuera a juzgarla.

La noche en que conoció al hombre que la hizo regresar a su época de promiscuidad, la música *techno* estaba muy alta y al principio apenas pudieron hablar. Él se quejó varias veces e hizo pantomima tapándose los oídos con las manos fingiendo que no podía soportar más los decibelios. Como ella se lo quedaba mirando sin saber qué hacer, al final él bajaba sus brazos en señal de rendición y le sonreía. Buscaba acercarse a ella con cualquier excusa. Lo que no sabía era que no necesitaba ninguna excusa —ni ningún comentario gracioso o inteligente—, pues ella se sentía muy cómoda con la música alta, con aquel hombre atractivo y con un corazón que trotaba veloz.

Las señales comunicativas entre ellos habían sido muy claras desde el principio. Él la había rodeado con su brazo dominante y a ella le había gustado. Le había sonreído enseguida, pero sólo porque era un chico atractivo, claro, si se le hubiera acercado un típico perdedor de discoteca, de esos que la rodeaban con un brazo temblando, habría tenido que dejarle las cosas claras desde el principio. Pero ese chico tenía mucho aplomo y muchos músculos y ella tenía ganas de sentir ese pesado cuerpo sobre el suyo.

Como no podían hablar, se habían mantenido muy cerca el uno del otro. Ella podía percibir un interesante perfume, como una mezcla de vainilla y tabaco, dulce y amargo a la vez. En varias ocasiones habían intentado susurrarse algo al oído, pero gritando tanto que las frases se convertían en dolorosas notas que además eran incomprensibles.

Al final, tomando de nuevo la iniciativa, él la condujo fuera, donde podían hablar tranquilamente. Para camuflar la sensación incómoda de haber salido con una chica a la que no conocía de nada y a la que tampoco sabía qué decir, sacó su paquete de cigarros y se lo ofreció.

—¿Fumas? —preguntó ganando así tiempo para estudiar cuál era el siguiente movimiento.

Ella negó con la cabeza a modo de respuesta. A continuación, prestó atención a los movimientos del chico, quien por su parte parecía ser muy consciente de que cada uno de sus gestos era observado con interés. Ese pequeño momento de intimidad en el exterior ocurrió a cámara lenta, como si se tratara de una secuencia cinematográfica bien estudiada donde cada gesto jugaba un papel esencial. Tal vez el alcohol contribuía también a esa sensación de lentitud y de bienestar.

Como si fuera un casting y actuara ante una cámara, el chico sacó la caja de cerillas y colocó el cigarro entre sus labios para tener las dos manos libres. Encendió una cerilla con habilidad. Entrecerró un poco los ojos mientras inspiraba para que el fuego prendiera. Al dar la primera calada se le marcó muchísimo la mandíbula. Ella se quedó mirando sus labios y se sintió muy excitada. Tenía ganas de acercarse y de besarle —pese a que el olor a tabaco era algo que no soportaba—. Tal vez ese gesto con los labios de ciertas personas al fumar recordaba el momento de darle un beso a alguien y tal vez por ello se había empleado ese recurso repetidamente en la industria cinematográfica, donde los grandes iconos expiraban el humo hacia la cámara, sin ser conscientes de que al otro lado de la pantalla, en algún cine de pueblo, muchas jovencitas se imaginarían que el protagonista les lanzaba un sensual beso. Tal vez así se sentía ella en ese momento, como una joven adolescente que por fin podía tener cerca a su icono cinematográfico.

Por su parte, el chico la miraba con detenimiento mientras fumaba. No tardó demasiado en proponerle ir a su casa.

—Vivo aquí al lado y podremos hablar mucho más tranquilamente. No sé si me explico —sonrió despacio.

Claro que se explicaba. Ella respondió con la misma sonrisa. Una mezcla de timidez y de deseo.

Literalmente vivía al lado, vivía tan cerca que no le dio tiempo a fumarse el cigarro y tuvo que tirarlo enseguida. Apenas cruzaron dos calles, se detuvieron delante de un edificio. La puerta tenía un cristal turbio —o sucio— y al abrirla las bisagras chirriaron. Llamaron al ascensor. Era un viejo modelo, de esos cuya puerta se abre y se cierra en tres incómodos pliegues y que siempre genera una momentánea sensación de peligro en las personas. Olía a cerrado y en el trayecto no pronunciaron palabra. Ella observó al chico y pensó que los silencios se notaban más en espacios tan pequeños donde había menos distracciones visuales. De hecho, con cada piso que subía el ascensor, el silencio se hacía más pesado. Como él no hablaba, ella miraba alternativamente la luz que indicaba el piso en el que se encontraban y sus deportivas blancas. Luz, deportivas, luz, deportivas. Esperaba que él dijera algo para volver a sentirse cómoda, como había ocurrido en la discoteca, pero él no decía nada. Daba la impresión de que tenía a su presa en el bote y no necesitaba seguir esforzándose.

Llegaron al tercer piso. La puerta del ascensor se abrió lentamente volviendo a generar en ella un reflejo automático de apartarse para evitar cualquier golpe. Él sacó sus llaves conforme salía del ascensor y le indicaba con la mirada que le siguiera de un modo que ella percibió como arrogante. Se sentía en esos momentos ridícula, como un perro siguiendo a su dueño. Empezaba a darle vueltas a la situación pensando en los grandes clásicos de "*small talk*". Además de hablar del buen tiempo, otro tema recurrente era constatar lo evidente. El chico podría haber dicho que el ascensor era muy viejo, por ejemplo, pero no lo hizo. Ella lo lamentó y pensó que cualquier comentario, incluso una banalidad tal como decir lo viejo que era aquel ascensor, le habría ayudado a humanizar la situación. A veces eran esas pequeñas decisiones las que marcaban una gran diferencia.

Entraron en silencio a un apartamento que olía bien. Había un ramo de flores en la entrada que llamó enseguida su atención. Pensó que no conocía a muchos chicos que tuvieran flores en la entrada de su casa.

—¿Vives solo? —no pudo evitar preguntar sin dejar de mirar el ramo.

—No. La casa es demasiado grande para mí. Tengo dos compañeras de piso.

—¿Dos chicas? —dijo ella sintiendo curiosidad. No conocía a muchos chicos que vivieran sólo con chicas. Sentía curiosidad por saber por qué había decidido vivir con mujeres. Generalmente sus amigos comentaban que la convivencia con los hombres era más fácil y relajada.

—Sí, es genial —le respondió él mientras cerraba la puerta con llave—. Se encargan de un montón de pequeños detalles y hacen de la casa un lugar muy habitable —aclaró mientras dejaba las llaves en un bonito bol de cerámica que parecía destinado a tal efecto—. Antes vivía con dos chicos y la casa parecía otra. Lo pasábamos muy bien, pero más de una vez tuvimos problemas con los vecinos que se quejaban de nuestras fiestas y de que no limpiábamos nunca la escalera. Como el piso es de mis padres y yo tenía que quedarme sí o sí, pensé que si vivía con mujeres, no me metería en tantos líos.

Ella vivía con dos chicos y sabía perfectamente a qué se refería. Siempre acababa recogiendo trastos por todas partes, aunque a veces se obligaba a no hacerlo para no convertirse en la mujer de la limpieza de sus dos compañeros. Muchas veces había vuelto agotada a casa, con ganas de acostarse y se había encontrado con una fiesta y hasta una noche tuvo que sacar a una pareja de su cama que para colmo se quejó de su autoritarismo cuando ella les dijo que salieran inmediatamente de su cuarto. Pero salvo aquel insólito incidente, lo que más detestaba era tener que despertarse casi todas las mañanas con la cocina llena de botellas de cerveza, sobre todo cuando ella madrugaba y tenía que desayunar algo rápido para ir a clase, porque el intenso olor a alcohol la mareaba. Aquellos desayunos la hacían sentirse como la única superviviente después de una orgía.

En lugar de comentar con el chico su situación de convivencia, sólo asintió con la cabeza. Después de tantos momentos de incómodo silencio, se daba cuenta de que no tenía ganas de hablar con él. Le había molestado su actitud y había decidido que no valía la pena conocerlo. Alguien que no había sabido mantener su interés en el breve trayecto de la discoteca a su casa, no podía ser alguien que valiera la pena.

Era tan tajante porque estaba agotada. Llevaba toda la tarde bebiendo con sus amigas, quejándose de los hombres, compartiendo historias y relatos tratando de ver cuál de todas había dado con el mayor cabrón, cuál de todas tenía la historia más morbosa por contar. Entre historia e historia se habían tomado otra cerveza y otro plato de papas y cacahuetes para recuperar la energía que perdían quejándose de su penosa situación con los hombres. A veces daba la impresión de que de algún modo esperaban vivir esas historias para tener algo que contar. Tal vez esa era la razón por la que buscaban a hombres en las discotecas y por la que además se decantaban por el mismo tipo de chico que demostraba saber cómo atacarlas y cómo romper el hielo —aunque luego en el ascensor se quedara mudo—. En cualquier caso, escuchar tantas historias de hombres que se habían portado mal con las mujeres había hecho que su desprecio por el género masculino hubiera crecido y no tenía ganas de ponérselo fácil a nadie. Además, después de una larga tarde de confidencias con sus amigas, en la que habían abusado del alcohol, se daba cuenta de que a esas horas de la noche esforzarse por iniciar una conversación de verdad exigía algo de concentración por su parte. Notaba su lengua torpe contra el paladar y sabía que su cerebro tampoco funcionaba mucho mejor en esos momentos.

—¿Quieres beber algo? —preguntó él educadamente—. Creo que tengo una botella de vino blanco abierta —indicando lo que parecía ser la cocina.

—No gracias. Creo que he bebido bastante por hoy.

¿Por qué le ofrecía alcohol? ¿No era obvio que ella estaba suficientemente borracha? ¿No era obvio que había aceptado su invitación, que estaba en su casa y que iba a acostarse con él aunque se hubiera quedado mudo en el ascensor en vez de ayudarla a sentirse más cómoda?

—Ven, vamos a mi cuarto –añadió él siendo consciente de que se enfrentaba a una presa fácil a la que ni siquiera tenía que ofrecerle algo para beber.

No era tan tonto después de todo. Lo que no sabía quizás era que para ella la necesidad de tener sexo esa noche era igual de grande que para él y que no necesitaba ser seducida —si es que él estaba tratando de seducirla, porque por lo visto se había seducido ella sola—. Por más vueltas que le diera, en el ascensor había quedado claro que se trataba de una noche de sexo y un "sayonara baby" por la mañana.

Ella imaginaba que el sexo iba a ser genial. Basaba su suposición en el hecho de que él sabía lo que hacía con su cuerpo —del mismo modo que sabía cómo coger a una chica desconocida por la cintura en un local sin que ella se sintiera incómoda—. Tenía el pálpito de que aunque fuera un chico que no sabía hablar en los ascensores, iba a saber comunicarse muy bien con ella en la oscuridad de su habitación.

Cruzaron el pasillo y entraron a la habitación del final a la derecha. Todo estaba bastante ordenado. La cama hecha y las sábanas bien estiradas y con perfectos pliegues. No había ropa tirada por el suelo ni apuntes desordenados en la mesa. La habitación estaba escrupulosamente limpia y recogida, como si él hubiera planeado desde el principio llevar a alguien esa noche a su casa.

Ella no quería recordar el estado en el que había dejado su propia habitación, con varios pares de vaqueros tirados por el suelo, todos iguales pero diferentes a la vez. Varias deportivas blancas desordenadas y desparejadas. Todas iguales y diferentes a la vez. Varias camisetas blancas arrugadas sobre la cama. Todas iguales y diferentes a la vez. Al final, sin alargar más el suspense, se había vestido con unos vaqueros, una camiseta blanca y unas deportivas blancas.

Pero le había llevado un tiempo elegir el vaquero, la camiseta y las deportivas perfectas.

La habitación del chico estaba llena de altas estanterías, donde había muchos libros. Lástima que ella estuviera tan borracha, pensó para sí misma, porque le habría encantado ver qué tipo de literatura leía. Tal vez tendrían incluso algo en común, porque ella era una devoradora de libros, aunque no los compraba, como él, sino que los tomaba prestados de la biblioteca. Siempre se llevaba tres y eso establecía un ritmo de visitas a la biblioteca pública cada tres semanas. Empezó a fantasear con la idea de conocerlo mejor y de pedirle prestados sus libros, quizás así podrían verse por lo menos una vez a la semana con una buena excusa.

Pero aquel no era para ella un día apropiado para conocer a alguien, ni para hablar de libros. Estaba cansada, no sólo física sino también emocionalmente; cansada de tantas malas experiencias con los hombres. No tenía ganas de volver a pasarlo mal. No quería sufrir por sentirse vinculada emocionalmente a alguien que no la merecía. Sólo quería disfrutar del sexo con un desconocido. Cuanto menos supiera de él mejor. Cuantas menos conexiones emocionales o intelectuales mejor.

Él encendió una tenue luz de lámpara y apagó la del techo. Un detalle que, pese a su estado de embriaguez, ella agradeció. Con el nuevo ambiente luminoso la atrajo hacia sí cogiéndola de la cintura y seguidamente le apartó el pelo con una mano para besarle el cuello. Directo a su punto débil. ¿Cómo podía haberlo sabido? No pudo retenerse más. Se volvió loca. Se acercó a su cadera, apretando su pelvis contra la erección del chico. Aprovechó la cercanía para ponerse de puntillas y morderle la oreja, a lo que él respondió apretándole el culo. Por lo visto le gustó la consistencia porque realizó ese gesto repetidamente, notando la dureza de sus glúteos —que ella entrenaba gracias a sus clases de *spinning*—. Invitada por esa sugerente caricia, dirigió decidida sus manos a sus pantalones y le desabrochó el cinturón. Se sentía todavía un poco lenta y falta de reflejos, pero sabía lo que quería. Él le dejó abrir la hebilla del cinturón y desabrochar los botones de su vaquero. Cuando terminó con el último botón, para el cual necesitó las dos manos y algo de concentración, introdujo su mano derecha dentro de la ropa interior teniendo cuidado con sus uñas largas. Escuchó un grave gemido y siguió acariciándole con decisión. Le bajó los calzoncillos para poder acariciar mejor su sexo. Entonces fue él quien se volvió loco. Le apartó las manos para quitarle la camiseta y en un rápido gesto le desabrochó el sujetador. Antes de que ella pudiera quitarle también la camiseta, él la había tumbado en la cama para quitarle las deportivas, los vaqueros y las bragas, todo a la vez —sólo se olvidó de los calcetines blancos—. Cuando ella estaba tumbada observándole, se quitó la camiseta y dejó caer al suelos los vaqueros y los calzoncillos que ya estaban a media pierna. Se acercó y ella sintió por fin su pesado y cálido cuerpo tumbarse sobre el suyo, con delicadeza pero con decisión. Volvió a llegarle un intenso aroma a vainilla y a tabaco, una mezcla dulce y amarga a la vez.

Había sido justo lo que necesitaba. Sexo de verdad. Él estaba en forma y pudieron explorar varias posturas con comodidad y en cada una logró alcanzar un nuevo punto de placer.

No se quedó a dormir. Todo había sido demasiado genial para estropearlo con un momento anticlimático por la mañana.

A las cuatro de la madrugada caminaba de vuelta a casa. Se dio cuenta de que no había escrito ningún mensaje para tranquilizar a sus amigas, de las que se había olvidado desde que había salido de la discoteca. Sonreía y pensaba que hacía tiempo que no había tenido un sexo tan salvaje. No se arrepentía de no haberle pedido el número a aquel chico. Todo tenía más encanto de esa manera. Sólo una noche. No sabía cómo se llamaba ni si estudiaba o si trabajaba ni nada. Bueno, sabía que era bueno en la cama, pero eso era todo. Podía fantasear con esa persona durante las próximas semanas porque no tenía ni idea de su vida y por lo tanto podía llenar todos esos espacios en blanco con su propia imaginación.

Por la mañana la despertó el cartero. Al abrir la puerta en pijama se quedó perpleja cuando vio un paquete. No había encargado nada por internet que recordara (¿o estaba esperando todavía alguna prenda de ropa de la que ya se había olvidado?)

—Firme aquí —dijo el cartero serio mientras ella hacía cábalas.

Firmó, cogió el paquete y cerró la puerta sin despedirse del cartero. El paquete no pesaba nada. Al abrirlo descubrió que casi todo era aire en la pequeña y alargada caja. Sacó del interior una ilustración y un sobre. En el dibujo había un retrato de una chica que ciertamente se parecía a ella, aunque tenía una expresión de los ojos totalmente diferente. Parecía más feliz. Abrió el sobre dudosa:

"Querida Clara,

¿Cómo estás? Después de tantos meses, creo que te debía todavía algo. Me pediste hace mucho tiempo uno de mis dibujos y no había tenido tiempo de sentarme a ello. Siento mucho todavía cómo terminó todo. A veces en la vida nos empeñamos en estar con la persona equivocada.

Mi relación no funcionaba, pero eran muchos años. Me faltó valor para dejarla. Ahora estamos de nuevo bien, lo que significa que no siempre es la solución dejar una relación, o eso me gustaría pensar. Pero conocerte a ti en ese difícil momento para mí, fue algo especial. Si te hubiera conocido antes todo habría sido diferente. O después. O quizás no. En verdad este tipo de preguntas llevan volviéndome loco todos estos meses. Con este dibujo quería cerrar una complicada etapa y despedirme. Espero que todo te vaya bien, porque te lo mereces, más que muchas personas que conozco.

Cuídate."

Tiró el sobre. Se quedó un rato pensativa mirando el dibujo debatiéndose entre quedárselo o tirarlo. Pensó que sería un buen relato para compartir con sus amigas, pero después se dio cuenta de que todavía se sentía herida y prefería no trivializar un tema que en verdad le dolía.

Pese a que había tenido muchas malas experiencias con los hombres y parecía haber desarrollado la capacidad de reponerse ante cualquier decepción, aquel ilustrador la había marcado de un modo especial. Por primera vez en mucho tiempo había sentido que podían ser una pareja perfecta. No era que fuera el más guapo, ni siquiera habían tenido el mejor sexo, pero se sentía a gusto y feliz a su lado y tenían muchos temas de conversación —jamás se había producido ni el más mínimo incómodo silencio, ni siquiera en los ascensores—. Sin embargo, él había preferido luchar por una relación que no parecía funcionar y ella no había tenido más opción que aceptarlo y olvidarle, pese a que le había dolido mucho tener que dejar escapar lo que podría haber sido la relación de su vida. Fue por culpa de esa breve y extraña relación que ella buscó alivio en la noche y en el sexo ocasional con desconocidos.

Se quedó mirando todavía un rato el dibujo. Esos ojos parecían más alegres, sin duda. Tal vez él había sabido reflejar la felicidad que ella sintió durante esa época, cuando habían estado juntos. Pero sus ojos se habían ido deprimiendo con el paso de los meses y ni siquiera los encuentros esporádicos, como el de la noche anterior, lograban devolverles esa luz. Tenía que empezar a tomar decisiones para cambiar algo que le dolía en su vida.

Empezó por una ducha rápida. Después se vistió casualmente, se secó el pelo con la toalla, y salió a la calle. Quería ir a la panadería para comprar bollos recién horneados. Era sábado y a las diez la panadera siempre sacaba varias hornadas de bollos con azúcar y canela. Se volvía loca por esas delicias para desayunar. Se pedía un café y se tomaba los bollos todavía calientes. A veces dos, a veces tres y a veces cuatro. Hasta que se quedaba satisfecha.

Al entrar en la panadería hizo sonar la pequeña campanilla de la entrada. Ya había cola. Muchas clientas, la mayoría señoras mayores que llevaban el desayuno a sus nietos, esperaban pacientemente, como si no tuvieran nada mejor que hacer en todo el día. Algunas ya se conocían y charlaban alegremente.

Ella se puso al final, detrás de una anciana que llevaba una cesta de mimbre para la compra. Parecía que acababan de sacar una nueva hornada y disfrutó del intenso y dulce aroma de los bollos. Esperaba que hubiera para todas, porque algunas los pedían por docenas.

Sonó la campanilla de la entrada con su característico y agudo timbre. Una voz de hombre preguntó quien era la última en la cola. Cuando ella se giró, vio al chico de la noche anterior. No daba crédito. El mundo no podía ser tan pequeño.

—¿Cómo es que estás en este barrio? Te pilla un poco lejos, ¿no? —sin darse cuenta de que no le había dado ni los buenos días y de que su tono sonaba recriminador.

—Mi novia vive aquí al lado y le encantan estos bollos —dijo él tranquilamente.

Estaba guapísimo. De día era más interesante que de noche porque parecía más auténtico y natural. Vestía vaqueros, igual que ella y parecía recién salido de la ducha también. En su rostro había una expresión de calma, como si hubiera estado navegando en un velero durante toda la noche, a la luz de la luna, dejando que la brisa y el sol dieran forma a esos rasgos serenos que tenía sin darse cuenta. Hasta en una situación tan incómoda parecía calmado como el mar de las primeras horas del día.

Ella lo miraba incrédula y se preguntaba si todavía tendría ese aroma de vainilla y tabaco. Sintió un pequeño mordisco en el estómago. De repente no tenía hambre. Volvía a ser la otra, como le había pasado en la historia de amor que había vivido con el diseñador cuya ilustración le había llegado esa mañana. Pensó que no era justo tener que ser la otra de nuevo, la amante. Fantaseó con la idea de que por una vez podía haber sido ella la novia. Entonces podría haber tenido el privilegio de estar con alguien que la follara tan salvajemente por la noche y que por la mañana le llevara bollos calientes de azúcar y canela para desayunar. Aunque conforme lo pensaba, si ella fuera la novia, tendría probablemente ese día los bollos, pero no habría disfrutado del sexo por la noche. ¿Qué prefería? ¿Quería bollos o quería sexo? No llegaba a decantarse por ninguna opción y se daba cuenta de que quería encontrar a alguien que pudiera ofrecerle las dos cosas. ¿Por qué tenían que ser dos mujeres diferentes? ¿Por qué no podía ser una sola? ¿Por qué no podía ser ella?

Aunque volvía a ser la otra, estaba aprendiendo una lección importante. Tenía que empezar a buscar a los hombres en otros ambientes. Después de todo, llevaba mucho tiempo quejándose de su situación, pero tampoco había hecho nada realmente por cambiarla. Si seguía buscando en el mismo lugar, lo más probable era que siguiera encontrando lo mismo. Tenía que salir de esa zona de confort. ¿Y si se apuntaba a algún curso de cocina? ¿Tal vez un curso de sushi? Empezaba a encontrarse mejor, como si estuviera encajando las piezas de un puzzle que llevaba mucho tiempo por terminar.

Miró al chico sin sentir la misma ira.

—A mí también me encantan —dijo entonces tras un largo silencio, tras el cuál él ya ni siquiera sabía a qué se refería. No parecía ser un chico muy inteligente.

Se miraron sin decir nada más, ni siquiera sabían cómo se llamaban, sólo aspiraron el embriagador aroma de los bollos de la nueva hornada que acababa de salir.

JOSEPH STALIN

"How and how well the human brain can imagine its own future, and about how and how well it can predict which of those futures it will most enjoy."[2]

En "Stumbling on Happiness" de Daniel Gilbert.

Estaba paseando con Joseph Stalin, su perro. Después de cruzar dos semáforos vio a su ex desde la distancia tomando un café con un chico apuesto en una terraza. Los dos disfrutaban del sol y parecían tener muchas cosas que contarse. Ella llevaba uno de sus vestidos favoritos. El color azul oscuro quedaba muy bien con sus ojos irisados y el talle en la cintura realzaba su elegante figura. Conocía muy bien ese vestido porque se lo había regalado él por su cumpleaños, igual que los tacones a juego. No recordaba la última vez que la había visto tan arreglada ni tan sonriente.

Se metió por la bocacalle girando en la siguiente esquina y desapareció entre el ajetreo de un mercadillo de artículos de segunda mano. Joseph Stalin se mantenía sereno pese al alboroto. Ese día estaba tranquilo. Ya había husmeado varias esquinas antes de decidir concienzudamente dónde quería marcar su territorio. La última meada se la había llevado una bonita bici *fixie* de ruedas blancas.

—Joseph Stalin, no puedes ser tan selectivo con tu orín y eligir los mejores coches y las mejores bicis. No sé qué tienes en contra de la gente que puede permitirse esos lujos.

Era un bulldog inglés, rollizo y feo, pero encantador. Por alguna extraña razón, las chicas sentían debilidad por ese animal y muchas le pedían incluso sacarse una foto —con el perro, no con él, a él le tocaba normalmente hacer de fotógrafo porque estaba claro que el perro no iba a poder sacar ninguna foto—. A veces se sentía celoso de Joseph Stalin y pensaba que pese a ser un chico de rasgos pocos agraciados, no tenía tanto éxito con las féminas, pues hasta el momento ninguna chica se le había acercado para sacarse una foto con él y mandársela a sus amigas. Joseph Stalin, por el contrario, había tenido muchas pretendientas.

Tenía pensado almorzar en su cafetería favorita, pero ver a su ex le había cerrado el estómago. Y era una pena, porque donde quería ir hacían unas tostadas con aceite y tomate deliciosas. Él siempre pedía además una ración extra de jamón serrano y para beber un zumo de naranja recién exprimido y un café con leche. Si tuviera tiempo le habría encantado desayunar allí todas las mañanas, pero entraba pronto a trabajar y a veces no podía ni terminarse su taza de café soluble antes de salir disparado para no perder el metro.

Después del paseo, llegaron a casa. Se agachó para quitarle la correa a Joseph Stalin, quien se alegró moviendo su corto rabo y seguidamente salió disparado al salón, su lugar favorito. No había nada como el sofá de casa, mullido y cómodo y de una altura a la que Joseph Stalin podía acceder pese a sus cortas patas. Él ya había desistido de intentar educar a su perro. La última vez que lo intentó, Joseph Stalin se vengó meándole el ordenador.

Además del sofá, en el salón había una gran mesa de madera vieja y encima el ordenador portátil que habría sido la víctima de semejante venganza perruna. Él trabajaba como diseñador, de modo que su principal herramienta de trabajo era el ordenador. Por las mañanas trabajaba a media jornada para una empresa y entraba muy pronto, pero salía igualmente temprano y disponía de todo el día para dedicarse a sus propios proyectos. Cuando decidió comprar su principal herramienta para el trabajo, se había decantado por el portátil porque en los momentos de bloqueo creativo, siempre podía cogerlo y refugiarse en alguna cafetería en busca de inspiración. Después de que Joseph Stalin lo meara —en un descuido por su parte, pues lo había dejado encima del sofá, territorio oficial del perro—, pasó varios días de apuro hasta que logró que un amigo trapichero le reparara las piezas dañadas. De todos modos estaba buscando un nuevo ordenador, porque cada vez que se sentaba a trabajar, recordaba el episodio y se imaginaba que, pese a que lo habían desinfectado, su perro había meado donde él tenía que trabajar todos los días.

Por momentos se enfadaba otra vez por culpa del incidente, aunque al mirar a Joseph Stalin y verlo con esa cara de pura ingenuidad, siempre con la lengua fuera, se le pasaba la ira momentánea y lo acariciaba con energía, apretándole el morro. La expresión de Joseph Stalin le calmaba siempre. No podía seguir enfadado por mucho tiempo cuando el animal le miraba con esa expresión de tonto interesante.

Cogió por fin el montón de sobres que había recogido del buzón. Publicidad, publicidad y publicidad. De repente un sobre diferente. Se le iluminaron los ojos. Lo abrió despacio, tratando de recordar cuándo fue la última vez que recibió una carta escrita a mano.

"Hola Pedro,

Ha pasado mucho tiempo y no estoy segura de que sea una buena idea escribirte. Pero llevo días devanándome los sesos y dándole vueltas y más vueltas a la idea.

Me voy a México. He encontrado allí trabajo como arquitecta. Ya sabes que aquí en España llevo demasiados años luchando por tener un puesto digno, donde me paguen además decentemente y estoy cansada de pelear.

Sé que lo nuestro fue un idilio muy breve. Yo no estaba por entonces en mi mejor momento. Creo que tú tampoco. Pese a todo, pude percibirte como a alguien muy interesante, alguien a quien en otro momento de mi vida me habría gustado conocer más y mejor.

No sé si sigues trabajando como diseñador *freelance*, ni si sobrevives con tus ingresos, pero sí sé que eres el único a quien me atrevo a proponer la locura de cruzar el charco juntos y empezar una aventura personal y profesional.

Te parecerá todo muy extraño. Lo sé. Puedo imaginármelo. A lo mejor soy solamente demasiado cobarde para lanzarme sola y por eso he sucumbido a la tentación de escribirte. Pero a veces estas cosas pasan. Y a veces salen bien.

Llámame por favor,

Sylvia."

En la firma sólo podía reconocer la inicial "S". Era cierto que el tiempo había pasado deliberadamente rápido. Pero todavía se acordaba de aquella morena arquitecta de profundos ojos verdes y piel de aceituna de sabor andaluz. Se conocieron en una charla sobre la poesía de

Lorca. No conocía a mucha gente interesada en la poesía, pero aquella chica se sabía la colección de poemas de "Poeta en Nueva York" casi de memoria, y eso que el surrealismo de las imágenes, aunque era imposible de olvidar, era imposible de reproducir.

Tuvieron varias citas en las que él la invitó a su casa y cocinó para ella. Una de las noches elaboró el que posiblemente había sido su mejor plato de pasta, raviolis rellenos de queso mascarpone y trufa blanca y una salsa suave al pesto que potenciaba los delicados sabores. Ella siempre llevaba vino blanco para beber, de modo que él cocinaba recetas que quedaran bien con el vino blanco y la pasta o el pescado eran casi siempre buenas opciones. Durante las cenas, la chica era poco comedora y muy habladora, la compañía perfecta para él que era poco hablador y muy comedor. Ella siempre le agradecía que hubiera cocinado recetas tan buenas y se despedía con un tierno beso. Al principio él se desesperaba por ir tan despacio, pero poco a poco aprendió a apreciar el placer de conocer a alguien que de verdad valía la pena.

Todo había ido bastante bien hasta que de repente un día desapareció y no pudo volver a localizarla. De hecho, casi estaba seguro de que se había cambiado el número de teléfono, porque una vez contestó un hombre de voz ronca al teléfono. No volvió a llamarla. Durante un tiempo hasta había olvidado su nombre y no volvió a encontrar el contacto. Nunca había sido bueno recordando nombres. O quizás no había querido acordarse puesto que en el fondo le dolía que alguien hubiera desaparecido de ese modo, sobre todo cuando él pensaba que todo funcionaba tan bien. Pero era Sylvia, se llamaba Sylvia.

Justo después conoció a Alicia, su ex novia, la chica que había visto esa mañana y con quién había compartido un año de complicada convivencia. El sexo funcionaba bastante bien y a veces habían intentado solucionar sus problemas de comunicación con una actividad sexual algo más salvaje de lo que muchos hombres o mujeres habrían tolerado. Se sintió mal recordando todo aquello.

Joseph Stalin cambió lentamente su posición en el sofá. Desde hacía casi un año vivían juntos y se habían acostumbrado mucho el uno al otro.

—Joseph Stalin —el perro levantó las orejas reconociendo su nombre— ¿Tendrías ganas de venir conmigo a México?

Se miraron detenidamente, como si Joseph Stalin intentara entender el lenguaje humano o como si él intentara entender cualquier señal del lenguaje perruno que pudiera llegarle. Así se quedaron durante un largo rato.

MARATÓN

"When people are asked to report how much they think about the past, present and future, they claim to think about the future the most."[3]

En "Stumbling on Happiness" de Daniel Gilbert.

Llegó sin aliento a casa. Sus sesiones de entrenamiento eran duras. Se preparaba para su primera media maratón y nunca se había considerado una persona deportista. Pero necesitaba lograr algo importante ese año. Llevaba demasiado tiempo dejando pasar los días, las semanas y los meses y seguía sintiéndose en el mismo punto vital. Tenía la sensación de no haber logrado avanzar en absoluto en los últimos cinco años de su vida, desde que había ocurrido el fatal accidente. Lograr una media maratón le permitiría sentir que por lo menos había avanzado 21.097 metros. Y ya era un comienzo.

Se duchó rápidamente y salió a la calle con el pelo mojado. Desde que se había cortado media melena no necesitaba perder tiempo con el secador y por fin podía salir a la calle con el pelo húmedo. Cómo había odiado esos momentos en los que cuando tenía el pelo tan largo se le mojaba la espalda y por culpa de la humedad pasaba frío con la brisa matutina.

Ondeó al viento su corta melena ya casi seca. Todo eran ventajas con el nuevo look. Pero por encima del factor tiempo y del factor comodidad, haberse cortado el pelo era una forma metafórica de marcar el inicio de una nueva etapa en la que estaba entrando.

Se dirigía a sus clases de interpretación como parte de su nueva rutina. Llevaba sólo dos semanas apuntada y se mostraba todavía muy escéptica, pero sentía mucha curiosidad por ver cómo evolucionaba aquella experiencia.

El profesor era de origen argentino y dirigía con rostro serio y concentrado a los alumnos para enseñarles a practicar lo que parecían ridículos ejercicios para calentar la voz y el cuerpo. Así perdían casi siempre media hora —que costaba unos veinte euros— y luego tenían que improvisar otra media hora —otros veinte euros—. De camino a casa se sentía siempre estafada, pero al día siguiente regresaba porque algo le decía que en algún momento todo empezaría a tener sentido.

Los compañeros eran gente más joven. Ella era la única adulta que parecía no tener nada mejor que hacer. Todos eran en cualquier caso *amateurs*, gente sin experiencia. Había algunos estudiantes de derecho que querían perder la vergüenza, otros querían ser actores o actrices de verdad, pero primero querían ver si tenían talento. También había quien sencillamente no demostraba vocación por su carrera — ya fuera magisterio, historia o filología— y trataba de llenar ese vacío con las clases de interpretación como una actividad de ocio, como quien se apunta al gimnasio o a clases de cocina. Ella sentía que muchas de aquellas personas todavía no habían salido del cascarón. Aunque tal vez ella era la más patética de todos, intentando entrar de nuevo en un cascarón que se había roto hacía mucho tiempo.

Aunque el profesor llevaba más de diez años viviendo en Madrid, en un pequeño piso, todavía tenía un fuerte acento argentino que le daba un toque interesante. Se llamaba Gustavo y era únicamente un par de años mayor que ella. A veces se lo quedaba mirando en clase e intuía que quizás por esa pequeña diferencia de edad le costaba también tomárselo todo más en serio y pensaba que les hacía puro teatro, pero en el mal sentido de la expresión, que les tomaba el pelo, vaya. Pese a todo, ella parecía ser la única escéptica de clase porque el resto lo daba todo en los ejercicios que Gustavo les proponía, por absurdos que pudieran parecer.

La única compañía de Gustavo era su perro, un dogo gris azulado que le daba un toque elegante a su dueño —¿o era al revés?—. Gustavo lo había llevado algunos días a clase y el animal se había comportado de un modo muy civilizado. Lo llamaba Chaplin, pero con un acento especial que a ella le encantaba, pronunciando la "ch" de un modo especial, más suave, y entonando al final como si fuera una palabra aguda. "Shaplín, ven acá", le decía siempre.

Durante las clases, había momentos en los que Gustavo participaba en las improvisaciones y parecía una emulación del actor argentino Ernesto Alterio. Era curioso porque físicamente no tenían nada que ver el uno con el otro. Gustavo tenía una constitución muy fuerte, como si se hubiera tragado un macizo armario de roble. No había contraste entre la piel morena chocolate y el pelo negro azulado, muy oscuro y muy corto, casi como su perro "Shaplín".

¿Por qué volvía entonces a las clases si se sentía estafada? Ya no era ninguna adolescente ni ninguna joven con crisis de identidad para quien aprender a interpretar un papel suponía una forma coherente de vivir —al fin y al cabo los jóvenes intentaban encontrar su personalidad cada mañana—.

Si ella no tenía ninguna crisis de identidad, ¿cuál era entonces la verdadera razón por la que seguía asistiendo a esas clases? Rumiando entre sus recuerdos se acordó del primer día en que Gustavo le sonrió y del modo especial en que su corazón palpitó tres veces con mucha fuerza antes de detenerse en lo que le pareció sentir como un colapso. Después, el corazón volvió a palpitar con la fuerza de una cascada recordándole que seguía vivo. Había algo sin ninguna duda en esa sonrisa —además de una perfecta ortodoncia, claro—. Había quizás algo de sinceridad que a ella le llegaba.

Ocurrió también que, en uno de los ejercicios de calentamiento, Gustavo colocó la mano en su estómago y ella sintió que su temperatura subía perceptiblemente. Pensó que por suerte había empezado a hacer deporte, entrenando para su media maratón, y que sus michelines de dejadez ya no eran tan escandalosos. Mientras él mantuvo la mano apoyada en su estómago explicándole lo que tenía que hacer, ella no lograba concentrarse y empezó a transpirar. "Bien, bien", dijo él antes de pasar al siguiente alumno. ¿Bien? ¿De verdad? Ella no conseguía respirar con el estómago sin sentir que se ahogaba. ¿Cómo se hacía eso? ¿Cómo se sentía uno respirando correctamente? Ella respiraba siempre con el pecho y encima solía tener la sensación de que el aire no entraba del todo en sus pulmones. Pero aquel día en clase él había dicho "bien" y ella había sentido esa invisible mano sobre su vientre durante todo el día.

De modo que tras aquellos episodios que le habían marcado, de camino a clase una vez más, empezó a sentirse excitada pensando en Gustavo. Tal vez esa era la causa después de todo por la que seguía yendo a clase. No quería aprender el arte de la interpretación en sí, pero disfrutar de la presencia de un profesor tan agradable —que además parecía tener poderes mágicos cuando le sonreía o cuando la tocaba— valía sin duda los 40€.

Había pese a todo varias incógnitas que no lograba despejar y que le atormentaban. Por una parte, le daba la impresión de que él estaba casado, o por lo menos llevaba anillo, aunque nunca había hablado de su mujer en clase y siempre les había transmitido la sensación de que vivía solo con Chaplin o "Shaplín", como él solía decir. Por otra parte, ¿y qué si estaba casado? Ella también había estado casada.

En ese momento empezó a plantearse si fue un error casarse tan joven. Qué mala idea empezar esa cadena de asociaciones de buena mañana. Se acordó inevitablemente de su marido. Seguro que en el fondo había sido una buena persona, pero también había tenido varios problemas con la justicia. En uno de sus últimos negocios fraudulentos, se dedicaba a ir a las casas con una tropa de albañiles extranjeros —jóvenes que en verdad no tenían formación pero que aprendían rápido—. Instalaban en cuestión de un par de horas materiales aislantes en las ventanas para proteger las viviendas del frío. Pero los aislantes se despegaban misteriosamente al cabo de unos meses y si la instalación se había hecho en verano, a veces ni siquiera llegaba a ser utilizada en invierno.

Durante semanas habían recibido llamadas de clientes insatisfechos. Su marido llegó a cambiar el número de teléfono de casa y canceló rápidamente la página web. Al cabo de unos meses, empezó otra etapa en la que se dedicó a la obra de piscinas fraudulentamente baratas junto con un constructor que siempre les apretaba las cuentas a los arquitectos.

Una de las mañanas de trabajo, después del ritual del carajillo con los compañeros, empezaron la jornada laboral con energía. Ninguno se había puesto el casco, pero la máquina excavadora sólo le alcanzó a él.

Viuda con treinta años. Nunca se había permitido pensar demasiado en esa idea, ni se había presentado tampoco con esas palabras ante nadie. De hecho, si alguien le hubiera preguntado por la "viudedad", les habría preguntado si se escribía con "b" o con "v", por el mero hecho de cambiar de tema —no porque no supiera cómo se escribía, sino porque habría preferido que pensaran que era tonta antes que tener que contar su historia—. Ni siquiera decía a la gente que había estado casada. Habría tenido que dar demasiadas explicaciones y además, en el fondo, era un capítulo de su vida que le gustaría poder borrar. Nunca más se había puesto la alianza y la guardaba en su joyero, junto con el resto de joyas, la mayoría bisutería barata, tratando de mantener encerrado el misterio en el pequeño cofre. Tratando de olvidar que ella había vivido esa vida.

La mañana del accidente, cuando la llamaron por teléfono, sintió algo de alivio. ¿Cómo era posible? ¿Qué clase de monstruo era ella? ¿Cómo podía sentirse en parte aliviada? ¿Por qué había hecho falta que su marido falleciera para que ella despertara a la vida?

Roberto había sido su novio de toda la vida, su novio desde los 16 años. Ella no había conocido nada más ni se había planteado explorar las relaciones con otras personas, pese a que intuía que con Roberto nunca iba a poder ser plenamente feliz. Imaginaba que era lo que la vida tenía reservado para ella.

En el instituto nadie le pedía nunca salir porque tenía los dientes muy grandes en proporción a su rostro y además llevaba aparato. Intentaba esconderlo apretando sus finos labios, pero de nada le servía, pues siempre asomaban los hierros dándole una inusual expresión agresiva. Con el tiempo, ella fue ganando peso y conforme su cara se redondeaba, los dientes empezaron a parecer más pequeños. Cuando le quitaron el aparato, por fin sintió que podía sonreír sin sentir que era una asesina a sueldo. Pero el único que había sabido quererla durante todo ese tiempo había sido Roberto y por ello le pareció que era una muestra de la vida que le indicaba que el amor de aquel chico era incondicional. No se le ocurrió pensar que quizás Roberto habría sido igual de feliz con cualquier otra chica, porque era un hombre feliz, así de simple y su felicidad no dependía de la mujer que estuviera a su lado, sino de su capacidad para simplificar siempre todo lo que sucedía en la vida. Quizás por ello había tenido problemas con la justicia sin haber sido demasiado consciente de sus actos.

Y desde aquella mañana, en la que había recibido la fatídica llamada telefónica que en verdad la liberó y que le permitió empezar a disfrutar de una vida que sí le gustaba, llevaba dos años soltera. Y bastante sola también porque nunca había tenido un auténtico círculo de amistades. Al haber tenido un único novio de toda la vida, el mundo de las relaciones era un terreno totalmente inexplorado y necesitaba tiempo para aprender.

Llegó a su parada y bajó del autobús. Se sintió aliviada al salir de aquella maraña de pensamientos. Hacía tiempo que no pensaba tanto en Roberto. Había habido días en los que no había pensado en absoluto en él. Aunque siempre había asociaciones y reminiscencias que le sorprendían. Por suerte había aprendido a convivir con esos momentos sin darles importancia.

El ajetreo de la ciudad y de la gente siempre ayudaba a evadirse de todas las preocupaciones que la mantenían pensativa. Caminar le devolvía lucidez, como si acabara de despertar de un extraño sueño. En el trayecto coincidió con una de las compañeras de clase. (¿Se llamaba Laura?) Se acercó hasta ella y le rozó la espalda desde atrás. Cuando la otra se giró entre asustada y curiosa, ella se esforzó por sonreír. Fue una sonrisa lenta porque su cabeza todavía estaba abotargada de recuerdos y asociaciones.

—¿Has desayunado? —preguntó la compañera sin titubear y con expresión seria.

Ella negó con la cabeza. Sintió como una sacudida aquella pregunta tan directa.

—¿Me acompañas rápido a la panadería de la esquina? Quiero comprarme un croissant de chocolate —añadió sin dejar de caminar.

Se dieron prisa. Ella también se compró el mismo croissant, pese a que llevaba varias semanas intentando llevar una dieta sana.

En alguna página web había leído que el muesli era un desayuno muy sano y aunque no recordaba por qué era saludable, había empezado a tomar muesli todas las mañanas con leche desnatada. No era el desayuno que más le gustaba, pero le hacía sentir que se estaba cuidando y esa sensación tenía mejor sabor que unas tostadas con mantequilla y mermelada.

Pero esa mañana había tenido una buena sesión de entrenamiento y le apetecía concederse un extra. Sobre todo le apetecía disfrutar del desayuno en compañía de alguien, lo mismo daba que fuera un bollo lleno de calorías.

Se terminaron el croissant y tiraron el mantecoso envoltorio en una papelera antes de entrar en la escuela. En la sala del fondo, donde daban las clases, Gustavo estaba haciendo ejercicios de calentamiento frente al espejo. Varios compañeros le imitaban aunque se notaba que no entendían muy bien lo que estaban haciendo. Sus movimientos eran torpes y lentos. Algunos intentaban por lo visto interpretar un papel y miraban sus manos con una exagerada atención, como si Dios acabara de crearles.

Ellas se quitaron las sandalias rápidamente y los dejaron junto a una montaña de zapatos —algunos un poco apestosos—. Se unieron silenciosamente al grupo. Gustavo las miró pero no dijo nada. Sus ojos eran tan expresivos que no hacía falta que articulara ninguna palabra. Era fácil imaginarse que merecían una reprimenda, pero eran adultos que pagaban por esas clases y tampoco podía él prohibirles la entrada.

Su compañera tuvo la valentía de ponerse en primera fila, pero ella se quedó al fondo. Siempre intentaba pasar desapercibida, sobre todo si había llegado tarde.

Hacía calor y le apretaban los calcetines, de modo que también se los quitó, aunque luego se dio cuenta de que era la única sin calcetines. Sufrió un patético episodio de inseguridad en el que dudó si debía volver a ponerse los calcetines. Estaba muy tentada. Por suerte, justo en ese momento, Gustavo dijo que tenían que tumbarse y cerrar los ojos. No le dio más opción, se olvidó de los estúpidos calcetines y se tumbó rápidamente. Cerró los ojos. Sintió los pasos de Gustavo y se dio cuenta de que se acercaba a ella y de que posaba su mano en su vientre. Ya conocía la dinámica. Sabiendo cuál era el ejercicio, se esforzaba por respirar con la barriga, pero su pecho ganaba la batalla hinchándose por encima. Entonces él colocó su mano en su esternón para intentar guiarla. Fue un gesto muy natural, pero como ella tenía una delantera bastante prominente, sin querer —o eso quiso pensar ella— él tocó su pecho y debió sentir aquella zona blanda y cálida. Ella solía llevar ajustados sujetadores de deporte para no tener que pelearse contra la ley de la gravedad a cada momento. No obstante, esos sujetadores también elevaban su delantera tan exageradamente que nadie podría haber adivinado que su pecho empezaba justo unos centímetros por debajo de su cuello cuando estaba tumbada.

Al cabo de unos segundos, se dio cuenta de que había sufrido una pequeña apnea. Estaba tan nerviosa que se había olvidado de respirar. Al abrir los ojos y verle inclinado sobre ella, cambió rápidamente la temperatura de su cuerpo, tal y como había ocurrido la primera vez. Él parecía darse cuenta de todo, pero al mismo tiempo no le daba ninguna importancia. Sonrió. Ella volvió a sentir tres fuertes palpitaciones y un colapso antes de que su corazón volviera a palpitar con fuerza. Le encantaba esa sensación, tenía que reconocerlo.

Cuando terminaron con el calentamiento, empezaron los ejercicios de improvisación por parejas. Tan importante era trabajar como ver a los compañeros en acción. Como propuesta de ese día tenían que crear divertidos personajes y hacer reír a los demás. Ella sentía horror con la idea de resultar cómica. No podía hacer reír a nadie, jamás le arrancaría una carcajada a ninguno de sus compañeros. ¿Cómo? No tenía ningún sentido del humor. Incluso se había obligado a reír con las interpretaciones mediocres de los demás, por misericordia.

Llegó su turno. Respiró profundamente y se apartó las greñas de la cara, se sentía como un torero a punto de salir a la plaza. El corazón rugía con fuerza. Ah, pero también le encantaba esa sensación, tenía que reconocerlo.

Le tocaba trabajar con la chica con la que había desayunado aquella mañana, a la que había llamado Laura sin estar muy segura de su nombre, pero al no haber sido corregida, pensaba que había acertado.

—Hago una fiesta esta noche en casa —empezó Laura resuelta—, ¿te apetece?

—Me encantaría ir, tengo muchas ganas de juerga.

—Pues empezamos a las nueve.

—No, no, no, pero no puedo. Es que se me había olvidado que esta mañana ha muerto mi marido —dijo sin pensar.

Los compañeros se rieron. Ella estaba flipando. No podía creerse las palabras que acababa de pronunciar. Gustavo les había explicado que tenían que decir siempre lo primero que les viniera a la cabeza. No tenían que pensar. Esa era la clave. No tenían que pensar porque cualquier ocurrencia irracional sería más cómica que una frase meditada por la parte racional.

En ese estado de dejarse llevar, estaban aflorando los pensamientos que la habían entretenido por la mañana durante el trayecto en autobús. Gustavo no podía haber sabido, claro, que su subconsciente todavía estaba lleno de esos pensamientos y que el resultado iba a ser una especie de comedia macabra.

—Si quieres lo celebramos —dijo la compañera avispada. El croissant de chocolate le había dado sin duda energía porque pese a la sorpresa inicial, parecía de nuevo totalmente metida en su papel.

Las carcajadas fueron más fuertes. Gustavo no reía todavía, pero sonreía con esa ortodoncia perfecta que a ella le parecía fascinante —quizás porque ella había tenido que sufrir mucho para tener una ortodoncia decente—.

—Es una idea estupenda. Ahora sé por qué eres mi mejor amiga —continuó ella lanzándose en los brazos de la compañera—. Siempre sabes cómo animarme —le dio dos besos—. También podemos celebrar que te lo pudiste tirar antes de que falleciera.

—¿Te lo contó?

—Claro que sí. Bueno, en verdad se equivocó de nombre en un momento orgásmico de los suyos.

—Ah, sí, sé exactamente a qué te refieres. Conmigo también le pasaba a veces.

—Me imagino. El pobre tenía muy poca memoria.

—Y qué lo digas.

—Y qué bueno era en la cama, ¿verdad? Hombres así no se encuentran todos los días.

Iba a decir una barbaridad cuando el profesor las interrumpió. Casi se alegró de que el ejercicio hubiera terminado. Su corazón salía desbocado por el pecho y transmitía esos fuertes latidos a cada parte de su cuerpo. Hasta su cuero cabelludo latía. Ella se había convertido en un latido descontrolado. Ah, cómo le encantaba esa sensación, tenía que reconocerlo. A lo mejor era lo que llamaban adrenalina. A lo mejor era lo que en el fondo le gustaba tanto de esas clases.

Se sentó en el suelo para ver a la siguiente pareja de compañeros y entonces se dio cuenta de que estaba empezando a llorar. Eran lágrimas extrañas. No se sentía triste. Sólo confundida. Tal vez estaban saliendo en ese momento unas lágrimas que había tenido reprimidas durante muchos años. Por momentos la necesidad de llorar se iba volviendo más intensa. Si hubiera estado sola habría llorado fuerte, como le gustaba a ella, sintiendo lo patética y absurda que podía llegar a ser. A lo mejor entonces sí que se habrían reído de verdad todos.

TRABAJAR EN PIJAMA

"The fact that experience is unobservable to everyone but the person having it." [4]

En "Stumbling on Happiness" de Daniel Gilbert.

—No me escuchas cuando te hablo —dijo su novia con tono agotado.

Él alzó la cabeza perplejo con la boca un poco abierta. Estaba leyendo las noticias en su teléfono y tuiteando.

—¿Qué decías? —preguntó frunciendo el ceño. Se concentró en dirigir la atención de su teléfono a su novia.

Esas habían sido sus primeras palabras esa mañana. Ni siquiera un "cómo estás" o "cómo has dormido".

En lugar de repetir lo que había dicho, su novia se levantó irritada de la mesa dejando su desayuno por terminar. Las tostadas con mantequilla apenas tocadas parecían indicarle que estaba metido en un lío. Tragó saliva. Miró de nuevo su teléfono, donde había estado absorto hacía un momento. Estaba a punto de mandar un twitter antes de que su novia le interrumpiera. Hizo click donde se había quedado. El periódico "El mundo" había publicado un arriesgado titular: "La 'hostia' de Rita Barberá". El titular rescataba el comentario captado por los micros de la ex alcaldesa, quien, después de un mandato de 24 años, salpicado de varios capítulos de corrupción, había perdido las elecciones como alcaldesa de Valencia. Muchas personas habían salido a celebrarlo. Facebook estaba lleno de fotos de amigos que se habían reunido para brindar por ese momento. Era una gran oportunidad para un cambio político, pero el cambio tenía que ser a mejor, claro.

Se sirvió más café. Sacó una foto del desayuno de su novia y la twitteó, como pie de foto escribió: "desayunando con mi amor", pese a que su amor se había levantado de la mesa sin terminar su plato y él estaba en verdad solo.

Las tostadas tenían un aspecto interesante: un único bocado con la marca de la dentadura de su novia, con quien llevaba semanas intentando comunicarse sin ningún resultado. Era imposible hablar de cualquier cosa sin empezar a discutir. Su estrategia entonces había ido evolucionando hacia una dinámica de hablar lo menos posible. Así parecía que por lo menos las posibilidades de conflicto se reducían.

Sin embargo, esa mañana, algo había hecho mal. Había hablado poco, desde luego, pero por lo visto había sido suficiente para ser desacertado.

Su novia entró de nuevo en la cocina. Cogió su bolso en silencio. Tiró las tostadas a la basura y salió de casa cerrando la puerta con un fuerte portazo. Él miró la hora sorprendido. Todavía era temprano, las siete y media, y ella no tardaba tanto tiempo en llegar al trabajo. No entendía nada. Si pudiera ir atrás en el tiempo y escuchar aquello tan importante que su novia tenía que contarle, se sentiría mucho mejor. Podría haber reaccionado entonces como suponía que ella esperaba. Demostrando entusiasmo, enfado o decepción, dependiendo de las normas sociales de comunicación y lo que estipularan para la ocasión.

Estaba en pijama todavía. Trabajaba en casa como traductor y no tenía horarios. Únicamente plazos y los había cumplido siempre rigurosamente, pese a que a él mismo le fascinaba el modo en que a veces comenzaba su jornada. En ocasiones empezaba leyendo periódicos durante horas. Desde que tenía su cuenta de twitter, también twitteaba y releía comentarios durante otro par de horas. Le sorprendía tener luego la cabeza tan despejada para traducir al alemán, un idioma que requería sin duda concentración. La sintaxis era completamente diferente y eso exigía jugar con las oraciones relativas tratando de respetar el estilo del autor. Pero le divertía enormemente. Para él era como un problema matemático. El objetivo era en cierto modo lograr encajar todas las piezas de un puzzle con el fin de obtener el mismo resultado. En el caso de la traducción, se trataba de obtener un texto que articulara del mismo modo las mismas ideas.

En esos momentos estaba trabajando en una serie de artículos para la facultad de psicología de Madrid. Los textos pertenecían a un proyecto de investigación en el que colaboraba también una universidad alemana. Gracias a esa colaboración había obtenido el trabajo.

Estudiaban el fenómeno de los buscadores online de pareja. Era la primera traducción interesante que tenía en mucho tiempo. Esa semana traducía los artículos de un profesor sobre las relaciones, los excesos, el autoengaño, el marketing personal y los lados oscuros. Desde luego que estaba dándole que pensar. Era inevitable. Uno no podía traducir desvinculándose por completo del contenido, tenía que implicarse y vivirlo, de lo contrario el resultado carecía de espíritu.

Como su relación atravesaba momentos complicados, se sentía especialmente comprometido con las traducciones. El tema le tocaba de cerca. De modo que ese día, no siguió leyendo prensa durante horas, ni volvió a twittear noticias o comentarios. Se dio una ducha y se vistió con ropa profesional, algo que hacía raramente en los últimos meses, pues se había acostumbrado a trabajar en pijama y a veces seguía sin haberse duchado cuando su novia regresaba del trabajo, algo que misteriosamente también parecía irritarle. En cualquier caso, todo parecía irritarle últimamente. Él ya no sabía cómo debía comportarse.

Se sirvió el resto del café, que ya estaba frío, y se sentó en su escritorio para continuar con su trabajo. Empezó a leer lo que había traducido el día anterior.

"El estudio investiga las estrategias para presentarse a uno mismo entre los participantes que buscan pareja online. Se explora el modo en que los participantes configuran su imagen con el objetivo de encontrar una pareja. En definitiva se trata de comprobar el modo en que los sujetos elaboran una versión ideal de sí mismos.

Estas prácticas sociales están aumentando en los últimos años..."

Hizo una pausa. Pensó en el día en que conoció a su novia. En su ciudad había una interesante librería donde la gente podía sentarse a ojear los libros antes de decidirse a comprarlos. Algunos lectores eran tan indecisos que acababan leyendo el libro entero y seguían sin decidirse si querían comprarlo o no. En el último piso había una cafetería con vistas a una plaza. La librería tenía distintos pisos con secciones y con el paso de los años se había convertido en un templo para los devotos de la lectura. En ocasiones se organizaban encuentros y charlas y ocasionalmente acudían los escritores para firmar ejemplares de su libro.

Él solía acercarse a esa librería y se quedaba durante horas en la sección de idiomas, su campo predilecto. Al ser traductor, constantemente estaba comprando material sobre filología —nuevos diccionarios, actualizaciones de terminología, versiones traducidas con las notas del traductor y libros que sólo fanáticos de la filología comprarían—. Siempre encontraba algo interesante.

También era cierto que los idiomas habían sido siempre su pasión. En el colegio había destacado como un alumno con mucha facilidad para el inglés. Como contrapartida, constantemente había suspendido las matemáticas y la biología.

En cualquier caso, su talento para los idiomas llegó a causarle problemas. Había ido a un colegio religioso donde un cura les daba clase de inglés sin tener una auténtica noción del idioma. Aprendían a rezar el avemaría y el padrenuestro en inglés, pero mucho más allá de aquella experiencia mística, el aprendizaje del idioma con aquel cura constituía un auténtico experimento. Un día de clase, el cura quiso preguntarle algo para tener conversación y le dijo:

"How do you?" en lugar de decir: "How do you do?". La clase no se dio cuenta del error, pero él corrigió al cura y como consecuencia tuvo que copiar en su libreta cien veces: "How do you?". Ese día decidió que se dedicaría de mayor a los idiomas, para evitar tales injusticias. Estaba convencido de tener razón y sin embargo fue castigado de una forma además ridícula, teniendo que copiar una frase incorrecta cien veces. En ocasiones todavía se preguntaba si aquel cura seguía dando clase y seguía enseñando a sus alumnos "How do you?" en lugar de "How do you do?".

Como su novia había estudiado derecho, también acudía a aquella librería y se acercaba a la sección de idiomas y de lenguas clásicas, pues la terminología en latín para la profesión de la abogacía no era precisamente su punto fuerte. Coincidieron dos días seguidos y se llamaron la atención. Consciente de que esas oportunidades no se daban tres veces en la vida, él fue directo y la invitó a tomar algo en la cafetería. También le propuso ayudarla si lo necesitaba, pues gracias a sus estudios de filología su base de latín era bastante decente.

En aquella cafetería llena de personas que seguían leyendo, ellos parecían ser los únicos que hablaban y rompían el silencio. Ella le encantó, era una chica tímida que escuchaba con atención. Al haberla invitado con tanta decisión, pensó que tenía que seguir manteniendo ese papel de macho alfa y presentó una versión de sí mismo como alguien muy lanzado, muy activo y muy dinámico.

Sentado en su ordenador, mientras traducía los textos sobre "online dating", se daba cuenta de que le había ofrecido a su novia una imagen de sí mismo muy idealizada. No le hizo falta ofrecer su perfil en ninguna base de datos, ni escribir ni redactar nada. Lo hizo todo a través del método antiguo de la seducción, es decir, oral e improvisado con la persona delante, no al otro lado del ordenador. Pero la base era la misma: crear una imagen idealizada de uno mismo. Aquella tarde en la cafetería le había ofrecido una versión de sí mismo como una persona muy activa e inquieta y sin embargo, llevaba meses viviendo como una patata en batín. ¿Qué le había pasado? Era cierto que había sido una persona muy activa, sobre todo cuando había estado soltero y con ganas de conocer a gente. Pero también había tenido siempre épocas en las que no le había apetecido en absoluto salir de casa y en las que la compañía de los libros había superado con creces cualquier encuentro con amigos.

Se levantó y fue al baño. Se miró en el espejo y tuvo una epifanía, una revelación.

Por la noche regresó su novia agotada. No había podido desayunar y encima no había tenido tiempo para comer tranquilamente. Trabajaba en un bufete de abogados y habían tenido cita tras cita con varios clientes. Su compañero se había comido un bocadillo de tortilla de patata en el taxi, pero ella era incapaz de comer de esa manera. Cualquier momento de nervios o de tensión le cerraba siempre el estómago.

Su rostro estaba descompuesto. Le sorprendió ver a su novio duchado y trabajando bastante concentrado. Ni siquiera se había puesto música, como otros días. Tampoco estaba despistado con el teléfono o perdiendo el tiempo con Facebook o con Twitter.

Al verla, se levantó de la silla animado —cosa que tampoco hacía últimamente—.

—Hola mi amor —también hacía mucho tiempo que no la llamaba así—. ¿Cómo estás? —dijo mientras se acercaba a ella—. ¿Cómo ha ido el día? ¿Tienes hambre?

Ella se sentó en el sofá derrotada y se le empezaron a escapar las lágrimas. No sabía a qué responder primero. No estaba preparada para ese recibimiento. A decir verdad, llevaba la última hora ensayando cómo iba a abordar un complicado tema: Estaba dispuesta a dejarle. Era la conclusión a la que había llegado después del episodio de aquella mañana, cuando había tenido algo tan importante que decirle y él la había ignorado completamente. Llevaba todo el día dándole vueltas y cada vez se sentía más convencida de que era la decisión que debía tomar. Tenía que dejarle. La relación llevaba demasiado tiempo sin funcionar y lo peor de todo era que no podían hablar de ello. El momento en que la comunicación ya no era posible en una relación entre dos personas, era el principio del fin. Y cada día era crónica de una muerte anunciada.

No obstante, la vida a veces sufría inesperados giros en su trama. Cuando ella ya no esperaba nada de él, cuando había asumido que aquella relación no iba a salvarse, de repente él la sorprendía con ese cambio de actitud radical. En esos momentos su cabeza se llenaba de dudas. ¿Se estaba precipitando? Quizás él había tenido una dura época y ella no se había percatado. Si él no la hubiera recibido de ese modo, todo habría terminado, estaba convencida. Pero después de ese recibimiento no sabía qué hacer. Estaba tan agotada que no podía pensar con claridad y no podía tomar una decisión tan importante en un estado emocional temporal.

Él estaba perplejo y no sabía muy bien cómo reaccionar. Se daba cuenta de cuánto la había descuidado en los últimos meses. Ella había tenido mucho trabajo y pese a verla desbordada, no había tomado ninguna iniciativa para ser más colaborador en casa.

—He ido al supermercado a comprar —empezó a decir sintiéndose todavía culpable—. Tenemos berenjenas, que sé que te encantan y he comprado ingredientes para hacer una lasaña de berenjena con carne picada.

Ella se secó las lágrimas con las manos y le miró incrédula.

—¿Has hecho una *mousaka*? —no daba crédito.

—Sí, eso. Nunca me acuerdo de cómo se llama ese plato, pero sé que siempre lo pides en los restaurantes —dijo sintiéndose orgulloso de recordar cuál era el plato que ella siempre pedía cuando salían a cenar—. De hecho, las berenjenas ya están cocinándose, porque sé que tardan mucho tiempo y no quería que cenaras tan tarde, me imaginaba que estarías agotada.

Ella miró hacia la cocina, concentrándose en oler la comida. Era verdad. Le llegaba el aroma dulce de las berenjenas en la sartén. Si cerraba los ojos hasta le parecía escuchar con claridad el crepitar del aceite.

—Venga, date un baño si quieres. Yo termino mientras de prepararlo todo y lo meto en el horno. Luego podemos sentarnos juntos para hablar de qué tal ha ido nuestro día. O si te apetece podemos ver una película.

Se acercó a ella y le tendió una mano para ayudarla a levantarse. Cuando ella se puso de pié, la abrazó y le dio un tierno beso en la frente. Su frente quedaba exactamente a la altura de sus labios y siempre le había encantado poder darle esos besos paternales. También hacía mucho tiempo que no lo había hecho.

—Venga, te sentará muy bien —dijo apretándole los hombros para infundirle energía.

Ella levantó la mirada, todavía incrédula y asintió lentamente, como si poco a poco todo aquello le pareciera una buena idea. Caminó en dirección al baño mientras él observaba cada uno de sus pasos.

Una vez allí, encendió la luz y a continuación abrió el grifo de agua caliente. Mientras se llenaba la bañera, trataba de organizar sus ideas.

Esa mañana había intentando decirle algo muy importante a su novio y había sido ignorada. No podía creer que él no hubiera escuchado en absoluto palabras tan importantes. Cualquier ser humano, estuviera realizando la tarea que fuera, habría escuchado sin duda lo que ella había dicho. Generalmente los seres humanos tenían ese sexto sentido para darse cuenta de que se estaba diciendo algo importante, lo que les permitía centrar la atención en momentos de necesidad. Pero su novio por lo visto no tenía esa capacidad y ella se había sentido muy decepcionada. Si sólo hubiera ocurrido una vez, no le habría dado importancia y habría repetido lo que tenía que decir. Pero por desgracia él había ignorado constantemente sus comentarios en los últimos meses, como si poco a poco se hubiera ido desconectando de ella y se hubiera ido conectando más y más a su teléfono, al maldito Facebook y al maldito Twitter.

Mientras, en la cocina, ajeno a los devaneos de su novia, él ponía en la sartén la carne picada y el tomate y empezaba a colocar las láminas de berenjenas ya doradas en la fuente de cristal. Se concentraba en rallar el queso. Estaba tan dedicado a la tarea que no se dio cuenta de que casi había terminado el trozo entero de parmesano. Se dio cuenta de que todo empezaba a oler exquisitamente.

Al cabo de media hora, llamó suavemente a la puerta del baño con los nudillos.

—¿Todo bien?

—Sí, sí —respondió ella medio adormecida. El aceite de almendra había perfumado todo el baño. Estaba relajada.

—La cena está lista cuando quieras.

—Voy enseguida.

Salió lentamente de la bañera y se secó con la toalla. Se envolvió el pelo y se puso un albornoz blanco. Salió a la cocina. Todavía no daba crédito a lo que estaba pasando.

—Tienes mucho mejor aspecto. ¿Cómo te encuentras?

Necesitó unos segundos para contestar porque se dio cuenta de que él había encendido incluso velas en la cocina (¿Todavía les quedaban velas?) y se había embobado momentáneamente.

—Mejor. Mucho mejor. Huele muy bien.

Él sonrió orgulloso. Abrió el horno, se puso los guantes de cocina y sacó la lasaña. El queso estaba perfectamente dorado y enseguida la cocina se llenó de un delicioso aroma que les hizo salivar involuntariamente.

Colocó la fuente en la mesa y en silencio sirvió dos grandes porciones en los platos. Ella le observaba atentamente. Por momentos estaba viendo otra vez al chico de quien se había enamorado. ¿Y si era posible que todo hubiera sido una crisis y la estuvieran superando? ¿Significaba aquello que tenían que seguir juntos?

Dieron el primer bocado. Se produjo un silencio. Se miraron de ese modo especial, cuando un plato está tan bueno que no hace falta decir nada más. Los gemidos de placer transmitían toda la información necesaria y no podían evitar sonreír y mirarse, pero sin decir nada, como ocurría a veces en las primeras citas.

—Bueno, dime, qué tenías que decirme entonces esta mañana.

Ella terminó de masticar. No le gustaba hablar con la boca llena. Algo que seguramente la mayoría de gente apreciaba. Además, quería que su paladar disfrutara lo máximo posible de aquel bocado. Se limpió la boca con la servilleta, tragó con dificultad, inspiró levemente mirándole a los ojos y dijo:

—Estoy embarazada.

DESAYUNO PARA DOS

"Apparently, it is possible —at least for some of the people some of the time— to be happy, sad, bored, or curious, and not know it."[5]

En "Stumbling on Happiness" de Daniel Gilbert.

Su amigo pinchaba en una discoteca aquella noche y eso le había dado carta blanca para invitar a las mujeres a una copa. Se acercaba a las que le llamaban la atención diciendo que era el relaciones públicas del local y que podía invitarlas a tomar lo que quisieran.

Su criterio a la hora de elegir a las mujeres era muy variable. No tenía ninguna preferencia. Sencillamente seguía un pálpito que se localizaba en la entrepierna. A veces le apetecía conocer a una morena exótica —o morena tímida—, a veces a una rubia tímida —o rubia exótica—.

Después de dar una vuelta por la discoteca, empezó a constatar que la mayoría eran muy jóvenes —o quizás él estaba haciéndose mayor—. Se había acercado varias veces a grupos de jovencitas con las que no tenía ganas de seguir hablando después de invitarlas al primer chupito. ¿Qué le estaba pasando esa noche? Normalmente le encantaban las presas fáciles. Casi siempre buscaba a chicas con faldas cortas y tacones porque sabía que eran normalmente más inseguras y eso hacía que él se sintiera más seguro. Nunca había tenido nada más allá de pequeños idilios con esas chicas, no sabía explicarlo muy bien, pero era como si les faltara garra, algo que él por alguna razón necesitaba para seguir sintiendo interés por la relación.

Tal vez tenía algo que ver el hecho de que llevaba dos años trabajando en un instituto y cada vez tenía más claro que muchas de las jóvenes a las que él habría idealizado si hubiera tenido la misma edad, en verdad eran chicas enormemente inseguras.

No se estaba divirtiendo nada —incluso se planteaba volver a casa— cuando encontró a una chica que le llamó la atención. Era diferente, pelirroja para empezar —no había visto nunca a una pelirroja natural—. Llevaba el pelo extrañamente recogido en lo que parecían una serie de nudos que ascendían hasta la coronilla. Rebeldes rizos se escapaban por todas partes y caían en una desordenada cascada. Tenía los ojos oscuros como dos chimeneas apagadas y el rostro poblado de tenues pecas que sólo se veían cuando le alcanzaba algún foco de luz directa. Su piel se adivinaba a la vez suave, marmórea y fría. Era una piel luminosa que invitaba a ser acariciada. Nunca había visto a nadie con una tez tan clara. Tenía los pómulos sonrosados por el calor y él juraría que a través de la fina piel de su cuello podía ver las venas con claridad. ¿Cuánto alcohol correría por su sangre?

Directo al grano, se acercó a ella con la misma excusa que llevaba empleando toda la noche. La invitó a un tequila y le encantó la seriedad con la que la chica siguió todo el ritual de colocar la sal en la mano para chuparla y de morder el limón al final. Resultó que no estaba borracha y que además el tequila apenas pareció tener impacto en ella.

Su amigo estaba pinchando muy mal. Se había puesto de coca hasta las cejas y cada vez mezclaba peor la música, aunque curiosamente parecía disfrutar cada vez más de su propio espectáculo.

La chica le dijo que no podía seguir soportando aquella música. Él tuvo que darle la razón. Le pidió que le esperara un momento mientras iba a decirle a su amigo que se marchaba, pero cuando se acercó a la cabina del DJ para despedirse ni siquiera lo vio.

En menos de media hora estaban yendo en taxi a su casa. Él vivía solo desde hacía casi un año y le estaba encantando la experiencia. Todavía tenía cajas de la mudanza en el suelo donde también se apilaban desordenadamente los libros. También había cajas de muebles por montar, pero tenía lo imprescindible. Su cama era en verdad un colchón en el suelo, pero se había acostumbrado a esa especie de entorno asiático. Había montado un gran armario en el que guardaba su ropa y sus toallas —y todo lo que tuviera que ser guardado porque no tenía más armarios—.

Había tenido mala suerte porque al poco tiempo de mudarse había sufrido un accidente y no había podido seguir avanzando. Una moto lo había atropellado y había tenido que ir con muletas durante casi dos meses. Después de la rehabilitación, aprovechó por fin sus días de baja en el trabajo para montar un par de muebles. Lo último que había instalado era su mesa para trabajar en el salón, enfrente de la ventana.

Había sido la mudanza más larga que conseguía recordar, pero por fin sentía que era su hogar. Mucho más no necesitaba para vivir y tampoco para invitar a una chica a su casa.

—¿A qué te dedicas? —preguntó ella quitándose los vaqueros, como si fuera el gesto más normal del mundo.

—Soy profesor de instituto —dijo él tratando de no darle importancia al hecho de que ella se estuviera desnudando. Intentaba mirarla a la cara en lugar de observar con curiosidad su ropa interior.

—¿De verdad?

—Sí.

—Y los chavales, ¿qué tal?

—Se portan bien. Creo que como soy joven y deportista me respetan. Algunos hasta me piden consejos para ligar con las chicas —dijo esbozando una sonrisa de confianza.

—No te engañes —dijo ella un poco arrogante—. Te respetan porque eres atractivo y eso te convierte en un modelo para ellos. Aunque de hecho, ahora que lo pienso, los jóvenes tienen un sistema de respeto muy irracional —volvía a sonar más humilde—. Sólo ellos saben qué factores quieren tener en cuenta y el sistema puede variar enormemente de profesor a profesor. Vamos, que es un misterio —se quedó callada tratando de hilvanar sus propias ideas—. No sé qué quiero decir exactamente—dijo sonriendo.

—Con los chavales me llevo genial —dijo él tratando de simplificar la cuestión—. Son casi como colegas, pero sin pasarse de la raya.

—¿Y las chavalas? —se sentó pícara en la cama. Llevaba unas bragas blancas deportivas. No se había quitado los calcetines ni la camiseta. Por lo visto sólo le molestaban los vaqueros.

—Nunca he tenido problemas —dijo después de darse cuenta de que estaba observando su ropa interior, algo que había evitado para no parecer desesperado, y que no había contestado a la pregunta—. Con las chavalas no tengo problemas —repitió sin estar seguro si había quedado claro su punto. Se esforzó por mirar a la chica de nuevo a la cara.

—¿Ninguna se ha enamorado de ti? —sonreía mientras esperaba una respuesta honesta.

—No que yo sepa. ¿Se enamoran los alumnos de ti?

—No —dijo ella escandalizada—. Con los chicos es diferente, ellos no se fijan en una mujer más mayor, pero las chicas suelen tener muchos amores platónicos en profesores atractivos.

—Bueno, puedo asegurarte que yo no soy ningún amor platónico para ninguna. Les meto bastante caña en clase. ¿Pero por qué lo dices? ¿Qué tal entonces con tus alumnos?

—Lo digo porque me gustaría saber qué puedo cambiar. Por una parte me gusta pensar que soy buena profesora. Me lo curro mucho, de verdad. Pero me temo que no me respetan. Sobre todo las chicas son a veces terribles y se meten conmigo y no sé ni por qué.

—¿Qué asignatura impartes? —preguntó él curioso, tratando de imaginar en qué escenario podían meterse sus alumnas con ella.

—Educación física. Creo que me odian por el mero hecho de obligarlas a hacer deporte.

—¿En serio? —preguntó de forma impulsiva—. Yo también soy profesor de educación física —añadió sorprendido. De repente tenían mucho en común.

—Pareces mucho más joven —dijo ella encogiendo las piernas y poniéndose cómoda en la cama.

—Tú también —dijo él empezando a quitarse los vaqueros.

Se sentó a su lado. Tras un breve silencio, le acarició un poco tímidamente la pierna desnuda. Era muy suave al tacto, como un mármol frío y delicado a la vez, tal y como se lo había imaginado.

—Estoy bastante cachondo, ¿sabes? —dijo con voz ronca.

Ella sonrió y se soltó el pelo. Su desordenada melena cayó sobre sus hombros. Él apagó la luz.

Fue un sexo bastante físico. Se notaba que los dos estaban en forma. Se apretaban y zarandeaban con fuerza para cambiar de posición. Ambos eran bastante autoritarios y querían siempre dirigir, pero pese a ese choque de personalidades fuertes, funcionó bastante bien las tres veces que se atacaron.

—Echaba esto de menos —dijo él en voz baja después de la tercera vez. Ella no contestó—. Mis últimas novias han sido chicas muy muy tranquilas —empezó a explicar, como si estuviera pensando en voz alta. Ella no dijo nada y él siguió hablando—. En verdad eran chicas encantadoras y dulces —sonrió sin darse cuenta—, e incluso tenían bastante éxito profesional, por cierto, algo que me sorprendía.

—¿Por qué te sorprendía? —inquirió ella hablando por fin. Se sentía curiosa. El chico le estaba gustando, pero si fuera alguien que no valorara a las mujeres en el ámbito profesional igual que a los hombres, no podría seguir viéndolo con los mismos ojos.

—Porque pese a que me las imaginaba igual de dulces en el ámbito profesional, ¿sabes? quizás por esa forma de ser que las caracterizaba, por lo visto sabían sacar las garras cuando era necesario.

Se sintió aliviada. No era que discriminara a las mujeres, simplemente le sorprendía que pudieran llegar a ser agresivas como los hombres. Pero ella cada vez había conocido a más mujeres así. Sin ir más lejos, su mejor amiga era una ejecutiva que había tenido que pelear mucho. Había encontrado en las clases de Taekwondo una herramienta para sentirse más fuerte y no dejar que ningún compañero la pisoteara.

—Conozco a mucha gente así —dijo ella girándose sobre el costado para mirarle—. ¿Y sabes lo peor? A mí me encantaría poder ser así, pero no sé. No tengo esa... no sé... esa sangre fría. Porque me parece sangre fría, ¿no crees?

—No lo sé —dijo él incorporándose también un poco para mirarla mejor—. La verdad es que nunca lo he pensado. Sencillamente me sorprendía que esas chicas tan dulces supieran sacar las garras cuando era necesario, pero eso era todo. No le daba más vueltas.

—Yo sí le doy muchas vueltas, quizás porque en el fondo me encantaría ser más sutil —empezó a recordar todas las veces que había asustado a los hombres sin darse cuenta—. ¿Sabes? Me gustaría que mi actitud no fuera tan evidente —dijo en un arrebato de sinceridad—. No te puedes imaginar la cantidad de malas experiencias que he tenido por culpa de mi forma de ser tan directa.

—¿Pero por qué? —dijo él sin entender todavía muy bien cuál era el problema.

—Es que creo que eso pone enseguida a la gente a la defensiva. Entonces tienes menos opciones de lograr lo que quieres. ¿No?

—¿De verdad piensas así? —dijo él entendiendo que la chica estaba compartiendo una frustración personal con él.

—Sin ninguna duda. Si por el contrario me mantuviera serena cuando, hablando metafóricamente, sacara las garras, la sorpresa del rival no tendría precio —seguía pensando en cuántas veces había hecho las cosas mal y en qué habría pasado si hubiera sabido hacerlo bien—. ¿Te das cuenta de la enorme ventaja que esas personas tienen? ¿Saber tener lo que uno quiere?

Eso es un lujo. Mientras que a mí siempre se me ve venir y nunca consigo lo que quiero.

—Me imagino que también habrás asustado a algunos hombres —dijo él acercándose y mirándola más intensamente. Parecía haber entendido por fin lo que trataba de decirle.

—¿Por qué dices eso? —preguntó ella sintiéndose muy susceptible. Se acercó a él lentamente exigiendo con ese gesto una respuesta honesta. Una vez más parecía que iba a hacer las cosas mal y que de nuevo iba a asustar a un chico.

—Bueno, fuiste muy directa en la discoteca. También fuiste muy directa al llegar aquí a mi casa. O por lo menos el modo en que enseguida te quitaste la ropa.

—¿Te ha molestado? —preguntó ella incorporándose y mirándole seria. Sus ojos seguían oscuros como dos chimeneas apagadas. Parecía preocupada.

—Para nada. Todo lo contrario. Me ha encantado. Me sentía muy cómodo todo el tiempo. Por primera vez no estaba con una chica que me hacía sentir que tenía que interpretar el papel de galán por una noche, pese a que se tratara en el fondo de sexo ocasional. ¿Sabes a lo que me refiero?

—Creo que sí.

—Aprecié esa honestidad. Hiciste que me sintiera muy bien todo el tiempo.

—Tal vez esas chicas de las que me hablas sienten que tienen que interpretar el papel de seducidas, pese a que tengan las mismas ganas de acostarse contigo que tú con ellas.

Él se quedó pensando en esa posibilidad.

—Y de todos modos —siguió ella aprovechando el silencio— has roto una regla de oro sea cual sea la situación.

—¿Cuál?

—No se habla de anteriores relaciones.

Él sonrió.

—Tienes razón.

Por la mañana amaneció relajado. Se sentía bien, feliz, tranquilo, como si hubiera navegado en apacibles sueños durante toda la noche. Hacía tiempo que no se despertaba tan sereno y a la vez con ganas de hacer tantas cosas. Quería ir al mercado central y comprar queso —era un adicto al queso manchego curado—, embutidos —buscaría el mejor corte de jamón serrano— y pan —una buena hogaza de pan de pueblo, de esas que podía comerse sencillamente con aceite y sal—. Se le ocurrió que también podría buscar buenas naranjas para exprimir un zumo, pues hacía mucho tiempo que no tomaba nada de fruta. Realmente hacía bastante que no preparaba un buen desayuno.

En su infancia había disfrutado siempre de los mejores desayunos en el pueblo de su abuela. Todo aquello quedaba muy lejos. Su abuela seguía dando guerra, lo que no le sorprendía en un pueblo donde apenas había contaminación y todos los habitantes comían buen queso y bebían buen vino.

Hacía poco había visto en la televisión un documental sobre la isla italiana de Cerdeña, famosa porque sus habitantes eran los más longevos de Europa —estaba claro que los asiáticos seguían arriba en el ranking, pero entre vino o sushi, como opciones para vivir más años, él se quedaba con lo primero—. Su abuela no vivía en una exótica isla, pero sí llevaba un tipo de dieta similar y también se movía mucho. Cada mañana bajaba al pueblo para comprar el pan y la leche fresca. Él recordaba el trayecto que de pequeño se le antojaba tan empinado.

En su infancia se había juntado siempre con sus primos en el pueblo y así ayudaban a su abuela a comprar. A veces bajaban temprano en bicicleta a la panadería, donde la panadera ya los conocía como los nietos de Doña Antonia y sabía lo que tenía que darles —aunque siempre les metía en la bolsa alguna barra de pan de más—. El agradable paseo matutino les abría el apetito. Después tenían que subir la dura cuesta de camino a casa, cargando con las barras de pan y con la leche. Al llegar eran recibidos con un enorme abrazo de una orgullosa abuela que ya había puesto la mesa en la terraza. Se bañaban en la piscina y se refrescaban antes de sentarse todos a la mesa y disfrutar de un increíble momento familiar. Aquellos desayunos eran los mejores recuerdos que guardaba de su infancia.

Ese día quería rescatar una parte de su infancia yendo al mercado y comprando los mejores productos.

La chica dormía profundamente. Sonrió al recordar que ni siquiera le había preguntado su nombre. Estaba desnuda y apenas tapaba sus piernas con la blanca sábana. Su pelo era una expresión de libertad y de guerra al mismo tiempo. Por lo demás, la escena era a la vez muy tierna. Quizás era ese tono del cabello, entre dorado y rojizo, lo que le daba un aura especial siempre tan dulce.

Salió sigilosamente, aprovechando durante cada pequeño segundo las vistas de una mujer desnuda tan sensual —y tan dormida— en su cama. Cerró la puerta con cuidado.

La cocina estaba revolucionada. Empezó a recoger algunos platos y vasos y los metió en el lavaplatos. Después abrió las ventanas para ventilar. Lo siguiente que hizo fue preparar el café en su vieja cafetera italiana —porque sin café no era capaz de empezar el día— y se metió en el baño, sabiendo que tenía tiempo para una rápida ducha mientras hervía el agua para el café.

Respiró profundamente preparándose para una acción valiente y abrió el chorro del agua fría. ¿Qué hora era? ¿Las ocho? No había dormido tanto, pero se sentía pletórico, como si cada hora de sueño hubiera valido por dos.

El café estaba listo cuando entró de nuevo a la cocina. La cafetera empezaba a sonar y a emitir una especie de gemido agudo. Apagó el fuego rápidamente para que no siguiera subiendo el volumen y despertara a la chica. Se sirvió una taza. ¿Quedaba leche? Muy poca. Tendría que comprar también. En el salón estaba la ropa tendida, buscó unos calzoncillos, unos vaqueros, una camisa y unos calcetines. Tenía de todo, así podía evitar entrar a la habitación y arriesgarse a que la chica se despertara. Quería dejarla dormir y darle una sorpresa.

Cuando regresó del mercado, la casa seguía en silencio. ¿Y si la chica se había marchado? Se asomó al cuarto lentamente. Era consciente de cada movimiento. Procuraba ser como una bailarina en un antiguo escenario en el que debía controlar la caída de sus saltos con especial atención para que la madera no crujiera.

Acostumbrado a la luz del día, el cuarto se le antojo demasiado oscuro. No podía ver nada pero la escuchó respirar. "Sigue ahí", pensó aliviado y sonrió sin darse cuenta.

Se dirigió a la cocina todavía cautelosamente. Colocó las bolsas de la compra en la mesa. Cogió la barra de pan y se preparó rápidamente un bocata de jamón. Tenía mucha hambre y no sabía cuánto tiempo podía seguir durmiendo la chica y él no podía trabajar ni concentrarse cuando tenía hambre, de modo que no tenía otra opción.

Todavía disfrutando del bocata y saboreando el buen pan y el buen jamón se dirigió al salón. El sol entraba fuertemente por la ventana, pero tenía aire acondicionado y no se preocupó de que entrara la luz directa, le gustaba ver la casa iluminada.

Se sentó a la mesa para corregir los trabajos de sus estudiantes de primero de bachillerato. Tenían que elaborar un plan de entrenamiento de un mes, incluyendo la nutrición. Era un trabajo bastante ambicioso teniendo en cuenta que se trataba de chavales de instituto que no habían demostrado nunca el más mínimo interés por la nutrición. Ninguno de ellos levantó la mano en clase el día que les preguntó quién había cocinado alguna vez. Le pareció increíble, porque él recordaba haber cocinado desde bien pequeño con su abuela, habían hecho juntos hasta torrijas, pero por lo visto sus chavales no habían tenido esa suerte.

Empezó a leer el trabajo de una de sus alumnas que le preocupaba. Estaba casi seguro de que padecía algún trastorno alimentario. El trabajo era un intento de llamar su atención, de obligarla a leer mucho material sobre la salud para que se diera cuenta de sus excesos. Sin embargo, empezaba de un modo descorazonador. Cuando tenían que calcular el índice de masa corporal, la chica había mentido sobre su peso para evitar el resultado de un índice inferior a un dieciocho por ciento, el considerado como saludable para las mujeres. Él no podía creerse que ella, que estaba en los huesos y medía un metro setenta —según el trabajo— pesara sesenta kilos —según el trabajo—. Probablemente pesaría cincuenta kilos, lo que le daba un índice de masa corporal por debajo de diecisiete y por lo tanto nada saludable —aunque no hacía falta realizar ningún cálculo matemático para darse cuenta de que el aspecto de su alumna no era saludable—.

Sabía que las personas con problemas alimentarios solían mentir mucho y refugiarse en sus mentiras. Su alumna se había convertido en una auténtica experta en el arte de mentir. Percibía al resto de personas que intentaran ayudarle como enemigos. Todo aquel que le dijera que estaba demasiado delgada y que tenía que engordar era sencillamente alguien que quería hacerle daño. Y mentir era su modo de protegerse.

Desde la otra habitación le llegaron algunos sonidos y escuchó con claridad a la pelirroja bostezar, incorporarse en la cama y ponerse de pie. Lo siguiente que escuchó fueron sus pasos avanzando hacia la puerta. No era ninguna bailarina porque cada paso se sentía pesado y el suelo crujía, pero él había acariciado ese cuerpo por la noche y sabía lo musculosas que eran sus piernas y lo potentes que eran sus gemelos, de modo que no le sorprendía escuchar unos pasos que podrían haber pertenecido a Godzilla.

—¿Hola? —musitó con voz ronca. Parecía desorientada.

—Estoy en el salón —dijo él dejando el trabajo sobre la mesa con el boli rojo encima.

Se asomó desnuda. Los ojos entrecerrados. La melena desordenada.

—Buenos días.

—Buenos días —dijo él sonriendo— ¿Tienes hambre?

Ella asintió tímidamente.

—Mucha.

—¿Quieres ducharte primero?

Volvió a asentir.

Él le dio toallas y le dejó una camiseta y unos bóxer.

—Gracias —dijo ella cogiéndolo todo torpemente.

—Ya sabes donde está el baño. Yo voy a empezar a preparar el desayuno.

No tenía hambre porque se había comido el bocata de jamón hacía apenas una hora, pero hacía mucho que no compartía un épico desayuno de fin de semana con alguien y tenía ganas de disfrutar de ese momento. Además, si decían que el desayuno era la comida más importante del día, no podría ser malo hacer dos veces la comida más importante del día.

Exprimió las naranjas y sirvió dos vasos llenos a rebosar. Cortó el pan en rebanadas y frotó varios tomates maduros. Añadió sal y aceite y colocó todas las rebanadas en un plato en la mesa. Sacó otro plato con cortadas de jamón serrano y de queso curado. Había encontrado un queso de oveja espectacular y tenía muchas ganas de probarlo. Tiró el café que había sobrado de la primera cafetera y preparó más.

Volvió a escuchar los pesados pasos que caracterizaban a la chica, quien al segundo entró en la cocina. Llevaba el pelo enrollado en una toalla. Le quedaba bien su ropa, la camiseta blanca y los bóxer azul celeste.

—Vaya desayuno —dijo ella con el rostro iluminado—. Veo que eres de los míos. A mí también me encanta desayunar —añadió sentándose a la mesa con impaciencia.

—Bueno, entre semana no tengo nunca tiempo, pero los fines de semana me encanta desayunar bien —obvió decir que llevaba mucho tiempo sin preparar un desayuno con tanto mimo.

—Yo me despierto antes para tener tiempo de desayunar. ¿Verdad que dicen que lo mejor es salir a correr nada más despertar? Bueno, pues yo jamás he conseguido salir a correr de buena mañana sin desayunar primero. Y cuando digo desayunar, no me refiero a nada de tomar cereales con leche o una barrita energética, sino unas buenas tostadas con aceite y queso o con jamón —dijo mirando la comida que había en la mesa, dejando claro que ese era su desayuno perfecto—. Si en el peor de los escenarios resulta que no tengo nada en la nevera, por lo menos sé que mi bote de Nutella está en la despensa y que pese a todo voy a poder desayunar con energía.

Él sonrió. Evitó decir que su abuela jamás había querido comprar nada que estuviera elaborado en un bote y cuyos ingredientes no estuvieran a la vista. Todo tenía que ser fresco del pueblo y que se pudiera cortar en casa, pues sólo así podía estar uno seguro de la calidad del producto.

Le alargó un vaso de zumo. Ella lo cogió sonriendo y lo probó.

—Mmhh... —está buenísimo.

—Son naranjas de Valencia.

—Qué mono. ¿En serio has ido al mercado? —dijo dejando el vaso en la mesa y observando el brillante color naranja del zumo—. Vaya detallazo. Ni siquiera mis ex novios me han preparado un desayuno igual. De hecho, creo que nunca me han preparado nada para comer.

—Eh, eh, eh —dijo él aclarándose la garganta—. ¿Qué ha pasado con la regla de oro? ¿Se puede hablar de los ex por la mañana?

—Perdona —dijo ella sonriendo—. Tienes razón. Es que me has dejado flipada. Sólo eso.

—Bueno, tú también me dejaste flipado anoche.

Él sacó dos platos para que se sirvieran cada uno las rebanadas de pan y poder así dar comienzo al banquete.

—¿Qué hacías ahora en el salón? —preguntó ella recordando algo que quería preguntar desde hacía un tiempo.

—Estaba corrigiendo algunos trabajos —dijo él quitándole importancia.

—¿El fin de semana? —bebió zumo mirándole. Esperaba una respuesta.

—Bueno, es que así adelanto. Además, tengo una alumna que me preocupa. Estoy seguro de que tiene algún tipo de trastorno alimentario —él también probó el zumo. Las naranjas estaban buenas de verdad. Ya lo había notado al cortarlas y sentir que la corteza todavía le salpicaba, no como las naranjas del supermercado que estaban tan secas que no desprendían ningún aroma al cortarlas.

—Ay, eso es complicado. No va a dejar que te acerques a ella para ayudarla si le indicas que su problema es obvio. Tienes que tratarla como si no tuviera ningún problema —dijo terminándose el zumo—. ¡Qué bueno! Muchas gracias.

—¿Tienes experiencia en el campo? —dijo él volviendo al tema que le interesaba en ese momento.

—Bueno, siempre tengo a alguien que me da índices de sufrir algún trastorno —ella empezaba a mirar la comida en señal de tener apetito aunque siguió hablando educadamente—. Creo que viene un poco con la edad. La mayoría lo supera poco a poco con el tiempo, conforme aumenta su autoestima.

—Ya... supongo —contestó él dándose cuenta de que en verdad no tenía ni idea de cómo se superaban esos problemas—. Sírvete lo que quieras —dijo indicándole las tostadas, el queso y el jamón.

Ella se esforzaba por hablar con él, pero no podía dejar de mirar la comida.

—Y debes tener en cuenta que para esas personas controlar en exceso la comida es una forma de intentar controlar su vida —quiso añadir ella—. Y mentir forma parte del mismo patrón. Es en cierto modo también un intento por controlar algo que no pueden controlar.

—¿No decías que tenías hambre?

—Sí, muchísima, pero me estás hablando de algo muy interesante —dijo sonriendo—. Pero sí, tienes razón, vamos a desayunar. Podemos seguir hablando de todo tranquilamente. No es incompatible.

Dicho lo cual, cogió dos tostadas y preparó una con queso y la otra con jamón. No escatimó con el aceite ni con la sal. Tampoco escatimó con el queso ni con el jamón. Aquel gesto de abundancia le recordó a su abuela, quien también llenaba las tostadas a rebosar.

Se daba cuenta de que era agradable poder hablar con alguien de su trabajo. Compartir el desayuno y comentar temas que le preocupaban era un auténtico lujo. Miraba todo el rato de reojo a la chica.

Ella se concentraba comiendo y disfrutaba del placer de cada bocado. Tenía una belleza natural. No llevaba absolutamente nada de maquillaje y estaba muy guapa. Sus pestañas eran pelirrojas, igual que sus cejas y él sabía el aspecto que tenía la melena salvaje que por el momento se ocultaba tímidamente bajo la toalla.

¿Y si acababa de conocer a...? ¿De verdad? ¿Era posible que se estuviera enamorando? Si ni siquiera sabía su nombre.

—¿Estás bien? —preguntó ella con la boca llena y tapándose con una mano— parece que acabas de perder un avión con un destino importante.

—Más o menos —dijo él cogiendo otra rebanada— más o menos. Pero no te preocupes, creo que voy a llegar a tiempo para cogerlo todavía. Sólo tengo que hacer bien las cosas.

SÓLO CON ÉL

"Most of us can recall an instance in which we made love with a desirable partner or ate a wickedly rich dessert, only to find that the act was better contemplated than consummated."[6]

En "Stumbling on Happiness" de Daniel Gilbert.

—Te lo aseguro, el único hombre con quien quiero acostarme es con él.

—Bueno, pero ya no estáis juntos.

—Nos vimos el otro día —dijo Sylvia cogiendo su taza de café y bebiendo con mimo. Tratando de disimular la vergüenza que sentía.

—¿En serio? ¿Típico error de dos ex que quedan y acaban acostándose? —preguntó Isabel poniéndose más azúcar en el café.

—Más o menos. Él también sigue solo, ¿sabes?

—Sí, lo sé. Tenemos amigos en común —dijo Isabel removiendo el azúcar con energía y produciendo un fuerte tintineo cada vez que la cuchara chocaba contra la porcelana de la taza que ya estaba un poco descascarillada.

—Ya —dijo Sylvia mirando a Isabel y preguntándose si sería posible que se rompiera la taza si seguía removiendo el azúcar con tanta energía.

—Pero, Sylvia, no es una razón para volver a acostarte con él —dijo sacando por fin la cuchara y chupándola antes de dejarla apoyada en el plato.

—¿Y si lo que necesitábamos era algo de tiempo? A lo mejor podríamos volver a intentarlo. Quizás hemos madurado —dijo volviendo a refugiarse en su gran taza.

Sylvia tomaba siempre una gran taza de café —con mucha leche y sin azúcar—. Isabel se decantaba por una pequeña taza de café *espresso* —sin leche y con mucha azúcar—.

—Lo que se ha roto una vez no puede arreglarse tan fácilmente —añadió Isabel bebiéndose el café como si fuera un chupito de tequila.

—Tenías que haber visto lo bien que estuvimos.

—Ajá —dijo dejando con fuerza la taza en la mesa.

—No, en serio, estuvimos súper bien juntos —añadió Sylvia dándose cuenta de que era muy difícil argumentar desde su posición.

—¿Qué puedo decirte si no quieres escuchar lo que tengo que decir?

Sylvia se quedó callada. Miró a Isabel, una de sus mejores amigas, la más honesta. A diferencia del resto de compañeras, Isabel tenía muy poca experiencia con los hombres, pero era muy prudente a la hora de dar consejos. Cualquiera de sus otras amigas le habría dicho que no pasaba nada y que siguiera disfrutando mientras durara, sin pensar en las consecuencias, pero ella necesitaba escuchar consejos más sólidos y por eso había quedado en su casa para tomar un café con Isabel, quien había llegado además con muy buena energía después de su clase de yoga.

—Bien —cedió Sylvia—, dime de verdad lo que piensas. Inspiró profundamente como si estuviera preparándose para saltar al vacío.

—¿De verdad? —Sylvia asintió—. Pues te diré que creo que es un error y que podéis acabar haciéndoos más daño del que ya os habéis hecho.

—Pero a veces funciona.

—¿Sí? ¿Conoces a mucha gente que haya vuelto después de una ruptura?

—Claro.

—Bien, quizás no he formulado bien la pregunta, pero ¿cuántas personas han seguido definitivamente en una relación que ya se había roto previamente?

Sylvia se quedó callada. Isabel la miraba con atención.

—Vale, entiendo tu argumento.

—No te estoy diciendo nada nuevo —dijo Isabel cogiendo la cuchara y tratando de rescatar algún resto de café de la pequeña taza.

—Lo sé, pero a veces hace falta escucharlo.

Isabel miraba el rostro compungido de Sylvia. Su amiga parecía estar esforzándose por aceptar la realidad de los hechos, pero todavía tenía una herida emocional muy grande que no le dejaba ver la situación con claridad.

—Quizás tienes razón —dijo Sylvia por fin —. Además, le acaban de ofrecer una oportunidad laboral increíble y va a poder viajar por todo el mundo durante un año. ¿Te imaginas? Siempre ha sido su sueño y ahora va a cumplirlo.

—Suena muy bien, desde luego. Y seguro que es una experiencia estupenda para él.

—Seguro —dijo Sylvia triste.

—¿Y entonces? ¿Te alegras?

—Claro que me alegro, me alegro por él, pero supongo que es un argumento más en mi contra. No tiene sentido retomar la relación si encima él va a marcharse. Ah —suspiró fuertemente—. No teníamos que haber quedado. Ahora me va a costar mucho más volver a recuperarme.

Isabel puso su mano en la pierna de Sylvia y la apretó, tratando de transmitirle fuerza.

—¿Sabes qué es lo peor? —añadió Sylvia—. Lo peor es que es el único con quien quiero estar, es el único con quien quiero acostarme y el único que quiero ver a mi lado cuando despierto por la mañana y le echo muchísimo de menos —cerró los ojos recordando la última vez que se había despertado a su lado y lo había visto dormido con ese rostro de niño feliz que le encantaba—. Me da mucha pena que no haya funcionado nuestra relación —su voz se quebraba pero no quería llorar. Si empezaba, no sabía si podría parar y todavía necesitaba hablar de todo para coger perspectiva—. Pero dime, ¿qué puedo hacer?

—No puedes hacer nada.

—Qué dura eres Isabel, me encanta que seas tan honesta, pero dame un descanso.

—Perdona, me refiero a que por su parte no puedes hacer nada. No tienes ningún control sobre él. Pero sí puedes controlar el modo en que tú te tomas las cosas. Si te digo la verdad, puedes encontrar en internet listas fáciles de todo lo que puedes hacer; buscar nuevas amistades y actividades, mantenerte ocupado, practicar algún deporte… hasta tonterías como cortarte el pelo y cambiar de imagen. Tienes que mimarte.

Sylvia la miró escéptica. Ella tenía un pelo negro azabache precioso que además resaltaba sus ojos verde aceituna. Era una belleza andaluza con mucha fuerza. Curiosamente, su personalidad era muy débil, pero sus rasgos le conferían un carisma del que ella en verdad carecía.

—Lo que quiero decirte es que no puedes controlar a veces las cosas que ocurren en tu vida, pero sí puedes decidir si quieres reaccionar ante lo que ocurre o —dijo generando un pequeño silencio— si prefieres por el contrario actuar. Es decir, cuando algo nos ocurre, tenemos una tendencia natural a reaccionar sin pensar, pero cuando uno medita en el modo en que debe comportarse para estar bien, para alcanzar un objetivo de bienestar, entonces actúa. Y eso es lo que tienes que hacer Sylvia, deja de reaccionar y empieza a actuar.

—Jo, tía, cómo se nota que estudias psicología. Siempre tienes cosas tan interesantes que decir.

Isabel se sentía en verdad muy impotente porque no sabía cómo podía ayudar a su amiga. Las relaciones eran difíciles. Las rupturas eran duras. Ella además no tenía experiencia en ninguno de los dos campos y se daba cuenta de que a veces hablaba un poco como los libros. Pero por lo visto sí podía generar algo de confianza en su amiga y eso ya era un alivio.

—Vas a estar bien —dijo Isabel poniendo de nuevo la mano en la pierna de Sylvia.

—Cómo me gustaría creerte. Pero no veo el modo de estar bien. Si él se va, te juro que me iría con él sin pensarlo. No me preguntes por qué puedo llegar a ser tan irracional, sé que no tiene ningún sentido, pero lo haría.

Isabel retiró su mano y meditó sus palabras.

—¿Qué hay de esa oportunidad laboral que te ofrecían en México como arquitecta?

—Uf, no sé qué hacer... —dijo Sylvia volviendo a coger la taza y a refugiarse en su calidez.

—¿Y por qué no empiezas a pensar en tus planes y en tus proyectos en lugar de centrarte tanto en los suyos? Vuestros caminos se han separado y es un hecho. Tienes que pensar en ti.

—Lo sé. Pero es que tenías que haber visto lo bien que estuvimos.

—Sylvia, deja de pensarlo.

—Y no dejo de soñar con él —seguía ella sin escuchar—. Se me aparece constantemente y tengo diálogos con él y conversaciones eternas y a veces está enfadado conmigo por haber dejado la relación y me riñe porque piensa que podríamos haberlo hecho mucho mejor.

—¿No fue de mutuo acuerdo?

—Más o menos.

Hubo un breve silencio en el que Isabel pensó que sería bueno cambiar de escenario.

—Venga, vamos a dar un paseo.

—No, no tengo ganas.

—No te he preguntado si tienes ganas. Vamos a dar un paseo porque te vendrá bien moverte para organizar tus ideas —dijo Isabel poniéndose de pie para obligar a su amiga.

—¿Y si nos tomamos un helado? Tengo el congelador lleno de helados.

—Primero damos un paseo y luego me dices si tienes todavía ganas de un helado.

—Ah, Isabel, no sé.

—No tienes que saber nada. Venga, ponte de pie.

Salieron a la calle y estuvieron caminando un tiempo en silencio. Las terrazas de la ciudad estaban llenas de gente. Eran las ocho de la tarde y mucha gente había quedado para tomar una cerveza después del trabajo.

—Estará ahora en el pub irlandés tomándose una copa con sus amigos.

—Sylvia...

—Lo sé. Soy muy absurda. No sé por qué pienso en esas cosas. Pero no puedo evitarlo.

—Bueno, es normal al principio. Pero tienes que ir cambiando esa tendencia.

—¿Cómo?

—Ven —dijo Isabel— vamos a caminar hacia el cauce y así no tienes que ver a la gente en las terrazas tomándose una cerveza.

Empezaron a caminar en silencio hacia el cauce y escucharon primero un coche de policía y poco después una ambulancia.

—¡Qué jaleo! ¿no? —dijo Isabel.

—No estoy nada bien —dijo Sylvia ajena al alboroto que parecía haber ese día en el cauce—. Es que hace unas semanas estuve hablando con un chico insoportable sólo porque llevaba el mismo perfume que mi novio y me recordaba a él.

—¿Te recordaba físicamente a él? —preguntó Isabel sin recordarle a Sylvia que ya no era su novio, sino su exnovio.

—No, no, sólo el perfume, ¿sabes? El chico no era atractivo ni interesante. Sólo llevaba el mismo perfume.

—Bueno, no soy ninguna experta en el campo, pero quizás es normal —dijo para tranquilizar a Sylvia, aunque tenía sus dudas.

—No, no creo que sea muy normal —dijo ella sin dejarse convencer.

—Bueno, pues entonces quizás necesitas un gran cambio y yo creo que la oportunidad de México puede ser muy buena.

—Sin duda, pero también está muy lejos y los billetes son carísimos, no podría volver a casa cada vez que quisiera ver a mi familia.

—Vale, un argumento a tu favor, pero piensa que no tienes por qué irte para siempre. Puedes volver dentro de unos años, con experiencia, con contactos.

—Suena muy bien, pero no lo veo. Si por lo menos me fuera con alguien me sentiría más fuerte.

—No necesitas a nadie para sentirte fuerte. Esa es una lección que tienes que aprender.

—Bueno, "eso" es muy fácil decirlo. Pero yo siento que nunca voy a encontrar a nadie como él.

Isabel no sabía qué decir en esos momentos. Para ella esa sensación era desconocida. Su único problema en la vida era que nunca había estado con nadie y por lo tanto tampoco sabía lo dura que podía llegar a ser una ruptura.

—Además, están los amigos en común, las familias. Es todo muy duro.

—Sí, me lo imagino —dijo Isabel, aunque no se lo imaginaba.

Sonó el teléfono. Sylvia miró quien era.

—Es él —dijo rápidamente—. Como si pudiera saber que estamos hablando de él.

—Contesta —dijo Isabel apoyándola.

Sylvia respiró profundamente, dejó de caminar, cerró los ojos y contestó al teléfono.

—¿Sí? —dijo con los ojos todavía cerrados—. Estoy dando un paseo con Isabel. No. No tengo planes esta noche —Isabel la miraba atenta y alarmada a la vez—. No lo sé. ¿A qué hora dices? ¿Estás ahora en el pub? Sí, me lo imaginaba. Ah, quieres que hablemos de lo de anoche. Bueno, sí, yo también. Sí, pero dime qué piensas. ¿No? ¿Por teléfono no? Está bien. Pero sólo dime. Ah. Eh. Sí, pero quizás mejor en otro sitio. ¿No podemos ir a algún pub? Es que creo que sería mejor evitar estar en tu casa o en la mía. Bueno no sé —dijo mirando a Isabel en señal de ayuda. Isabel negó con la cabeza. No sabía muy bien qué estaban diciendo, pero se imaginaba que lo mejor era decir que no, su amiga entendería que no tenía que ceder—. Bueno, está bien —Isabel seguía negando con fuerza y Sylvia subía los hombros impotente, como si no pudiera hacer nada—. Entonces en tu casa —Isabel cruzó los brazos como si estuviera enfadada—. Bien, vale. Sí, sí, hasta luego.

Colgó el teléfono mirando a Isabel. Daba la impresión de que temía una reprimenda.

—¿Y? —preguntó Isabel.

—Vamos a vernos esta noche para hablar de todo.

—Sí, eso me ha quedado claro.

—Él ha insistido en que nos veamos en su casa.

—Y tú has accedido.

—Me ha dicho que mañana tiene que madrugar mucho.

—Ya —dijo Isabel mirando al frente y volviendo a caminar.

—Isabel, esto es muy duro para mí. No seas también tú dura conmigo.

—Bien. Lo entiendo. Sólo me preocupa que vuelvas a hacerte daño.

Sylvia escuchaba en silencio. Pensaba que volver a acostarse con su novio esa noche no podía empeorar las cosas. De hecho, pensaba que verse una última vez podría ser como el canto del cisne, podría ser incluso una bonita despedida. Si supiera que iba a ser la última vez y que después tendrían que separarse para siempre, tal vez podría superarlo mejor.

Después de un largo paseo, se despidieron. Sylvia tenía que ir a casa de su exnovio, pues habían quedado para hablar de todo lo que había pasado entre ellos.

Antes de que Isabel subiera al autobús, quedaron en que al día siguiente irían de compras con el resto de amigas. Les sentaría bien a todas.

Con la excusa del canto del cisne, Sylvia siguió quedando con su exnovio durante varias semanas, hasta que él se embarcó en su gran aventura para viajar por el mundo y la dejó sola. Cuando por fin se atrevió a contárselo todo a Isabel, ésta le preguntó:

—¿Y crees que fue mejor así?

—No es que fuera mejor. Era sencillamente inevitable. Además, cuando uno está destrozado, cuando el corazón está roto, no hay grados para definir lo mal que se siente.

—¿No hay grados? —preguntó Isabel tratando de entender qué podía significar eso.

—No, no hay grados. El corazón está roto. No está un poco roto o más o menos roto o bastante roto. Sencillamente está roto y todo lo demás deja de importar.

LA CENA

"In short, they don't mean happy the way we mean happy."[7]
En "Stumbling on Happiness" de Daniel Gilbert.

—Pero si sólo llevamos dos semanas saliendo juntos.

—Es una cena con dos amigos. No es ningún encuentro familiar, ni voy a presentarte a mi madre o a mi padre.

—No sé —ella dudaba.

Él la miraba curioso. Se habían conocido en un curso de cocina. Los dos querían aprender a cocinar sushi. Les tocó trabajar juntos. A él le hacia gracia el exagerado miedo que ella tenía de los cuchillos.

—¿Te importa cortar a ti el atún? Es que este cuchillo es enorme y está tan afilado que me entra taquicardia cada vez que lo cojo —le había pedido tímidamente.

—Tiene que ser así para poder cortar bien el pescado —le explicaba él.

—Pero es que encima pesa tanto. Además, a mi me encanta el sushi con pepino, aguacate y queso. No tenía ni idea de que íbamos a aprender a cocinar con tanto nivel. Pensaba que iba a ser algo más facilito.

—¿No te preguntabas por qué era tan caro el curso?

—Un poco sí, supongo...

—No es sólo por el curso en sí, sino porque los ingredientes son bastante selectos. Un pescado muy fresco, como el que hace falta para el sushi, suele ser bastante caro.

—Pero luego nos lo vamos a comer nosotros, ¿verdad? Quiero decir, que por lo menos vamos a invertir esa parte del dinero en una buena comida.

—Sí. Así es que más te vale que nos salga bueno —dijo él bromeando—, para poder disfrutar de un buen sushi, porque te aseguro que yo por lo menos voy a comerme hasta el último trozo.

Ella se lo tomó en serio, claro, y empezó a cortar el aguacate muy concentrada. Hacían un buen equipo y al final el sushi les salió bastante aceptable. La parte que más les había costado fue enrollarlo con aquel utensilio de madera que servía para prensar el rollo de sushi.

—No tenía ni idea de que hacían estos rollos y luego los cortaban —dijo ella sorprendida.

A él le enterneció su ingenuidad.

—¿Cómo te lo habías imaginado?

—La verdad es que ni siquiera lo había pensado.

Tratando de hacer memoria, recordó que probablemente se había imaginado que cada pieza de sushi se hacía única y exclusivamente, como si fuera bisutería gastronómica. Después de aprender cómo se elaboraban, le parecía una barbaridad su osadía.

—Casi siento que estamos haciendo manualidades en vez de cocinar —dijo ella cuando por fin quedó prensado el primer rollo.

—Bueno, no te preocupes que del cuchillo me encargo yo —dijo él empezando a cortar el sushi.

Desde entonces habían empezado a salir y ya llevaban dos semanas de relación formalizada en la que se habían visto casi todos los días cuando él salía del trabajo y la recogía en la biblioteca. No habían vuelto a comer sushi, pero seguían diciendo casi cada día que tenían que volver a cocinarlo.

—¿Te parece que vamos demasiado rápido? —preguntó él tiernamente cuando ella se mostró reacia a ir a una cena con amigos.

—No, no es eso, es que, de verdad, no soy una persona muy sociable. Me pongo muy nerviosa cuando estoy con tanta gente.

—¿Con tanta gente? Sólo vamos a ser cuatro, mi amigo Rober, su novia Cristina y nosotros dos.

—Pero vamos a su casa y cocinan ellos, ¿cómo puedo saber que van a preparar algo que me guste? No me conocen de nada.

—Les preguntaré qué van a cocinar.

—Y seguro que me sacan de postre tarta de limón y no soporto la tarta de limón —dijo arrugando la frente— y si no me conocen y voy y no me como lo que preparan porque no me gusta pensarán que vaya novia rara que te has buscado.

—Entonces es oficial, ¿eres mi novia? —dijo él divertido. Aprovechó para gastarle una broma y tratar de relajar el ambiente.

—Pues… —ella se quedó blanca— ay, ahora no lo sé. Me haces dudar. Pensaba…

—Clara, relájate. Era broma. Claro que somos una pareja. Una tierna pareja que todavía está conociéndose, pero de momento me encantas —se acercó a ella y le dio un beso en la frente. Era bastante más alto que ella—. Vamos a ir a la cena. Ellos tienen ganas de conocerte. Todo irá bien.

—Bueno, pero entonces tenemos que llevar algo —replicó separándose de él y mirándole a los ojos con rostro serio.

—Lo que quieras —respondió él atrayéndola de nuevo hacia sí y tratando de que se calmara entre sus brazos.

Era tan mona. Le acarició su larga melena rubia y enredó el final entre sus dedos. Le encantaba jugar con su pelo fino y suave y a ella parecía relajarle también.

Dos días más tarde se presentaron en casa de Rober y Cristina. Clara se había puesto un bonito vestido blanco de verano y llevaba sandalias romanas y un bolso a juego.

—Estás muy guapa —le dijo Carlos en el ascensor.

—Gracias —dijo ella mirando la bandeja que tenía en las manos. ¿Crees que les gustará nuestra ensalada de cuscús?

—Claro que sí. Ha quedado perfecta. Además, ellos han preparado cordero con patatas al horno y será un acompañamiento de restaurante —dijo guiñándole un ojo.

Habían buscado la receta en internet. Una interesante combinación de couscous con remolacha que le daba un tono rojo a toda la ensalada. Llevaba también piñones, menta y granada. Una combinación muy original.

Llamaron al timbre. Clara respiró profundamente. Estaba ansiosa. Cristina abrió la puerta. Llevaba unos sencillos vaqueros y una camiseta blanca de algodón.

—Hola —sus ojos se desviaron inmediatamente a Clara y seguidamente a la bandeja que llevaba— ¿Habéis traído algo? No hacía falta, de verdad. Tenemos de todo. Pero muchas gracias —dijo cogiendo la bandeja— Soy Cristina, por cierto. Tú debes ser Clara.

Clara asintió. Después dejó que Cristina cogiera la bandeja y le quitara ese peso de encima. Por lo menos ya habían llegado, puntuales además, y llevaban algo como buenos invitados. Se giró y le susurró a Carlos:

—No me habías dicho que era una cena tan casual, me siento ahora mismo muy ridícula con este vestido.

—No pasa nada. Seguramente está todavía cocinando y por eso no habrá querido ponerse nada más elegante.

—¿Va a cambiarse de ropa luego?

—¿Cómo puedo saberlo? ¿Quieres que le pregunte?

—Ni se te ocurra —dijo escandalizada.

—Clara, era broma. Tienes que tomarte las cosas con más calma —dijo él abrazándola por detrás y avanzando algunos pasos tras ella sin separarse de su menudo cuerpo.

En el salón estaba Rober acabando de poner la mesa. Había colocado un bonito mantel de lino blanco con servilletas a juego. Los platos y la cubertería eran también elegantes, con bonitos ribetes dorados.

—Hola —les saludó él acabando de encender una vela. Enseguida apagó la cerilla con un energético movimiento de la mano.

Rober y Cristina eran una pareja muy deportista y compartían muchas actividades físicas.

Todos los días después del trabajo iban al gimnasio y entrenaban juntos. Generalmente alternaban tres cuartos de hora de pesas —brazos, piernas y espalda— con un cuarto de hora de estiramientos. Tres veces a la semana salían a correr y los fines de semana iban en bici largas distancias. Solían organizar algún picnic en plena naturaleza, donde cada uno acababa comiéndose casi una barra de pan entera con los distintos aperitivos que solían llevar y que, para poder transportarlos en la mochila sin peligro, normalmente eran latas de atún y de paté. A veces a Cristina le daba por llevarse el bote de Nutella, "para el postre", solía decir, aunque sólo la tomaba si Rober también la tomaba. Quizás habría sido más fácil preparar los bocatas desde casa, pero tenían la teoría de que todo tenía mejor sabor cuando lo preparaban con mimo en plena naturaleza.

Los dos tenían la piel tostada por el sol y los dientes blancos cuando sonreían. Eran una pareja envidiable y lo sabían. A veces tenían cuidado cuando estaban con más gente para no despertar envidias absurdas. Lo cierto era que esa frenética vida deportista era una forma de quemar una gran insatisfacción en el mundo laboral. Trabajaban en una consultoría donde les explotaban y sacaban partido de la enorme energía que ambos tenían. Al gimnasio podían ir porque era uno de esos macrocentros que estaban abiertos las 24 horas, para fanáticos del deporte, como ellos, que estaban dispuestos a pagar como mínimo unos 80€ al mes. Lo curioso era que siempre había gente. Daba igual que fueran las diez o las once o las doce. Siempre había alguien en las máquinas.

No dormían mucho y eran conscientes de que el trabajo que tenían, aunque les reportaba un buen sueldo, no les daba la calidad de vida a la que aspiraban. Se habían planteado empezar su propio negocio juntos. Con la experiencia y la formación que tenían, no era ninguna locura. Ambos eran además trabajadores de enorme capacidad. ¿Por qué dejar que la empresa se quedara con todas las ganancias cuando ellos podían aspirar a trabajar menos y ganar más? El único problema era que hacía falta valor para dar ese paso.

Por ello, pensaban que mientras no se decidieran a cambiar su situación, encontrarían al menos sosiego en el deporte. Eso lo equilibraba todo. Se consolaban recordando que tenían un buen sueldo y que seguían aprendiendo algo cada día en el trabajo y con esas excusas no se decidían a salir de la que se había convertido en su zona de confort.

No obstante, había un tema esencial que desequilibraba la balanza. Algo que el escape del deporte no iba a solucionar. Empezaban a acercarse a la treintena y de vez en cuando salía el tema de tener hijos. Eran conscientes de que tenían que ocuparse ellos de ese tema. Sabían que a la empresa no le importaba que sus trabajadores no tuvieran tiempo para completar otras áreas vitales de su existencia. Varias mujeres que rondaban la cuarentena todavía no habían encontrado el momento para ser madres. Todas pensaban que si no tenían tiempo ni para sí mismas, cómo iban a tener tiempo para criar a un bebé.

En Estados Unidos empresas como Apple o Facebook ofrecían la "ventaja" de pagar los gastos de mantener congelados los óvulos a las mujeres, a modo de incentivo para postergar la maternidad. En España todo aquello sonaba todavía a ciencia ficción. Aunque les pagaran los gastos, no iban a devolverles los años de su juventud para poder criar a sus hijos.

Rober y Cristina se dieron un espontáneo beso cuando se cruzaron en uno de los viajes de la cocina al salón. Clara se los quedó mirando. Poco después se encontró sola sentada en la mesa mientras el resto había ido alternando viajes para traer algo o para ayudar en la cocina. Miró a su alrededor aquel silencioso salón. Se sentía tan incómoda. ¿Por qué no podía relajarse tal y como le había dicho Carlos?

Por fin volvieron de la cocina. Tal vez habían estado intercambiando confidencias. Rober llevaba la fuente con el cordero y las patatas. Cristina llevaba la ensalada de couscous que había puesto en una bonita fuente de cerámica blanca. Carlos no llevaba nada, pero seguía al grupo animado, mirando feliz los platos, como si fuera Navidad y él un niño glotón que tenía más ilusión por la comida que por los regalos.

—La ensalada tiene una pinta increíble, Clara, muchas gracias por el detalle —dijo Cristina dejándola sobre la mesa.

—La cocinamos Carlos y yo juntos. Encontramos la receta en internet en una página sobre cocina israelí —dijo ella temiendo que durante toda la cena no fueran a encontrar un tema de conversación más interesante, pues ella no tenía mucho más que añadir.

—Es muy original y además muy visual —continuaba Cristina—. El color de la remolacha es muy apetecible.

Clara ya no supo qué responder. Empezaba a parecerle exagerada aquella loa a una ensalada de couscous. Pero por lo menos sonrió y pensó que cuando uno no sabía qué decir, una sonrisa siempre podía sacarle de un apuro. Algo que había aprendido desde bien pequeña.

Buscando tal vez animar aquella conversación sin salida, Rober empezó a servir copas de vino tinto. No preguntó a nadie si quería vino hasta que llegó a Clara.

—¿Tú también bebes vino? —preguntó alzando la botella y enseñándole al mismo tiempo la marca, como si Clara entendiera de vinos.

—No, gracias —dijo con la voz entrecortada, aliviada al mismo tiempo de que le hubiera preguntado. La botella parecía buena y habría sido un desperdicio servir una copa que no iba a ser tocada.

Rober sonrió y miró a Carlos con gesto paternal, como si fuera un padre dando la aprobación a su hijo.

—¿Quieres que te traiga agua? —preguntó Cristina.

—No gracias. No tengo sed, de verdad.

—¿Y cómo os conocisteis? —preguntó Cristina oliendo su vino sin darse cuenta de que había cambiado de tema radicalmente rápido. Daba la impresión de que en verdad no tenía pensado ir a la cocina a por agua y de que sólo había dicho una educada línea de diálogo, tras la cual había preguntado lo que realmente quería preguntar.

—En un curso de cocina japonesa —respondió Carlos—. Lo pasamos increíblemente bien.

—Qué interesante —Cristina probó el vino.

—Bueno, servimos la comida, ¿no? —dijo Rober impaciente. Hoy hemos salido a correr diez kilómetros y tenemos bastante apetito. Quedáis avisados. Si no podéis seguirnos el ritmo, no pasa nada. Que nadie se sienta obligado a terminarse el plato.

Dicho lo cual, empezó a servir generosas porciones. A Clara empezó a cerrársele el estómago. Ella no tenía tanta hambre, pero su educación había sido estricta y había aprendido que siempre tenía que acabarse todo lo que se le servía en el plato. Empezó a sudar cuando Rober colocó delante de ella el pedazo de carne más grande que había visto en su vida. ¿Cómo iba a poder comerse todo eso?

—¿A qué te dedicas, Clara? —preguntó Cristina.

—Estoy haciendo un doctorado.

—¿En serio? Qué bien. Siempre me ha fascinado la gente que siente tanta vocación por el mundo académico.

—¿Sí? —Clara estaba sorprendida. Normalmente no impresionaba a nadie diciendo que estaba haciendo un doctorado sobre la obra de Borges y Cortázar. La mayoría o le preguntaban quiénes eran esos personajes o cambiaban de tema directamente. Cristina no hizo ni lo uno ni lo otro.

—Me parece muy digno. Sois personas que de verdad hacéis algo por vocación. La universidad no os paga nada, ¿verdad?

—No —musitó Clara. Se metió un trozo de cordero en la boca. Por momentos le parecía que cada vez había más comida en su plato.

—¿Y cuándo vas a terminar? —preguntó Rober dando un sorbo de vino. Parecía de repente preocupado por ella. ¿Cómo podía sobrevivir alguien sin ganar nada de dinero?

—Tal vez dentro de dos años.

Todos intercambiaron miradas incómodas. A Clara le tembló la mano y se le cayó una patata en el plato salpicando su vestido blanco con salsa de cordero. Se sentía avergonzada. Levanto la mirada apesadumbrada pero nadie pareció haberse dado cuenta, pues seguían mirándose entre ellos con gesto intrigante. Clara pensó que quizás eran tan amigos que podían comunicarse sin hablar, a través de una especie de telepatía que solían desarrollar los amigos a lo largo de los años, cuyas caras llegaban a ser tan expresivas, que cada pequeño movimiento de la ceja podía significar algo sustancial. En esa cena tal vez un concreto gesto por parte de Rober podía significar un: "Oh, tío, olvídate de esa chica...".

Durante la cena, a Clara le parecía que todos comían con ansía. De hecho, Carlos apenas hablaba, sólo intercambiaba esas miradas secretas con sus amigos. Lo que realmente absorbía su concentración era la comida y Clara no estaba acostumbrada a tener tantos momentos de silencio en una cena, porque en su casa siempre se había hablado más y comido menos.

Mientras el resto avanzaba con sus platos, ella se quedaba rezagada y no veía el modo de lograr alcanzar al resto.

Les hizo esperar un largo tiempo hasta que por fin se atrevió a decir que no podía comer más. Cada vez que se producía un silencio, le daba la impresión de que los demás estaban desesperados con su lentitud. Cada vez se le cerraba más el estómago y podía comer menos. Era un círculo vicioso.

—Clara, no pasa nada —dijo Cristina levantándose presurosa para quitarle el plato.

El resto ya había llevado el suyo a la cocina. Eso había hecho que durante los últimos momentos en los que estuvo luchando por seguir comiendo, Clara se hubiera sentido todavía más incómoda siendo la única con el plato en la mesa y siendo consciente de que concentraba la atención del resto.

—Vamos a sacar el postre y las infusiones. Haremos sobremesa —dijo Cristina caminando hacia la cocina—. ¿Rober me ayudas a sacar los platos?

—Voy —dijo Rober levantándose de la mesa y dirigiéndose a la cocina.

Cristina apareció con una tarta.

—Tarta de limón —dijo sonriendo.

Clara miró a Carlos en señal de rescate, pero éste parecía haber olvidado que ella no soportaba la tarta de limón. Cuando le sirvieron el plato no podía aguantar más. Sentía que iba a echarse a llorar en cualquier momento o que tiraría el plato por la ventana y a continuación saltaría ella también. Pero reprimió todo su malestar y se tomó aquel postre que le producía dentera y que hacía que su estómago se arrugara con cada bocado.

Recordó su infancia de estricta educación en un colegio en el que si un día no se había terminado las lentejas, había tenido que comérselas el día siguiente. Las monjas no habían tenido piedad con ella. Algunos compañeros de clase se quejaban de que sus madres eran igual que las monjas. Por lo visto, algunas madres eran capaces de sacarles para desayunar el puré de patata si no se lo habían terminado la noche anterior.

Lo curioso de una educación tan estricta fue que tanto ella como sus compañeros empezaron a rebelarse contra esa estricta educación viviendo etapas de gran promiscuidad.

Pensando en su infancia, se dio cuenta de que había estado abstraída y de que no había vuelto a hablar durante el resto de la cena.

Los demás la habían dejado tranquila. Se habían puesto a hablar de sus temas.

Por su parte, ella no se había esforzado en absoluto en participar en una conversación que no le interesaba, básicamente porque ni siquiera conocía a las personas de las que hablaban todo el tiempo Rober y Cristina, quienes ponían a Carlos al día de todas las novedades de sus amigos comunes. Hablaron de nuevas novias o novios, de bodas e incluso de bautizos. Por lo visto, el círculo de amistades estaba empezando a entrar en esa etapa de la vida.

Clara observó que a Cristina le gustaba bastante criticar a las nuevas parejas de sus amigos y se imaginó que haría lo mismo en cuanto ella se marchara.

Por fin terminó la velada. No les dejaron ayudar a recoger nada.

Los cuatro caminaron hacia el recibidor donde se despidieron educadamente.

—Ha estado muy bien —dijo Rober desde el marco de la puerta— tenemos que repetirlo, ¿eh?

Se le veía feliz y satisfecho. Había sido una buena jornada para él. Mucho deporte y mucha comida. No podía pedirle mucho más a la vida en ese momento.

—Sí —dijo Carlos llamando al ascensor y sonriendo todavía pletórico—. Sin duda.

Carlos no sabía que era la última vez que iban a estar juntos los cuatro. De hecho, iba a ser la última vez que él iba a estar con Clara.

Llegó el ascensor y se abrieron las puertas. En su alegre despedida, Carlos no advirtió que Clara no se había despedido de nadie y de que entraba silenciosa y cabizbaja en el ascensor.

—Qué velada tan agradable —dijo Carlos mirándose en el espejo— desde luego tenemos que volver a quedar con ellos. Son geniales, ¿verdad?

Tampoco se dio cuenta de que a Clara se le escapaban algunas lágrimas.

UN ÁTICO CON GOTERAS

"We are best comparing something we are currently experiencing with our memory of something we experienced in the past."[8]

En "Stumbling on Happiness" de Daniel Gilbert.

Seguía despertándose angustiada por las noches por culpa de los acontecimientos de hacía un año. Le ocurría que al despertar en su cama y verla vacía, se sentía feliz. Cualquier persona habría echado de menos tener a alguien a su lado, pero ella se sentía feliz. Después de todo lo que había pasado con sus anteriores relaciones, amaba esa libertad especial de poder coger todo el espacio de la cama que necesitara, porque no era ese el único espacio que había ganado. Lo que había recuperado era posibilidad de luchar por su auténtica vocación, por la ilustración, independientemente de cuáles fueran las prioridades de la persona que estuviera a su lado.

Durante su última relación había estado a punto de convertirse en extranjera de su propia vida, pero estaba convencida de que había tomado la decisión que necesitaba.

Desde entonces, había estado viviendo en el que probablemente era el peor ático de la ciudad. Cuando llovía, entraba agua por la terraza. Las ventanas no cerraban bien. Siempre se filtraba el viento y producía un zumbido constante. También se escuchaba a los vecinos como si las paredes fueran de papel. Debían de tener una televisión mejor que la suya, porque algunas noches había reconocido por los diálogos la película que estaban viendo. Cuando veían la televisión a la vez, casi escuchaba con más claridad la película de los vecinos que la suya.

Pero era su tele y era su casa y no podía sentirse más feliz con lo que tenía.

Su ex pareja era un abogado de éxito. Había ascendido muy rápido pese a ser muy joven. Eso le había llevado a tener malas relaciones con varios compañeros por encima de los cuales había pasado sin pensárselo dos veces. Para él, lo más importante era seguir ascendiendo. No le importaba que cada vez le odiara más gente en la empresa donde trabajaba.

Con respecto a la relación, también se había mostrado desde el principio muy ambicioso y enseguida le propuso vivir juntos. Fue curioso observar lo que en el fondo no era más que una obviedad. Mientras las cosas habían ido bien, todo había ido bien. Cuando las cosas empezaron a ir mal, todo empezó a ir mal. Bascular en una relación de un extremo a otro podía ser un fenómeno complejo, que sin embargo ocurría con bastante frecuencia. O por lo menos a ella le había ocurrido siempre del mismo modo.

¿Por qué empezó a ir mal? A él le destinaban a Francia. Allí iba a trabajar durante un periodo de cinco años con una gran consultora que quería formar a sus trabajadores. El objetivo era tener un equipo más competentemente para responder ante el mercado europeo.

—¿Qué voy a hacer yo en Francia? —dijo ella cuando él le propuso con ilusión el plan.

—Nos vamos a París, mi niña. La mejor ciudad del mundo —dijo él eufórico.

—No creo que sea la mejor ciudad del mundo para mí si no puedo trabajar y sentirme realizada —sonaba decepcionada. Una vez más alguien iba a pasar por encima de sus prioridades.

—Con lo que me van a pagar a mí podemos vivir sin problemas los dos. La empresa se encarga incluso del alquiler. De hecho ya me ha encontrado la casa —añadió con entusiasmo como si todo fueran buenas noticias para ella—. Vamos a vivir en la avenida de los Campos Elíseos —tratando de transmitirle esa ilusión—. ¿Te imaginas qué genial puede ser todo? Nos levantaremos por la mañana y compraremos una "baguette" y nos comeremos la punta antes de llegar a casa, como hacen los franceses y los fines de semana iremos a desayunar algún "brioche" o "petit croissant".

Él lo veía todo con claridad. Pero a ella le costaba imaginárselo. Sabía que París era una de las ciudades más caras de Europa y que pedirse un café en el barrio latino, por ejemplo, le habría podido costar cinco euros. Con esos precios, ella no habría tenido la misma libertad de salir a tomar algo en alguna cafetería cuando sus ilustraciones necesitaran coger perspectiva antes de continuar.

Para empeorar las cosas, no guardaba buen recuerdo de París. De adolescente había visitado la ciudad con su familia y no le había gustado la experiencia. Quizás porque una vez más su hermano había sobresalido todo el tiempo, recordándoles a sus padres quién era el listo y quién era la tonta. Su hermano hablaba francés y había hecho todo el tiempo de traductor, hasta para pedir el desayuno era él el responsable. Durante todos esos momentos ella se había sentido impotente, incapaz de comprender nada de aquel idioma que detestaba por sonar tan bien y ser a la vez tan incomprensible.

Aquello le recordó una vez más que para sus padres su hermano siempre iba a ser el listo y el a la tonta. A él se le daban bien las matemáticas y los idiomas. A ella se le daba bien dibujar. Pero dibujar no parecía algo importante para sus padres, quienes daban más importancia a las ciencias que a las artes. Solamente su madre parecía convencida de que, pese a todo, a su hija le iría bien de un modo u otro.

—Algo hará la niña algún día con sus dibujos —decía tranquila su madre—. Además, creo que será una mujer guapa. Seguro que eso va a abrirle muchas puertas.

Su madre era una hermosa ama de casa que había sufrido drásticos episodios de depresión y que se había convertido en un ejemplo para su hija de lo que no quería ser. A veces con los padres podían ocurrir dos procesos de aprendizaje diferentes: o se aprendía por imitación o se aprendía por contraste. Ella siempre había tenido que aprender por contraste, mientras que su hermano había aprendido por imitación. Él era ejecutivo en un banco y tenía una mujer que no trabajaba. Había recreado exactamente el mismo modelo familiar en el que se había criado, probablemente porque le transmitía seguridad y felicidad. Pero para ella las cosas eran muy diferentes y ni quería ser ejecutiva de ninguna empresa ni ama de casa. De modo que había tratado de buscar su propio camino pese a no contar con el apoyo de su familia, a los cuales sólo visitaba en las fechas obligadas. Evitaba verles porque todavía recordaba que había sido un largo y duro proceso y seguía resentida.

Con el tiempo resultó que su madre había tenido razón en una cosa: su hija acabó convirtiéndose en una bella joven. En un primer momento parecía que aquello efectivamente le abría puertas. El problema era que no eran las que ella quería atravesar. Había sentido siempre terror de seguir los mismos pasos que su madre: casarse, convertirse en ama de casa y olvidarse de sus sueños.

Pronto se dio cuenta de que tenía que tener mucho cuidado si no quería caer en la misma trampa. De adolescente empezó a tener muchos pretendientes. Su hermano a veces se empeñaba en que conociera a sus amigos mayores, quienes por lo visto hablaban con frecuencia de la guapa de su hermana. Volvía a ser catalogada por los demás, pero en esta ocasión en lugar de ser la tonta era la guapa. Ninguna de esas etiquetas le hacían sentir bien. Ella era mucho más que esas etiquetas que simplificaban demasiado su existencia —además de describirla de modo erróneo—.

Gracias a aquellas relaciones, la mayoría con amigos de su hermano, su autoestima se recuperó. Fue un proceso curativo después de una infancia sin demasiados refuerzos psicológicos. Pero ese refuerzo se había producido únicamente en un nivel superficial. Era cierto que al principio se sentía halagada e incluso le parecía percibir momentos de felicidad. No obstante, pronto se dio cuenta de que muchos de los chicos que le pedían salir, también querían exigirle muchas más cosas y eso la introducía en un círculo vicioso peligroso.

Acostumbrada a ser amable, le había ocurrido que poco a poco empezaba a ceder y anteponía las prioridades de su pareja a las suyas propias. Al principio no era ningún problema, pero llegaba un punto en el que se daba cuenta de que había dejado de hacer demasiadas cosas que para ella eran importantes. Fue entonces cuando empezó a sentir ataques de pánico y a percibir a su pareja como a un enemigo hábil que poco a poco iba ganando terreno. Entonces dejaba la relación sin pensarlo dos veces. Y era rápida, ni siquiera hacía una advertencia o trataba de hablar de las diferencias que parecían tener, sencillamente desaparecía. No volvía a contestar al teléfono y borraba a la persona de sus contactos. Para esos chicos despechados, ella sería una inmadura que no sabía hablar de sus problemas en la relación. Pero lo que no imaginaban era el miedo que ella ocultaba. Nadie podría atraparla ni obligarla a vivir una vida que siempre le había provocado temor, una vida como la de su madre, quien, desde los ojos de su hija, se había olvidado de vivir su propia vida.

En su último año de instituto se cortó el pelo. Los chicos dejaron de molestarla. Parecía que sentían respeto por una chica que se hubiera cortado de modo tan drástico su larga melena. No entendían que ella necesitaba concentrarse para la selectividad. Quería estudiar Bellas Artes y aunque la nota de corte no era alta, tenía que evitar cualquier contratiempo. Ansiaba empezar lo antes posible su vida universitaria y cambiar de etapa.

Contra todo pronóstico —de que era imposible encontrar trabajo con esa carrera—, gracias a su proyecto final sobre ilustraciones infantiles, encontró un buen puesto en una editorial donde se dedicaba a ilustrar cuentos para niños.

Le gustaba mucho su trabajo. Le encantaba reunirse con los escritores para entender el concepto del libro y el estilo de imagen que preferían para sus personajes. Eran bellos proyectos con los que se sentía comprometida.

Con los años su melena había vuelto a crecer y había vuelto a conocer a hombres que se habían empeñado en cortejarla. Tal vez algo de su belleza clásica los impulsaba a comportarse de ese modo. Pero repetidamente ocurría que la relación llegaba a un extraño momento en el que ellos no se tomaban en serio su trabajo y le proponían casarse y tener hijos y que ella se ocupara de la casa mientras ellos se desarrollaban profesionalmente. En definitiva, que se convirtiera en el modelo de su madre. Instintivamente, ella volvía a huir asustada. ¿Era su sino? ¿Es que nadie podía ver nada más en ella? ¿No era la carrera de ilustradora suficientemente buena?

Todos sus novios habían tenido buenos puestos de trabajo y pensaban que eso les daba el derecho a decidir por ella. Todos habían dado por sentado que ella tenía que ocuparse de las tareas del hogar por el hecho de ganar menos dinero. Seguro que todos la habían querido. Pero no del modo que ella necesitaba.

De modo que después de una relación de tres años, todo volvía a llegar al mismo punto en el que había roto sus anteriores relaciones. Ella ya sabía lo que iba a pasar cuando él le propuso ir a Francia y olvidarse de sus ambiciones profesionales para que él pudiera luchar por las suyas propias.

—Además, tu trabajo no te ata a ninguna ciudad en concreto, ¿no? Puedes dibujar en casa, por ejemplo —le sonreía de ese modo especial que todavía lograba que ella se olvidara del mundo. Era una sonrisa peligrosa porque la dejaba desarmada—. Imagínate, dibujando cuentos para niños con vistas de los Campos Elíseos. París es la ciudad de los artistas. Seguro que conocerás a muchos amigos y a gente interesante.

Sin darse cuenta, él estaba empezando a tomar decisiones por ella. En lugar de poder ir a una editorial donde disfrutaba de la compañía de los colegas de trabajo, o de poder quedar con los escritores siempre que lo necesitara para que su trabajo siguiera avanzando en la buena dirección, él quería que se quedara recluida, trabajando sola en casa y que utópicamente encontrara amigos en una ciudad donde no hablaba el idioma. Para él, que hablaba inglés y francés, todo sonaba siempre fácil, pero no se daba cuenta de que para ella la realidad era otra. Ir a París significaba aislarse del mundo.

Acabaron rompiendo. Él se marchó a París, por supuesto, pues no podía dejar pasar una oportunidad tan importante. Le dijo, antes de llevarse sus cosas, que se arrepentiría de su decisión, que en algún momento lamentaría no haberse ido con él a París. A ella le daban igual esas amenazas. Necesitaba sentir que estaba con alguien que respetara su trabajo, que la respetara a ella.

Antes de irse, él la miró con pena. Sus ojos siempre habían sido achispados y energéticos, sobre todo cuando la miraba con deseo antes de atacarla y llevarla a la cama, pero cuando se despidieron, ella descubrió una oscuridad que hasta el momento no había percibido y se asustó, casi como si acabara de darse cuenta de que en el fondo no conocía a esa persona con la que había compartido tres años de su vida. Él se dio cuenta de que ella era reacia a darle un abrazo de despedida y trató de sonreír de ese modo único que siempre le había caracterizado, pero no lo logró, sólo pudo musitar un "cuídate" con voz tan baja que ella no estuvo segura de haberle escuchado bien y no sabía si había dicho "cuídate" o "quédate". Él no tenía energía para luchar por ella. ¿Habrían cambiado las cosas si lo hubiera hecho? Plantearse ese tipo de preguntas no llevaban a ningún lugar, además era patente que ella estaba determinada y que nada iba a lograr ablandarla, ni siquiera esa sonrisa especial que la había vuelto loca desde el primer día y con la que, sin saberlo en ese momento, seguiría soñando durante años.

Había pasado un tiempo desde entonces. Todavía se acordaba mucho de ese chico y de la increíble sonrisa que tenía. Soñaba muchas noches con él y se despertaba angustiada en la cama. Pese a que estaba totalmente convencida de su decisión, su subconsciente le mandaba otras señales y construía sueños en los que ella vivía en París y las cosas no le iban para nada mal. Pero cuando intentaba proyectar ese escenario despierta, nunca funcionaba. Su vida en

París no habría tenido ningún sentido. Otras veces soñaba que tenía discusiones con él en las que él seguía muy enfadado con ella y tenía muchas cosas que recriminarle y ella sólo podía llorar y pedirle perdón sin que sirviera de nada.

Cuando despertaba angustiada por culpa de esas pesadillas, se acariciaba entonces la cabeza, como si de repente se diera cuenta de lo corto que llevaba otra vez el pelo. Siempre había funcionado. En las épocas en las que había tenido que luchar especialmente por lograr sus objetivos, librarse de su melena había supuesto una liberación inmensa. No había tenido que preocuparse de nada más, ni de su aspecto, ni de los hombres que intentaban cortejarla. Había sido siempre el mejor modo de poder concentrarse en sus metas. Tal vez por ello siempre sonreía cuando acariciaba su pelo corto. Tal vez por ello se sentía feliz cuando se encontraba sola en la cama, porque eso significaba también que era libre para seguir su camino sin que nadie la forzara a desviarse.

En Madrid había seguido desarrollando sus proyectos de ilustraciones para cuentos infantiles. En esos momentos estaba sumergida en un nuevo libro en el que se contaba una historia fantástica, al estilo de Alicia en el país de las maravillas, pero cuya protagonista era una niña que jugaba al fútbol. El proyecto era muy interesante y había hablado mucho con la autora, una joven escritora que tenía una personalidad muy carismática. Cuando se reunían hablaban mucho sobre el libro y también sobre sus vidas. Ambas habían sido grandes luchadoras que habían tenido que pelear para poder dedicarse a lo que querían y ser independientes.

Estaba trabajando concentrada, perfilando bien los rasgos del personaje de la niña. Con el consentimiento de la autora, la había dibujado con el pelo corto, aunque con unos labios rojos y carnosos que le daban un toque femenino.

Sumergida en sus bocetos, empezó a llover con fuerza y entró agua por la terraza, como ocurría siempre. Puso una toalla en el suelo para que absorbiera la humedad y sonrió. Se sentó de nuevo a dibujar para darle vida a esa niña, tratando de representar a una pequeña luchadora. Un trazo más, una inspiración. A veces sonreía mientras dibujaba sin darse cuenta. En ocasiones el lápiz mandaba y otras era su cabeza y la vívida visión que trataba de representar en el papel.

Se sentía bien cuando dibujaba.

UNA CENA VEGANA

"Because emotional happiness is an experience, it can only be approximately defined by its antecedents and by its relation to other experiences." [9]

En "Stumbling on Happiness" de Daniel Gilbert.

—¿Otra cena en casa? —Pablo leía tranquilo en el sofá—. Invitaste a tus amigas el viernes.

—Mañana es viernes. Hace una semana que las invité.

—Es que es tan complicado siempre cocinar para ellas —intentó justificarse—. Laura es vegana y a Alicia hay tantas cosas que no le gustan, que a veces me entran ganas de pedirle que nos escriba una lista. La última vez que vino, se dedicó a apartar cada grano de maíz de la ensalada, uno por uno, por el amor de Dios, pero si son tan pequeños que son prácticamente imperceptibles.

Su novia le miraba indignada.

—¿Quieres que empiece yo a hablar de las glorias de tus amigos? —su tono era amenazante. Por lo visto tenía un repertorio guardado para casos de emergencia.

El siguiente movimiento podía declarar una guerra. Pero él no quería declararle la guerra a su amor y menos por culpa de amistades. Miró a su novia tratando de transmitirle que no quería discutir. Trató de buscar la calma en la lectura. Ella regresó a la cocina sin saber que en verdad él no podía concentrarse para leer porque esos temas le irritaban demasiado. El gesto de refugiarse en el libro había sido un modo de protegerse, pero aunque él no pudiera seguir leyendo, por lo menos la discusión no había ido a más. Además, dijera lo que dijera no iba a poder persuadir a su novia de nada. Cuando se trataba de sus amigas, ella se comportaba como una leona protegiendo a sus crías y las defendía costara lo que costara.

Alguno de los dos tenía que ceder y en esa ocasión tenía que ser él —en muchas otras ocasiones también—.

Miró el tranquilo salón imaginándose que al día siguiente estarían allí las amigas de su novia. La invitación ya era oficial. Antes de intentar concentrarse en el libro, se le ocurrió una idea.

—¿Y si invito a Mario? —dijo elevando la voz.

—Como quieras —respondió ella volviendo al salón—. Pero tu amigo Mario siempre crea polémica.

—Me tienes que reconocer que nunca te aburres con él —añadió él dejando el libro en el sofá e invitando a su novia a sentarse a su lado.

—Es verdad —respondió ella sentándose cerca de él a modo de reconciliación.

—Además, están los tres solteros.

—Él es demasiado agresivo para ellas —añadió ella al instante, preocupada ante la idea de que un amigo tan directo pudiera hacer daño a sus amigas.

—O ellas demasiado tranquilas para él —había dicho él mientras la rodeaba con su brazo y la atraía hacia sí.

Había dicho "tranquilas". Eso significaba que estaba en son de paz. De otro modo, habría dicho las "sosas" de tus amigas y eso habría vuelto a avivar el fuego de la discusión. Ella se dejó mimar.

Al día siguiente, el día de la cena, prepararon una receta vegana que habían encontrado en internet. No fue fácil, pues Pablo se había quejado todo el tiempo de lo limitados que eran los ingredientes. Al final apareció una receta interesante; una ensalada de quinoa con aguacate, mango, cilantro y limón.

Pablo no paraba de quejarse.

—Es que la misma ensalada estaría mucho mejor con un poco de atún o de mozzarella.

Ella le miraba irritada. Ya habían tenido esa discusión.

—¿Me estás tomando el pelo? —dijo enojada.

—Joder, ya sé que no podemos poner esos alimentos por culpa de Laura. Pero no podemos ponerlos aparte y aderezar un poco mejor nuestra propia ensalada. Nosotros no somos veganos. ¿Por qué tenemos que comer así?

—Mira, Pablo, ya está bien, deja de exagerar. La ensalada va a estar buenísima —dijo ella concentrada en su labor de limpiar y cortar los ingredientes.

—Me siento confundido ahora mismo.

—¿Por? —dijo ella acabando de cortar el cilantro e intentando despegarlo de sus dedos, pues el cilantro era rebelde cuando estaba mojado.

—¿Pueden comer pan?

—Creo que sí. Bueno, a lo mejor depende del pan.

—Ah, eso era. Depende del pan. ¿Qué pan pueden comer entonces?

Ella le miró mientras se lavaba las manos eliminando los restos de cilantro rebeldes que no se habían querido despegar de sus dedos.

—Porque yo me voy a morir de hambre y por lo menos voy a comprar una barra de pan —siguió él.

—Bien, como quieras.

—Lo que pasa es que, ¿con qué se comen el pan? Mantequilla no pueden, ¿verdad?

—Pablo, aceite, aceite de oliva. Por Dios, no hagas las cosas más complicadas de lo que de por sí ya son.

—Bien, pero me voy a la panadería antes de que cierren —dijo él guardándose la cartera en el bolsillo del vaquero.

—Asegúrate de preguntar si es apto para veganos.

Él no contestó y dio un portazo. Ella se quedó con la duda de si le había oído o no. Tampoco sabía si estaba enfadado o sólo tenía prisa.

Un cuarto de hora más tarde regresó.

—Bueno, la panadera me ha mirado extrañada. Me ha explicado que tiene pan para celíacos y que supone que los veganos pueden comer el mismo pan.

—Pablo, los celíacos es otra historia.

—Lo sé. Es gente que no puede comer pan. ¿No?

—Bueno, es más complicado que eso. Hay muchos más alimentos que tampoco pueden comer.

—Ay, lo sé, reza para que ninguno de mis amigos quiera ser celíaco.

—¿Estás de broma? Es una enfermedad. No es una moda como el vegetarianismo o el veganismo.

—Mira, no es por nada, pero yo cada vez veo a más gente en el supermercado comprando en la sección para celíacos. Así es que no sé si es una moda o una enfermedad, pero si dices que es una enfermedad debe de ser una enfermedad muy contagiosa.

Ella no contestó. Le miró con una mirada asesina. Respiró profundamente, cerró los ojos y por fin dijo con un tono sorprendentemente tranquilo.

—La cena está lista.

—¿Postre?

—Gelatina.

—¿En serio? —dijo él torciendo el gesto—. La gelatina es un postre perfecto para hospitales y para gente enferma, pero para una cena de amigos.

—Pablo, no empieces otra vez...

Antes de que ella pudiera enfadarse otra vez, sonó el timbre.

—Laura y Alicia me han dicho que traen algo para beber. ¿Puedes abrir la puerta y ser amable con ellas?

Pablo caminó refunfuñando hacia la puerta. No disfrutaba de esas cenas tan complicadas.

Al abrir se sorprendió. Laura y Alicia llevaban dos botellas de vino blanco y habían cocinado un postre que tenía muy buen aspecto.

—Es tarta de coco vegana —dijo Laura orgullosa, aunque Pablo no había pronunciado ninguna palabra.

—¿Me puedes explicar cómo se hace una tarta sin...?

—Leche de soja —dijo ella interrumpiéndole. Mantuvo su rostro serio.

—Pero qué tramposas... y nosotros aquí volviéndonos locos con los ingredientes tratando de jugar limpio.

Su tono era neutro. Estaba cansado, no tenía ganas ni de atacarlas ni de meterse con ellas para hacerles ver lo incómodas que podían llegar a ser.

Ellas no supieron si hablaba en serio o estaba bromeando. Entraron dentro sin que él las invitara, pues ya lo conocían y no esperaban que fuera un chico atento con ellas. Pablo tenía un don para hacerlas sentir como tumores cancerígenos a los que había que extirpar. O en otras palabras, era un borde. Lo que a veces no entendían era qué veía su amiga Cristina en él.

Antes de que Pablo pudiera cerrar la puerta, sonó de nuevo el timbre. "Menos mal", pensó para sí mismo, feliz de que Mario llegara al rescate.

Mario subió por las escaleras.

—¿Qué pasa, tío? —le dijo chocándole la mano—. ¿Cómo se presenta esa cena de féminas? —sonreía con malicia.

—No me hables, no me hables —dijo Pablo cerrando la puerta.

Mario no había llevado nada, sólo su buen humor.

—Venga, tío. Va a ser una buena velada. Es viernes. Empieza el fin de semana.

Al entrar al salón, vieron que las tres chicas se habían sentado a un lado de la mesa. Parecía que estaban preparadas para un enfrentamiento de géneros; chicas contra chicos.

—Hola, soy Mario –dijo saludando con la mano sin acercarse más. Parecía que tuviera miedo de que fueran a morderle.

—Laura –respondió con gesto serio.

—Alicia –imitando el mismo tono.

Cristina se levantó. Percibía que la noche empezaba de una manera incómoda y necesitaba algo de tiempo para ella. Se dirigió a la cocina. Sus dos amigas la siguieron, como si no quisieran quedarse solas en la mesa.

Ellos las escucharon murmurar y se quedaron callados intentando entender algo, pero los murmullos eran incomprensibles. Al poco volvieron con las bandejas de comida y las sirvieron en la mesa. Todas mostraban un rostro serio y les hacían sentir que no eran bienvenidos a la cena. Pablo y Mario las observaron repartir los platos sin atreverse a decir nada. No sabían cómo interpretar ninguno de los gestos que percibían.

—¿Querrás beber vino? —preguntó Pablo a Mario en un intento de crear por lo menos un ambiente agradable para ellos dos.

—Claro, siempre me apunto a una buena copa de vino.

—Es un Riesling blanco —dijo Laura, dejando claro que ella había llevado el vino y de paso recordándole a Mario el morro que tenía por no haber llevado nada.

—Voy a por el sacacorchos —dijo Pablo levantándose de la mesa y dirigiéndose a la cocina.

Pablo intentaba relajar el ambiente porque Mario se había quedado mirando a Laura sin saber muy bien qué decir.

Tras unos segundos, Pablo gritó desde la cocina:

—Tengo vino tinto si prefieres, Mario.

—Como quieras —dijo Mario levantando la voz y mirando en dirección a la cocina. Así al menos pudo desviar la mirada de Laura.

Pablo regresó con el sacacorchos.

—Bueno, empezamos con el vino blanco y luego ya veremos.

—Bueno —dijo Laura imitando su tono—, si a vosotros os gusta el vino tinto, prefiero que abras las dos botellas, porque nosotras sólo bebemos vino blanco.

Pablo se quedó mirando a Cristina en busca de ayuda, pero su novia no le lanzó ningún cable.

—Bien, como queráis, entonces nosotros beberemos vino tinto y vosotras vino blanco.

—Si no te importa, sí —enfatizó Laura.

Pablo volvió a la cocina y regresó al comedor con la botella de vino tinto. Tenía expresión seria. Sirvió dos copas, una para Mario y una para él. Se sintió tentado de coger su copa y brindar con su amigo. Acababan de empezar la velada y ya le había tocado Laura los cojones con su modo de organizar cómo debían beber los vinos. Pero miró a su novia y pensó una vez más que no valía la pena intentar dar lecciones a sus amigas. Abrió también la botella de vino blanco y les sirvió una copa a las tres mujeres. Cogió su copa y dijo:

—Qué aproveche —levantando su copa en señal de brindis.

Su novia le miró escéptica, pero al ver que Pablo bebía de su copa sin añadir ningún comentario más, respiró aliviada. No obstante, pese al brindis pacífico de su novio, iba a ser imposible tener una cena tranquila.

—¿Desde cuándo sois veganas? —preguntó Mario en lo que podía ser o bien un modo educado de sacar un tema de conversación o bien un modo de buscar polémica desde el principio.

—Un año —dijo Laura.

—Yo no soy vegana —dijo Alicia—, pero me gusta de vez en cuando probar las recetas.

—¿En serio? El otro día fui a un restaurante vegano y me pareció la mayor tomadura de pelo. Me cobraron un dineral por un carpaccio de calabacín que más o menos venía a ser calabacín crudo con limón, aceite y sal y un plato de pasta, apta para veganos, con una salsa de tomate totalmente ácida y vulgar. Yo creo que era de bote, vamos. Lo peor de todo fue que encima salí con hambre. En mi vida he comido peor.

—Tuviste mala suerte —dijo Alicia—. Yo he probado restaurantes muy buenos y a un precio razonable —miró a Laura en señal de defensa estratégica, como si hubieran entrenado arduamente para salir victoriosas de ese tipo de situaciones.

—No sé, tengo mis dudas —continuaba Mario—. Me da la impresión de que el veganismo es como una secta, o como una enfermedad, quizás es incluso un trastorno alimentario en el caso de algunas personas. En el fondo te aísla del resto y te convence de que el veganismo es el mejor modo de vida, pero acabas comiendo de una manera muy estricta sin cuestionar cómo reacciona en verdad tu cuerpo a la alimentación que le estás dando. No todos los cuerpos son iguales, ¿sabes? Ni todos tenemos la misma composición química. Hay gente que de verdad necesita comer carne, o queso, o huevos, o cualquier alimento que sencillamente le da los nutrientes que necesita y que además le proporciona placer, porque no podemos olvidar que comer debe ser un placer —dijo probando por fin la ensalada vegana que habían servido en su plato y masticando con curiosidad, sin pronunciar palabra.

—Siempre se pueden tomar suplementos alimenticios.

—Lo sé, hasta he visto en las farmacias y en las droguerías complementos dietéticos especiales para personas vegetarianas o veganas. Pero es todo un negocio. Te sacan dinero por todas partes. Tienes que comprar comida vegana que no es en absoluto barata y además suplementos porque te faltan nutrientes.

En este punto Laura dejó de comer para añadir.

—Si sigues una dieta equilibrada y conoces las propiedades nutricionales de los alimentos, no necesitas tomar ningún suplemento —después miró a Alicia con el mismo gesto de estrategia estudiada. Daba la sensación de que habían apuntado todos los argumentos que necesitaban emplear para defenderse.

—Yo no creo que la mayoría de la población posea esos conocimientos —volvió a interrumpir Mario— y lo que consiguen es hacerse daño. Además, me fascina el modo en que necesitáis defenderos constantemente los unos a los otros y que propagáis una filosofía de vida súper flexible y súper "happy", pero en verdad sois súper rígidos. Si alguien os invita a cenar tiene que cocinar comida vegana para vosotros, pero si una persona que sigue una dieta normal va a vuestra casa, jamás le prepararíais un bistec a la brasa, ¿verdad?

Pablo dejó también de comer para mirar a su novia. Empezaba a preocuparse. La velada apenas había empezado y la polémica ya parecía alcanzar su grado máximo. Cristina no daba crédito. Sus ojos estaban abiertos como dos platos y no había probado ni el vino ni la ensalada.

—Bueno, creo que nos has dejado claro que no quieres ser vegano, Mario, no creo que haga falta que insistas —intercedió por fin Pablo, preocupado únicamente por su novia.

En verdad no le importaban ni Laura ni Alicia. Consideraba que eran dos personas que lo único que hacían era complicar su vida, pero no quería tener problemas con su novia.

—Sí, claro que insisto, tío, claro que sí. Por una vez me gustaría que alguien me diera un argumento válido. Algo que no haya escuchado hasta el momento y que me ayude a comprender de verdad esa filosofía.

—Te sientes bien. Te encuentras mejor —dijo Laura en una actitud de fingida indiferencia. En el fondo se sentía irritada, pero no quería mostrar ese lado sensible en la cena—. Te ves mejor.

—Todo eso es ego. Y además es una forma peligrosa de sentirse bien, lo mismo que ocurre con las jóvenes que tienen anorexia y que cada vez están más delgadas y sin embargo dicen sentirse cada vez mejor, mientras que desde fuera vemos que cada vez están peor y nadie puede convencerlas de lo contrario.

Pablo y Cristina se miraron alarmados. Al menos Cristina sabía que Pablo estaba de su parte y que también trataba de calmar a su amigo. Los bandos ya no estaban tan claros en la mesa.

—¿Estás comparando el veganismo con la anorexia? —dijo Alicia alarmada.

—No lo sé —dijo Mario cogiendo la copa de vino y dando un sorbo de vino—. Tal vez. Sí, tal vez sí. Tiene sentido.

Mario trabajaba en un centro para asistencia de jóvenes con trastornos alimentarios. La mayoría eran chicas, pero en los últimos cinco años, había aumentado enormemente el número de chicos. Muchos de esos jóvenes vivían en el centro porque habían llegado hasta un punto peligroso en el que no podían llevar una vida normal sin sufrir episodios cercanos a la psicosis cada vez que tenían que comer.

—Mira, yo sólo digo que hay muchas formas de vivir y de ser feliz. Igual que hay muchas formas de comer de un modo saludable y de disfrutar de la comida al mismo tiempo. Pero partir de unos esquemas tan rígidos no me parece en absoluto saludable. Yo veo el mismo patrón en muchos veganos que en muchas personas de mi centro. Y eso me preocupa. Quizás esas personas encuentren en el veganismo una forma de incorporarse a la sociedad sin tener que justificar su comportamiento excesivamente estricto con la comida, bien, me parece bien porque por lo menos no es un modo tan radical ni tan peligroso como la anorexia. Pero yo no sé si a alguien más se le ha ocurrido estudiar el porcentaje de gente que busca en el veganismo refugiarse de algo...

—Mario, te olvidas de que los veganos sí se preocupan por su salud. No es ningún trastorno alimentario. Todo lo contrario —añadió Alicia. Miró a Laura de nuevo, buscando su aprobación, pero ésta no le devolvió la mirada, la tenía perdida en algún lugar de su pasado, donde exploraba recuerdos.

—Ya lo sé, pero veo pautas y similitudes que me preocupan. Es como ese modo de estar a la defensiva constantemente.

Laura empezó a llorar. Nadie entendía qué estaba pasando. Mario se dio cuenta y dejó la copa en la mesa. Hubo un silencio en el que todos miraron a Mario, quien se dio cuenta de lo que tenía que hacer. Respiró profundamente, aclaró su garganta y dijo:

—Discúlpame. Hoy he tenido un día muy duro en el centro por culpa de una de las más jóvenes. Me preocupa tanto esa chiquilla. Es lista como el hambre —hizo un breve silencio dándose cuenta de su desafortunado comentario—. Quiero decir, es una niña brillante y sin embargo se empeña en destrozarse y en cerrarse todas las puertas. Ver algo así es descorazonador.

Laura no levantaba la mirada de la mesa y tampoco paraba de llorar.

—Lo siento de verdad, Laura, y te pido perdón si me he excedido. Creo que estoy muy sensible y sin darme cuenta he volcado mis preocupaciones en el tema del veganismo. No me hagas mucho caso.

Laura se secó las lágrimas con la servilleta.

—Está bien. Acepto tus disculpas.

—Pero, ¿estás bien?

Asintió. Laura empezó a pensar en silencio en su época de anorexia. Nunca había llegado a perder peso de un modo tan alarmante como otras personas que habían padecido la enfermedad, con lo que nunca llegó a ser diagnosticada ni tratada. Con el tiempo había ido aprendiendo a introducir sus hábitos dentro de un estándar socialmente aceptado y consideraba que eso significaba tener la enfermedad bajo control. Siempre que no se aislara del mundo, no se consideraba enferma. Era cierto que estaba demasiado obsesionada y preocupada por la comida y que se trastornaba mucho cuando sentía que había engordado, pero imaginaba que a todo el mundo le ocurría más o menos lo mismo. Sin embargo, Mario había tocado varios puntos clave. Le había tocado la fibra.

—¿Os parece entonces que empecemos de nuevo? —dijo Cristina subiendo la copa de vino—. Venga, brindemos por una agradable velada.

Todos subieron su copa y brindaron. Se miraban de un modo diferente, como si hubieran tenido una revelación y algo hubiera cambiado entre ellos. No había tensión.

—Por cierto —dijo Mario tras beber vino—. La ensalada está buenísima.

LA MUDANZA

"No one knows what happiness really is." [10]
En "Stumbling on Happiness" de Daniel Gilbert.

Se acababa de mudar. Había sido una larga semana y estaba agotado. Esa tarde por fin habían ido sus amigos a ayudarle a montar muebles a cambio de cervezas. *A priori* había sido una buena estrategia para obtener ayuda, pero la mudanza no avanzaba. En la casa había únicamente una mesa y una silla desplegable en la cocina. Todos los muebles seguían en cajas de IKEA esparcidas por el suelo. La casa habría parecido un almacén si no hubiera sido por el televisor que se erigía orgulloso en el centro del salón.

En verdad debería de haber sido fácil montar aquellos muebles. De hecho, era algo tan sencillo que hasta las instrucciones recordaban a las míticas explicaciones del chocolate *Kinder Sorpresa*. Todos los niños que habían consumido ese chocolate habían logrado montar diminutos juguetes a través de diversas instrucciones sin texto. No importaba que los juguetes fueran tan diminutos que siempre hubieran acabado perdiéndose. Lo que importaba era que el método para montarlos había funcionado bien. IKEA debía de haberse inspirado de ese práctico modelo para que los adultos pudieran amueblar su casa con fáciles instrucciones con las que ni siquiera hacía falta saber leer. Además, todo eran ventajas, pues una vez montado el mueble, era poco factible que se perdiera.

Pero por muy fácil que fuera montar los muebles, nada podía hacerse contra la pereza de un viernes por la noche. Al final, como era de prever, habían acabado todos bebiendo en el suelo sin demasiadas ganas de montar nada, ni siquiera un par de sillas para sentarse. Estuvieron hablando de cómo había ido la semana, del trabajo, de las actividades de ocio de las que habían podido disfrutar, de las parejas —los que tenían— y de los nuevos ligues o conquistas —los que seguían solteros—. Se quedaron hasta que las cervezas se terminaron. Después se pusieron de pie, se estiraron los pantalones y se sacudieron los culos llenos de polvo. Carraspearon sus gargantas antes de despedirse.

—Jo tío, perdona que no hemos avanzado nada. Mañana si quieres volvemos.

Dijeron al despedirse, sabiendo que al día siguiente no iban a regresar, pues tenían mejores planes para un sábado que montar muebles, aunque fuera con un buen amigo.

Después de despedirse y de reír las bromas de sus compañeros, cerró la puerta con llave, se dirigió al salón y volvió a sentarse en el suelo. Apiló algunos cojines para estar más cómodo. Encontró su postura y suspiró relajado. En el fondo no le importaba el poco compromiso de sus amigos. Había disfrutado de su compañía y se había reído muchísimo, cosa que le hacía falta. Estaba atravesando una dura ruptura y no llevaba bien los momentos en los que se quedaba solo.

Abrió la última lata de cerveza que quedaba y encendió la televisión. Le sorprendía haber encontrado una posición tan cómoda con todos los cojines apilados contra la pared. Así se quedó dormido.

Al día siguiente despertó con un agudo dolor de cabeza. Le entraron náuseas cuando vio todas las latas de cerveza que él y sus amigos habían bebido la noche anterior. Necesitaba beber agua, pero la del grifo no era potable y todavía no había comprado botellas. Su cabeza iba a explotar.

Miró a su alrededor desorientado. No sabía en qué caja estaban las toallas. No había anotado nada en las cajas pensando que todo iba a ir rápido. Se daba cuenta de que hasta darse una sencilla ducha podía convertirse en una auténtica pesadilla.

Cogió el teléfono móvil, la cartera y las llaves y salió a la calle siendo consciente de que olía mal y de que ni siquiera se había lavado los dientes. Se puso las gafas de sol sintiéndose protegido del mundo con las oscuras lentes, como hacían algunos famosos cuando intentaban ir de incógnitos. Aunque él no era ningún famoso, sino un chico que acababa de romper con su novia, que acababa de mudarse y que salía a la calle sin ducharse.

En el rellano le dio la impresión de reconocer fugazmente a una chica que entraba cargando varias cajas, pero fuera quien fuera no iba a detenerse a saludar en ese estado. Cuanto antes saliera a la calle y comprara todo lo que necesitaba mejor.

Todavía no había explorado el barrio y no sabía muy bien dónde podía encontrar un supermercado. Pero decidió tomárselo con calma y dedicarse a pasear. Además la brisa matutina y el sol veraniego le estaban sentando bien y no tenía muchos más planes para ese sábado.

Tras cruzar cuatro calles encontró un pequeño supermercado. Por lo menos podía encontrar lo más básico: varias botellas de agua, pan, aceite, sal, queso, zumo, café soluble. Con aquello podía sobrevivir el fin de semana y empezar a organizarse en la cocina.

Regresó a casa y trató de no sentirse deprimido ante aquella visión de almacén. Cajas y más cajas se apilaban por todas partes. Lo peor eran los ridículos nombres de los muebles de

IKEA con los que no podía reconocer de qué se trataba hasta que abría el paquete y encontraba las instrucciones.

Sin platos ni cubiertos, el desayuno fue casi un reto, pero logró improvisar un bocadillo y reponer energías. Bebió también una botella de litro y medio de agua. La resaca parecía darle una tregua. Respiró profundamente y se animó a empezar a abrir las cajas.

Al día siguiente, bajó de nuevo a la calle para seguir explorando el barrio. Ya podía ducharse y vestirse. Había montado el armario de IKEA y había guardado toda su ropa, que no era mucha. Había organizado también las toallas y las sábanas y empezaba a tener la ilusión de que en cuestión de un par de días empezaría a sentirse como en casa. En la cocina había empezado a organizar la distribución de sartenes, platos, tazas, vasos y cubiertos. Todavía no podía cocinar, pues le faltaba comprar ingredientes básicos y administrar la comida en la despensa, pero por lo menos iba avanzando.

Puesto que aquella mañana de domingo todo estaba cerrado, iba a buscar un agradable lugar para desayunar. Intentaría encontrar una bonita cafetería que tuviera muebles montados. Quería disfrutar leyendo en un cómodo sofá y sabía que iba a abusar del café, su droga favorita fuera lunes o domingo.

Pero mientras planificaba una estupenda mañana, ocurrió algo inaudito. En el rellano de su edificio se encontró a la persona más inesperada. Su exnovia estaba cargando un par de pequeñas cajas, por la parte exterior podía leerse: "libros" —ella sí había apuntado lo que había guardado en cada caja—. Al verla cargada con las cajas le dio la sensación de tener un "déjà vu". Tal vez era la chica que el día anterior había creído reconocer y que también había entrado al edificio cargada con cajas. En esos momentos pensaba que por suerte no se había parado a saludar en el patético estado de resaca en el que se encontraba —además sin ducharse ni haberse cepillado los dientes, una de las peores situaciones para encontrarse con una ex—. Pero ese día era diferente, estaba bien despierto y duchado y sencillamente no pudo evitar pronunciar el nombre de su exnovia en voz alta.

—¿Lara? —dijo con voz ronca— ¿Qué haces aquí? —no podía creerse que el mundo fuera tan pequeño.

Ella llevaba unos vaqueros rotos y una camiseta negra. El pelo recogido en un moño alto y despeinado. Dejó un momento las dos cajas en el suelo.

—Me acabo de mudar —dijo con un tono neutro.

Él perdió el aliento. Su corazón, que se había acelerado al verla, en esos momentos parecía detenerse por completo, pasando de un extremo al otro en cuestión de segundos. Tenía la sensación de que ese encuentro iba a producirle una arritmia de por vida.

—No me lo puedo creer —alcanzó a decir.

—Lo siento –dijo ella—, no tenía ni idea de que tú también te mudabas a este edificio. Necesitaba encontrar algo rápido y aquí viven dos compañeras de trabajo que me han hecho el enorme favor de dejarme vivir en su piso, que es bastante grande. No creo que me quede mucho tiempo. No te preocupes —añadió con gesto serio— no vas a enterarte de que estoy aquí. No voy a molestarte para nada.

Dicho lo cual llamó al ascensor, cogió las cajas del suelo y desapareció.

Él se quedó perplejo. Salió a la calle. El sol le dio directamente en los ojos. Había olvidado las gafas de sol. Daba igual. Al menos tenía un libro para leer. Tal vez se quedaría en alguna cafetería hasta que lo terminara. De repente no sentía ningún deseo de regresar a casa y se daba cuenta de que no tenía ningún otro plan para ese domingo aparte de montar los muebles de ridículos nombres.

Mientras caminaba en busca de una cafetería, no paraba de pensar en Lara. ¿Cómo habían llegado a ese punto en el que no podían ni siquiera saludarse sin crear una situación tan incómoda? ¿Qué les había pasado? Habían sido una pareja casi perfecta durante cinco años y de repente todo había terminado. De un día para otro él había empezado a sentirse diferente y había tomado la decisión de dejarla. Y se sentía muy mal por haberla dejado. Lara era una chica estupenda. ¿Qué le pasaba a él entonces? Tenía que ser él. Algo iba mal con él. Seguro que estaba en una crisis de los treinta y ni siquiera era consciente y había tomado una decisión definitiva en lo que en verdad era una sensación momentánea.

Perdido entre sus pensamientos —y sobre todo abrumado por una incómoda presión en el pecho—, no miró a los lados al cruzar la calle y una moto le arrolló.

Lo siguiente que supo fue que estaba en un hospital y que le habían escayolado la pierna y que a su lado estaba Lara. Por un momento pensó que todo había sido un sueño y que no habían roto la relación, ni se había tenido que mudar, ni llevaba dos días viviendo entre cajas.

—Me llamaron porque era el primer número que tenías en tu teléfono y asumieron que era tu novia.

Había respondido seriamente pero no había acritud en sus palabras. Estaba leyendo una revista de economía en alemán para jóvenes emprendedores. Era una fanática de las revistas de economía en todos los idiomas.

—Gracias –musitó dolorido y confundido.

Hubo un breve silencio durante el cual él la observaba muy atentamente. Ella, por su parte, se mostraba más interesada en la lectura que en hablar con él. Así la recordaba, sumida constantemente en la lectura de algún libro o alguna revista. Estaba muy bonita con su pelo recogido y la cara lavada, como si acabara de salir de la ducha. Llevaba otra vez vaqueros y una sencilla camiseta azul marino.

Tras carraspear su voz, sabiendo que iba a interrumpirla en su lectura y que eso a veces le molestaba, se atrevió a añadir

—¿Qué te han dicho entonces? Sobre la pierna, me refiero.

—Pues que tienes la pierna rota –respondió sin levantar la mirada de la revista.

Él pudo apreciar que leía un artículo sobre Nathan Blecharczyk, uno de los tres fundadores de Air B&B, una empresa que se dedicaba a descubrir y a reservar alojamientos únicos en todo el mundo, ampliando las opciones de los viajeros para encontrar un lugar agradable donde pasar la noche. Había sido un fenómeno en los últimos meses y él había leído varios artículos sobre la empresa y sobre sus jóvenes fundadores. Le fascinaba que una vez más se relatara el típico relato americano en el que los protagonistas contaban orgullosos que al principio de la aventura empresarial empezaron durmiendo en el suelo y que terminaron haciéndose ricos. Les habían concedido muchas entrevistas para que contaran la historia que todos querían escuchar. Por eso había reconocido la fotografía y sabía qué artículo estaba leyendo su ex novia. Pero no iban a empezar a hablar de empresas ni de jóvenes emprendedores para tener un tema de conversación. La situación era la que era.

—Lara, no hace falta que te quedes –dijo mirando el techo.

Le avergonzaba que su ex novia fuera la única persona a la que el hospital había podido llamar. Ella todavía no levantaba la mirada de la revista, parecía que quería leer el párrafo hasta el final.

—Van a darte el alta dentro de unas horas y puedo llevarte a casa. Vivimos al fin y al cabo en el mismo edificio —dijo mirándole y cerrando la revista.

Tal vez se daba cuenta de que su actitud era demasiado agresiva. Pero necesitaba protegerse. Ella también se sentía extraña ante esa situación. Él la había dejado a ella y sin embargo le estaba haciendo sentir todo el tiempo que había sido al revés.

—Puedo coger un taxi —dijo él recuperando su timbre.

—¿Estás seguro?

—Sí.

Ella no insistió. Se puso de pie, guardó la revista en el bolso de mimbre y caminó hacia la puerta. Se giró antes de salir.

—Espero que estés bien. De verdad.

Él seguía mirando el techo. Se le resbalaron algunas lágrimas cuando ella ya no podía verle.

¿Qué había pasado entre ellos? ¿Cómo habían podido convertirse casi en extraños? ¿No había ningún sentimiento más? ¿Así terminaba todo? Siendo sincero consigo mismo, tenía que reconocer que le había alegrado ver el rostro de Lara al abrir los ojos, aunque al ser consciente de la situación real, enseguida una presión habría oprimido su pecho. No sabía cómo se sentía, pero no quería obligarla a quedarse y estaba claro que ella quería irse.

Tal y como Lara había dicho, al cabo de unas horas le dieron el alta y unas muletas. El médico le había explicado que no tenía la pierna rota, como había dicho Lara —quien, cuando leía algo interesante, no prestaba atención a las personas que le hablaran—, sino una fractura de tibia. Sería necesario llevar la escayola por lo menos un mes y medio. Después sería importante ir al fisioterapeuta para la rehabilitación porque haría falta recuperar la musculatura. Por último, el médico le dijo que debía mantener la pierna en alto todo el tiempo posible.

Todavía no sabía cómo iba a organizarse en una casa sin muebles. El único lugar donde podía quedarse era el colchón que yacía en el suelo del cuarto. Se alegraba de haber montado por lo menos el armario. Eso le iba a ahorrar tener que bucear entre las cajas de la mudanza cada mañana para poder vestirse después de la ducha. Ese era otro tema espinoso, la ducha. Pensó que no tenía ni idea de cómo se iba a duchar sin mojar la escayola.

Salió del hospital acostumbrándose a la extraña sensación de moverse con las muletas. El día estaba nublado, aunque el sol asomaba ligeramente detrás de densas nubes. Cogió un taxi y entró con dificultad pese a que era un mercedes muy amplio. Fue difícil lograr meter las muletas y cerrar la puerta. No intercambió ninguna palabra con el taxista, quien probablemente estaría acostumbrado a que la gente que volvía de los hospitales no tuviera muchas ganas de hablar.

El taxi le paró enfrente de su puerta para que no tuviera que cruzar la calle. Él bajó torpemente del coche. Cerró la puerta intentando sujetar las dos muletas con un brazo y haciendo equilibrio con la pierna que tenía sana, tratando de que la escayola no tocara el suelo.

Caminó hasta el rellano acostumbrándose de nuevo al vaivén de su cuerpo con las muletas. Se dio cuenta de lo complicado que era abrir la puerta con las llaves sujetando al mismo tiempo las muletas. En ese momento pensó en lo tonto que había sido al cruzar sin mirar el día en que se encontró a su novia en ese mismo rellano. Si hubiera estado más atento, nada habría pasado. Cuanto más se enfadaba consigo mismo, más le costaba abrir la puerta. Por fin entró en el edificio. Se sintió agradecido por tener un ascensor moderno cuyas puertas se abrían solas.

Bajó en su piso agotado y de muy mal humor. Entró en casa después de otro fatídico episodio de lucha con las llaves y las muletas. El piso olía a cerrado e incluso todavía se apreciaba el olor a cerveza de la noche del viernes con sus amigos, pero no tenía energía para abrir las ventanas. Se dirigió al cuarto y se tumbó en la cama con cuidado. Dejó caer las muletas pesadamente al suelo y se perdió entre las sábanas. La pierna por lo menos estaba en alto. Se quedó dormido.

Al cabo de unas horas llamaron al timbre. Lentamente logró incorporarse con ayuda de las muletas. Como la cama estaba al nivel del suelo, le costó un gran esfuerzo lograr levantarse sin apoyar la pierna fracturada. Avanzó hacia la puerta siendo muy consciente de cada movimiento que ejecutaba.

Apoyó las muletas en el lado izquierdo y abrió la puerta.

—¿Lara? –dijo sorprendido, como si ella no supiera cuál era su propio nombre.

Lara llevaba una fuente con comida y reprimía una sonrisa. Sabía que acababa de despertarse. Conocía perfectamente ese rostro de recién salido de la cama, con los ojos y los labios hinchados.

—Hemos cocinado lasaña y ha sobrado mucha. Imaginaba que no habrías comido nada.

Él fue a hacer un gesto para coger la bandeja, pero miró las muletas, como si momentáneamente las hubiera olvidado.

—Ya te ayudo –dijo ella entrando— ¿Dónde está la cocina?

—Al fondo a la derecha —dijo él dejándole espacio para que pudiera entrar.

Caminó decidida.

—¿Lo tienes todavía todo en cajas?

Él no contestó. Estaba demasiado concentrado intentando avanzar al mismo ritmo.

—Oye, si necesitas ayuda, sé que las cosas entre nosotros son muy extrañas, pero estoy en el piso de abajo y puedes darme un toque siempre que lo necesites. Dejó la bandeja en la mesa de la cocina—. ¿Tienes platos y cubiertos?

Él asintió. Ella se giró y empezó a caminar hacia la puerta de nuevo. Él la siguió concentrándose una vez más en sus movimientos. Su cuerpo se movía lentamente, como un columpio desvencijado. Su pierna parecía pesar toneladas con la escayola.

Se despidieron en la puerta. Ella recreó la misma escena que él todavía recordaba del hospital, como si fuera un *remake*.

—Espero que estés bien. De verdad —repitió, más o menos, las mismas palabras que había dicho en el hospital.

La observó alejarse y desaparecer por las escaleras. La escuchó bajar un piso. Cerró entonces la puerta lentamente y volvió a la cocina. Se sentó en la silla dejando caer las muletas pesadamente al suelo. Miró la lasaña. Tenía buena pinta y olía todavía muy bien. En los cinco años de relación que habían tenido, Lara nunca había cocinado nada tan elaborado para él. Pensó en lo paradójica que podía a veces llegar a ser la vida. Ahora que ya no estaban juntos, cocinaba para él.

Las tornas habían cambiado mucho. Pese a que había sido decisión suya dejar la relación, él parecía encontrarse peor, mientras que ella parecía haber recuperado algo que había perdido.

Se suponía que una persona tomaba una decisión para mejorar, no para empeorar y no entendía qué estaba pasando porque él estaba más deprimido que nunca. Su exnovia mientras tanto estaba reluciente, bella y serena. Hacía tiempo que no la veía tan bien, hasta tal punto que incluso podía emplear una parte de su energía en preocuparse por su exnovio, aunque él la hubiera dejado sin poder darle ningún argumento de valor y no mereciera esas atenciones después de haberse portado así con ella.

Miró su piso que seguía pareciendo un almacén y que durante el próximo mes y medio seguiría siendo tan poco acogedor, pues con la escayola iba a ser imposible seguir montando muebles. Pensó en muchas cosas a la vez y al final una pregunta empezó a perfilarse con mucha claridad: ¿Era posible tomar una decisión por otra persona? Quizás él había tomado esa decisión por ella, quizás era ella quien necesitaba que esa relación terminara. El debía de haberlo percibido de una manera u otra y por eso había dejado de sentirse bien en la relación y había necesitado dejarla. Por ella, no por él. ¿Era posible?

UN VESTIDO DE SEDA AZUL

"But one thing we can always count on is our own experience." [11]

En "Stumbling on Happiness" de Daniel Gilbert.

Ninguna chica parecía más perdida que ella en aquel local de música *techno* donde los hombres se acercaban a las mujeres para invitarlas a una copa. La música estaba demasiado alta.

—¿Me dejas que te invite a una copa?

Ella se giró al escuchar aquella voz grave que pudo hacerse oír pese a la música. El hombre que se había acercado llevaba el pelo engominado y olía a perfume caro.

—Sí —respondió ella tímidamente.

Se notaba que no solía frecuentar ese tipo de locales. Todo en ella delataba inseguridad. Poco antes de que el hombre se hubiera acercado, había intentando pintarse los labios fugazmente —como lograban hacer muchas mujeres con maña—. Pero ella siempre necesitaba un espejo y concentrarse. Fue una pena porque en lugar de sentirse más cómoda para entablar una conversación, tuvo que apretar los labios porque le daba la impresión de que tenía pintalabios rojo en los dientes. Pensaba que había sido un fallo y que no tendría que haberse pintado sin un espejo y menos con un tono rojo que sólo era apto para profesionales. No se atrevía a sonreír porque no sabía qué aspecto tenía. Todo era posible y ella se imaginaba el peor de los escenarios: quizás el color salía de forma irregular por la comisura de sus labios dándole una expresión de payaso triste.

—¿Qué tomas? —preguntó él con una sonrisa llena de carisma.

—Whisky con hielo —respondió ella pasándose a continuación la lengua por los dientes, tratando de borrar cualquier resto de pintalabios, antes de atreverse a sonreír.

—Wow, nunca me había pedido ninguna mujer un whisky. Siento respeto –añadió sonriendo y mostrando una dentadura perfecta.

Ella sonrió por fin. Esperaba no tener pintalabios en los dientes. Esa noche llevaba un vestido azul celeste de seda, pero se le había hecho una carrera en las medias y no se sentía en absoluto elegante. ¿Por qué no podía ser como otras mujeres que lograban siempre estar perfectas? ¿Cómo se conseguía eso? ¿Se impartía algún curso en algún lado? Porque de ser así, a ella le gustaría hacer ese curso.

—Bonito vestido –añadió él. Después miró a la barra para llamar la atención del camarero.

—Gracias –dijo ella con voz tan baja que apenas pudo ser perceptible.

Estaba en un estado casi catatónico porque no daba crédito a lo que acababa de escuchar. El hombre había halagado su vestido. Ella se había comprado el vestido para llamar la atención y para lograr un halago, por supuesto, pero no esperaba que una estratagema tan simple pudiera funcionar. Y sin embargo, había funcionado.

El hombre pidió dos whiskys con hielo mirando al barman y a continuación se giró de nuevo hacia ella. Era bastante absorbente, parecía que no quisiera que ella desviara su atención en nada más.

—¿Estás sola?

—Eso parece –él levantó una ceja a modo de pregunta. Ella continuó hablando—. Mis amigas han desaparecido. Han tenido más éxito que yo —dijo tratando de ser graciosa, sin darse cuenta de que sonaba patética. Volvía a pensar en ese hipotético curso. ¿De verdad nadie daba clases para ligar?

—Hasta ahora —dijo él desviando brevemente su mirada hacia la barra. El camarero se acercaba—. Tu suerte está a punto de cambiar —añadió.

Justo en ese momento el camarero colocó dos vasos delante de ellos. Observaron cómo añadía hielo y servía el whisky antes de decir a cuánto ascendían las bebidas.

—Veinticuatro euros.

No era un local especialmente barato y los hombres sabían lo que costaba invitar allí a una mujer a una copa. Ella se había gastado sus ahorros de ese mes en comprarse el vestido que llevaba y los zapatos a juego con el bolso. Pero eso él no lo sabía, ni quería saberlo. Ella estaba en ese local. Había acudido con un elegante vestido. El hombre no necesitaba más señales para saber que podía acercarse a ella e invitarla a una copa.

—¿Estudias o trabajas? —preguntó él apoyándose en la barra para acercarse a la altura de sus ojos.

—Las dos cosas. Doy clases de yoga en un gimnasio y estudio psicología a distancia —dijo tratando de no ponerse nerviosa.

—Profesora de yoga –repitió él—. Debes de ser muy flexible. No hay gente tan exótica por aquí —probó su whisky y la miró de arriba abajo, como si pese al vestido que la cubría, tratara de adivinar el cuerpo que tenía—. Otros fines de semana sólo he conocido a chicas que van al gimnasio. Tampoco está mal, claro, pero el yoga debe ser algo especial.

—¿Vienes mucho? —dijo ella cambiando de tema. No le apetecía hablar tanto sobre su vida.

—Siempre –respondió él sinceramente.

Ella había ido con sus amigas porque la habían convencido de que en ese local había hombres interesantes y de una extraña generación que, pese a ser jóvenes, todavía invitaban a las chicas a una copa para romper el hielo.

Sus amigas habían desaparecido hacía horas, pues todas habían sido enseguida invitadas por algún galán, mientras que ella se había quedado sentada en la barra temiendo volver a casa deprimida después de una noche tan poco exitosa. Lo peor era que se sentía estúpida con aquel vestido de seda que se había comprado llena de dudas. En la tienda les había preguntado una y otra vez a sus amigas si de verdad valía la pena gastarse tanto dinero en un simple vestido. Pero, pese a no sentirse cómoda con aquel vestuario al que no estaba acostumbrada, tenía que reconocer que había funcionado. Un hombre se había acercado a ella, la había invitado a una copa e incluso había halagado el vestido.

—¿Vamos a tu casa o a la mía? –dejó caer él.

A continuación dio un sorbo de whisky dando la impresión de que no había dicho nada importante. La miraba de nuevo de una forma especialmente absorbente.

Ella ni siquiera había tenido tiempo de probar la copa y él ya le estaba ofreciendo sexo —o eso estaba imaginándose ella—.

En un primer momento se sintió bloqueada. Pero después tuvo que reconocer que tenía más ganas de acostarse con él, pese a no conocerle de nada, que de tomarse la copa. Después de tantos años siendo virgen y pensando que valía la pena esperar para alguien especial, al final sus amigas la habían convencido de que tenía que relajarse en ese tema y probar algo diferente con un desconocido.

Era además un hombre atractivo y elegante. Rondaría la treintena, pero tenía un aspecto más juvenil y se notaba que sabía cómo acercarse a las mujeres. También tenía un repertorio de comentarios que resultaban acertados.

Aclaró su garganta. No podía creerse que estuviera aceptando la invitación de un desconocido.

—Yo comparto piso, pero si quieres... —empezó a titubear, tratando de sonar más segura de lo que su voz le permitía.

—Vamos entonces a mi casa –dijo él sin dejarla terminar—. Apuró su copa y le preguntó, ¿estás lista?

Ella miró su copa intacta.

—No te preocupes por la copa. Si tienes ganas de un whisky te preparo uno en casa.

Torpe y patosa se puso de pie. No estaba en absoluto acostumbrada a llevar tanto tacón. Se estiró la falda porque siempre tenía miedo de que en un descuido se le vieran las bragas.

—Qué mona —dijo él ofreciéndole el brazo para que ella se sujetara—. ¿Has bebido mucho? —preguntó sonriendo.

—No. Nada —dijo ella sinceramente. No había bebido alcohol, pero aquellos tacones eran peor que cuatro chupitos de tequila.

La miró intrigado sin soltarla, pero no dijo nada.

Salieron fuera. El viento fresco le hizo bien. Le temblaban un poco las piernas, pero no sabía si eran los nervios o el frío. Ella no era en absoluto una persona espontánea con el sexo, de hecho, era un tema tabú. Pero ese día estaba decidida a cambiar. Era un gran reto y estaba muy nerviosa.

Tenía veintisiete años y nunca había tenido novio. Sus amigas le habían convencido de que tenía que dejar de ser tan exigente con los hombres. Por eso había accedido a acompañarlas a aquella discoteca y se había comprado para la ocasión el ridículo vestido de seda azul que llevaba. Pensaba que tal vez con ese *look* más sugerente alguien se acercaría a ella y la invitaría a una copa. Con sus vaqueros y sus deportivas nunca había logrado nada, de modo que había aceptado que tenía que cambiar su estrategia. Lo que de verdad ansiaba era tener la oportunidad de conocer a un chico y quizás iniciar una relación y formalizarla. Un novio de verdad, por fin, a los veintisiete años —algo que su madre le recordaba con frecuencia—. Pero para eso, tal vez tenía que aceptar que a veces el primer paso para tener un novio era tener sexo. Tal vez ella se había imaginado al revés las cosas y también en ese aspecto tenía que cambiar de estrategia.

No obstante, pese a que hasta ese momento todo parecía haber ido bien, a continuación no ocurrió exactamente lo que ella había imaginado ni lo que sus amigas le habían contado que iba a pasar.

—¿Sigues con ganas de tomar una copa? –preguntó él cerrando la puerta de su casa con llave y encendiendo las luces.

Vivía en un adosado a las afueras de la ciudad. El taxi había tardado más de media hora en llegar hasta allí. Ella estaba preocupada porque no sabía si habría alguna parada de metro para volver después a casa, lo que tenía claro era que no podría pagar ningún taxi desde esa distancia. Pero no debería de estar dándole tantas vueltas. La mayoría de sus amigas se quedaban a dormir en las casas de los chicos que habían conocido por la noche y nunca había pasado nada.

—No, gracias. En verdad no tengo ganas de beber —respondió sinceramente.

—¿Y de follar? — le preguntó directo.

Ella asintió con timidez y él sonrió.

—No tienes por qué cortarte. Yo también tengo ganas. En verdad tengo muchísimas ganas de quitarte ahora mismo ese precioso vestido. Pero primero me gustaría hacerte una proposición y quiero que lo pienses bien antes de responder.

Le propuso hacer un trío con un amigo y pagarle por sus servicios. Ella no contestaba sino que miraba la seda de su vestido. No imaginaba que un tejido tan delicado fuera a meterla en una situación tan complicada. Él se daba cuenta de que estaba indecisa y trató de buscar más argumentos a su favor.

—También te pagaré un taxi si no quieres quedarte a dormir aquí —como si le hubiera leído el pensamiento—. ¿Qué me dices? —Preguntó tranquilo pero impaciente a la vez. Volvía a mirarla de ese modo absorbente.

Su cabeza daba vueltas. Menos mal que no había bebido y que se sentía lúcida.

—¿Cuánto me pagarías? —No podía creerse que estuviera preguntando aquello. Pero del mismo modo tampoco se había creído que hubiera aceptado la invitación de un desconocido y sin embargo así había sido. Esa noche se había propuesto cambiar su forma de ser, vencer sus miedos y decir que sí cuando su tendencia natural era decir que no. Sumergida en esa nueva dinámica, de repente no encontraba el límite.

—¿Cuánto quieres?

No esperaba esa respuesta y sus reflejos fueron lentos.

—No lo sé –dijo mordiéndose la lengua—. Nunca he hecho nada igual.

Él sonrió.

—Tranquila. No pasa nada. Es más normal de lo que imaginas. De verdad. Y te va a encantar. Te lo prometo. No haremos nada que no quieras hacer.

Realmente pensaba en la paradoja de la situación. No quería hacer ningún trío. Le horrorizaba la idea. Sentía miedo. Jamás había tenido sexo esporádico con nadie y empezar con un trío podría ser traumático de por vida. Pero escuchaba todavía las voces de sus amigas y sus consejos y recordaba cuánto habían insistido en que tenía que relajarse.

—Quinientos euros –dijo después de un largo silencio. Todavía parecía que otra persona hablaba por ella.

—Me parece bien –dijo sacando su teléfono.

A continuación marcó un número. Se puso de pie y empezó a caminar de un lado al otro del salón mientras le exponía a su amigo la situación. No dejaba de mirarla.

—Esta es nuestra noche. Sí. Es una niña preciosa —dijo a alguien al otro lado de la línea—. Te va a encantar. Nosotros ya estamos en casa. Ven cuando quieras. Sí. Sí, claro. A lo mejor empezamos sin ti —dijo mirándola a ella—. Ya veremos –colgó sonriendo.

—¿Cómo te llamas? –preguntó directo.

—Isabel.

Otra vez había sido lenta de reflejos. Tenía que haber dado un nombre falso.

—Yo soy Abel, rima con tu nombre —la miró de nuevo de ese modo absorbente—. Encantado de conocerte —ella no contestaba—. Va a ser una noche genial. Te lo aseguro —intentando tranquilizarla.

Ella ya se estaba arrepintiendo de haber aceptado. Cada vez sentía más miedo. Él debió percibir esa incertidumbre. Aunque le estuviera proponiendo algo insólito, por lo menos tenía bastante psicología emocional y parecía saber qué debía hacer en todo momento para calmarla. Se acercó a ella en el sofá y le susurró al oído.

—¿Te parece bien si empezamos tú y yo a conocernos un poco?

Cuando se acercó a ella, Isabel percibió una vez más ese perfume que olía de un modo embriagador. Él seguía bien peinado, como si acabara de empezar la noche, o como si hubiera hecho uno de esos cursos de seducción con los que Isabel soñaba.

—Ven, vamos a mi cuarto –dijo alargándole la mano para ayudarla a incorporarse.

Apagó las luces del salón y la condujo al dormitorio. Fuera había una terraza iluminada desde la cual entraba una interesante luz nocturna al cuarto. Abel puso música jazz. A ella le pareció reconocer a Duke Ellington pero no dijo nada, sino que caminó hasta la terraza y se asomó. Fuera había un jacuzzi. Se quedó mirándolo.

—¿Te apetece? –preguntó él leyéndole el pensamiento.

—¿Podemos?

—Claro que sí. Todo lo que quieras. Ya te he dicho que va a ser una noche genial.

Dicho lo cual, la cogió por los hombros para girarla de cara a él y le desabrochó lentamente la cremallera del vestido. Después lo dejó caer al suelo sin ningún preámbulo. La seda resbaló rápidamente. Con la mano derecha Abel le desabrochó el sujetador y con la izquierda le bajó las bragas y las medias, todo en un gesto tan rápido que a ella no le dio tiempo a reaccionar. Los zapatos se cayeron solos cuando él la tomó en sus brazos para salir a la terraza. Una vez fuera la dejó en el suelo con delicadeza y encendió el jacuzzi.

—Creo que la temperatura debe ser agradable, pero si quieres que esté más caliente, dímelo.

Isabel se sujetó del bordillo, no sabía si la superficie era resbaladiza y prefería agarrarse de algo sólido. Daba la impresión de que era una niña pequeña que asistía a su primer cursillo de natación y todavía no se atrevía a meterse en el agua. Introdujo el primer pie y percibió que el agua estaba caliente. Entró lentamente disfrutando de la sensación de una temperatura que le relajaba. Su cuerpo se fue sumergiendo hasta que se sentó y elevó entonces su mirada. Abel había empezado a quitarse la ropa. Ella no podía dejar de mirar aquel cuerpo masculino. Nunca había visto a un chico desnudarse delante de ella. No sabía si era demasiado obvio por su expresión de sorprendida o por el hecho de que aunque no quería, su vista se desviaba todo el tiempo a su sexo.

Él entró enseguida al jacuzzi y la privó momentáneamente de las vistas de su sexo, algo que parecía haber fascinado a Isabel. Se acercó a ella y tanteó debajo del agua buscando su cuerpo. No dudó en acariciar primero sus senos y en ir descendiendo poco a poco por la cintura con una de las manos hasta alcanzar su vello púbico. Le acarició muy lentamente y a ella se le escapó un gemido. Él siguió tocándola con mucho mimo, apenas rozándola. Cuánto más suave era el tacto, más la enloquecía.

Cuando Isabel por fin se atrevió a descender también su mano en busca de su sexo, sonó el timbre.

—Sí que se ha dado prisa –dijo Abel saliendo rápidamente del agua desnudo y con una gran erección.

Todo fue demasiado abrupto para Isabel, que se sintió como si acabaran de despertarla de un sueño y no supiera dónde se encontraba.

Abel desapareció por la puerta. Ella escuchó que quitaba la música jazz. El silencio la alertó. Se quedó inquieta en el jacuzzi siendo de nuevo consciente de la situación en la que se encontraba. Estaba a punto de tener un trío con dos chicos. En esos momentos de incertidumbre, le dio por pensar que habría preferido que su primera experiencia en un trío fuera con otra mujer y con un solo hombre. De alguna manera no se habría sentido tan protagonista en el que era un papel que jamás había interpretado.

No sabía qué esperaban de ella. ¿Debería salir o esperar? Escuchaba el burbujear del jacuzzi y trataba de calmarse. A los pocos minutos, Abel salió a la terraza de nuevo. Llevaba una toalla enrollada en la cintura y un albornoz blanco para ella que le ofrecía sonriente para que pudiera salir del agua y cubrirse. Se quedó mirándola unos segundos, en los que ella se sintió desprotegida. Ya no se sentía tan cómoda con él porque sabía que no estaban solos. Abel le ayudó a ponerse la prenda.

—Tranquila —le susurró al oído mientras la ayudaba a cerrar el albornoz que tenía un tacto suave y cálido.

Salieron al recibidor donde estaba el amigo. Ella intentó disimular su sorpresa. No sabía por qué había asumido que iba a tratarse de un chico igualmente atractivo. No todos los amigos de los chicos guapos tenían por qué ser igualmente guapos. Había sido una asunción demasiado ingenua por su parte.

El hombre era de estatura menuda. Tenía poco pelo y una boca desmesuradamente grande con unos dientes igualmente grandes que siempre asomaban por encima del labio inferior. Daba la impresión de que se observaba su boca a través de una lupa. Parecía tener pocas posibilidades de modificar su expresión porque sus dientes se empeñaban en asomar siempre por encima del labio inferior. Daba igual que hablara o que sonriera o incluso que permaneciera callado. Aquellos enormes dientes eran siempre visibles.

Observaba a Isabel con atención. Iba casualmente vestido. Ningún traje elegante ni camisa ni nada por el estilo. Llevaba un chándal negro y una sudadera con capucha, como si minutos antes hubiera estado en casa en pijama, tirado en el sofá y tras la llamada hubiera acudido sin ducharse ni peinarse.

—¿Dónde lo hacemos? –preguntó mirando a Abel.

—¿Dónde están tus modales? –le reprendió Abel—. Ésta es Isabel. Es una bella profesora de yoga y estudiante de psicología. Cuando la he conocido llevaba un precioso vestido azul, pero ya ves que no he podido esperarte para quitárselo.

—Mientras le quede energía para follar todavía –respondió metiéndose las manos en los bolsillos del pantalón como si todo aquello no fuera con él.

Abel le miró con gesto serio.

—No hemos follado todavía y te pido que te controles y que la respetes —dijo con tono grave.

—Mira, yo estoy pagando por esta velada –su tono se volvió autoritario—, de modo que no me digas cómo vamos a hacer las cosas.

Isabel estaba horrorizada. ¿No había dicho Abel que era un amigo suyo? ¿Por qué decía ese individuo que se encargaba él de pagar la velada? ¿Qué significaba aquello? Se sentía incómoda, desnuda y observada. Quería irse corriendo a casa, aunque tuviera que ir caminando en la oscuridad de la noche, tapada con aquel albornoz y descalza. Por nada del mundo se acostaría con aquel individuo tan desagradable que además escupía saliva cada vez que hablaba, como si no pudiera controlar el enorme tamaño de su boca. Nada podría convencerla. Quinientos euros no le parecían suficiente dinero para convencerla de lo contrario, pero es que ni con todo el dinero del mundo podría haberle convencido aquel individuo despreciable. Sencillamente no podía ocurrir.

Abel pareció darse cuenta de la transformación de la muchacha. Su rostro estaba descompuesto y miraba a aquel individuo con horror. Antes de que Abel pudiera decir nada para intentar arreglar las cosas, el individuo habló de nuevo.

—Será mejor que le expliques a esta jovencita cómo son en verdad las cosas. Y vamos a subir la apuesta de nuevo, porque me parece una muchacha bonita de verdad, no como las que trajiste las últimas noches. Estoy dispuesto a pagar lo que ella pida. No hay límite.

Dicho lo cual, caminó hacia el bar como si estuviera en su propia casa. La llave estaba puesta. Sacó una botella de whisky Johnie Walker y se sirvió sin preguntar si alguien más quería una copa. Isabel y Abel seguían todos sus gestos hasta que por fin se sentó pesadamente en el sofá y dijo:

—¿A qué estáis esperando? Podéis hablar en el cuarto con tranquilidad.

Abel cogió a Isabel por la cintura y la condujo al cuarto. Ella temblaba.

—Lo siento mucho –se disculpó enseguida Abel cerrando la puerta—. Siento que hayas tenido que ser tú esta noche. Este tío siempre es un poco cabrón, pero hoy se ha pasado de la raya.

—¿Qué es todo esto, Abel? –preguntó Isabel esperando una respuesta honesta.

Él se sentó en la cama de sábanas negras de seda.

—¿Quieres sentarte a mi lado?

Ella no se movió.

—Y te lo cuento todo con calma —dijo bajando el tono de voz, algo que de repente le hizo parecer mucho más joven e indefenso.

Isabel se sentó despacio a su lado. Esperaba escuchar un relato convincente.

—Trabajo para una especie de mafia. Se encargan de reclutar a jóvenes estudiantes. Ninguna es prostituta profesional. Si alguno de los miembros se encapricha de alguien, están dispuestos a pagar mucha pasta, créeme, hablamos de sumas de dinero muy importantes. Tú podrías seguir llevando tu vida de estudiante normal y no tendrías que preocuparte por tus gastos. Nadie se enteraría jamás, por supuesto, y tú también tendrías que ser muy discreta y no revelar nunca la identidad de ninguno de los miembros de esta "sociedad".

—Una mafia –repitió Isabel para sí misma.

Él colocó una mano en su pierna. Ella seguía temblando.

—¿Por qué yo? –preguntó lentamente.

—No lo sé. Porque estabas sola en ese local, porque no hablabas con nadie, porque llevabas un bonito vestido de seda azul.

"El maldito vestido", pensó para sí misma.

—Lo peor es que aunque yo sólo hago de mediador normalmente —continuó Abel—, el cabrón de ahí fuera empezó a proponerme la posibilidad de organizar tríos para él, por lo visto tiene problemas para que se le ponga dura. He conseguido organizarle varias veladas y aunque nunca ha sido un galán, todo había ido bien —Isabel escuchaba atenta—. Pero tú, creo que le has gustado de verdad y que le has hecho sentir muy inferior y probablemente por eso haya necesitado hacerse el importante...

—Qué patético –susurró Isabel.

—¿Qué piensas que podemos hacer?

—¿Me preguntas a mí? ¿Cómo puedo saberlo? Yo he venido a tu casa porque tú me habías gustado. Me habías encantado de hecho. Yo no suelo... Madre mía Abel... yo nunca me he acostado con nadie. No me conoces de nada. No sabes lo duro que fue para mí aceptar simplemente la invitación de un desconocido. No tienes ni idea de cómo me siento ahora mismo. Preferiría saltar por la ventana antes que acostarme con ese individuo.

—No sabes cuánto lo siento.

Hubo un breve silencio. Abel la miró enternecido. Qué muchacha tan especial. Le parecía un gran fallo haber llamado a aquel individuo. Había olvidado que podía también tener veladas normales e interesarse por chicas normales. Su vida en las últimas semanas se había convertido en una película de acción y no parecía ser capaz de regresar a su vida normal.

—Tú también me gustas —añadió al fin, dejando también que afloraran sus sentimientos—. Eres muy dulce. Hacía mucho que no conocía a nadie igual y me cuesta creer que haya sido tan estúpido como para llamar a ese cabrón y perder la oportunidad de conocerte.

—¿Por qué le has llamado entonces? –preguntó ella incrédula.

—¿Sabes? Esto es para mí como interpretar un papel. No siento que sea yo. No creo a veces que las cosas que están pasando estén pasando de verdad. Cuando me pagan, no pienso en lo que he tenido que hacer para ganar ese dinero, sólo lo cojo y lo guardo.

—¿Cuánto te iba a pagar esta noche?

—Dos mil euros.

—¿Y me ibas a dar sólo quinientos?

—Te iba a dar lo que pidieras.

Qué ilusa y qué estúpida. Estaba siendo demasiado duro aprender aquella lección, pero estaba segura de que jamás olvidaría ningún pequeño detalle. Algo se encendió dentro de ella. Una rabia que no conocía. ¿Por qué después de tanto tiempo esperando una velada con un chico, tenía que encontrarse ante ese escenario de película de Tarantino? Se le iluminó el rostro. Se imaginó como Uma Thurman en "Kill Bill". Ella tenía que ser un personaje fuerte. No quería ser la víctima en ese relato. No. No se lo merecía.

—¿Y si sigues interpretando un papel? –alcanzó a preguntar, todavía dudando.

—¿A qué te refieres? –él estaba perplejo.

—Tal y como veo las cosas, la única solución es deshacernos de ese tío.

—¿Cómo? –dijo él poniéndose de pie de golpe— ¿No has entendido todavía de qué va el tema? —Se puso de cuclillas frente a ella, pese a que con la toalla no era la mejor postura. Necesitaba toda su atención—. Esto es una mafia —dijo pronunciando cada letra con énfasis—. Si algo le pasa a ese tío, el resto se va a enterar. Vendrán a por mí y a por ti.

—¿De verdad estás diciéndome que la única solución es acostarme con él? –ella le miraba fijamente a los ojos.

Abel se sentó de nuevo en la cama y se cubrió el rostro.

—No lo sé. De verdad que no lo sé.

—¿Me estás diciendo que yo no puedo salir ahí fuera y decirle que me repugna y que no pienso acostarme con él?

—No lo sé –seguía con el rostro cubierto, como un niño pequeño.

Isabel se levantó de la cama y se quitó el albornoz. Recogió su ropa del suelo y se puso sus bragas, su sujetador y su vestido —no se tomó la molestia de ponerse las medias rotas— subió la cremallera con habilidad y salió de la habitación. Abel necesitó unos segundos para reaccionar, pero se puso de pie y la siguió. Ella salió al salón con mucha decisión y se dirigió al individuo que seguía bebiendo tranquilamente su whisky, como si estuviera disfrutando de aquella velada.

—Lo siento –comenzó ella su discurso—, pero no voy a acostarme contigo. Ha habido un enorme malentendido.

—Tú habías aceptado hacer un trío a cambio de dinero –respondió el individuo. Apuró su whisky y dejó el vaso sobre la mesa. Parecía tranquilo, como si tuviera un as en la manga.

Para Isabel la situación era surrealista. Ni que ella hubiera firmado un contrato ante un notario. ¿Qué pretendían?

—Como he dicho, ha habido un gran malentendido. Ahora me gustaría marcharme a casa —siguió hablando con la misma decisión.

No entendía cómo lograba que su voz saliera tan firme y segura cuando por dentro seguía temblando. No sabía qué iba a pasar, pero empezó a caminar hacia la puerta. Avanzó varios pasos con sus torpes tacones, lo que lamentablemente no le daba la imagen de fuerza que quería sino todo lo contrario. Sintió que el individuo se levantaba del sofá y que lentamente avanzaba hacia ella. Contuvo la respiración. Se concentró en el sonido. Lo percibía todo claramente, casi como si pudiera verlo pese a que seguía de espaldas. Aprovechando su agilidad, siguió su instinto y se agachó, esquivando así un golpe que parecía dirigido a su cabeza. ¿Qué clase de hombre pega a una mujer? Pivotó sobre su cuerpo todavía agachada y vio el gesto de asombro de aquel menudo chico. Se puso de pie velozmente y le propinó una buena patada en los huevos sin piedad. No tenía ni idea de lo que estaba haciendo. Algo superior a ella la guiaba. Era como si su cuerpo estuviera entrenado gracias al deporte para defenderse utilizando la inteligencia.

El chico se llevó las manos a su sexo y aulló de dolor.

—Maldita puta. ¡Abel! ¡Ayúdame! —gritó cabreado.

Pero Abel no se movía del sitio. Se había llevado las manos a la cabeza sorprendido con la escena y no parecía reaccionar. Isabel había dejado de confiar desde hacía mucho en que él fuera a ayudarla y mucho menos a salvarla. Ella misma tenía que defenderse. Era otra gran lección de aquella noche. Quizás la más grande.

—¿No me has oído? —siguió gritando con la voz más ronca.

Abel se acercó a Isabel confundido. La miró sin saber muy bien qué tenía que hacer. Miró al individuo.

—¿A qué esperas?

—¿Qué coño quieres que haga? —dijo Abel impotente.

Isabel miraba a los dos. Cada vez estaba más flipada. Abrió la puerta y salió sin cerrarla. Aquella salida digna se transformó en segundos, pues en la oscuridad del rellano se quitó los zapatos y empezó a correr. Volvía a aflorar el miedo que sentía. Bajó corriendo. El corazón le latía tan fuerte que le dolía. Al salir al exterior se clavó varias piedras en los pies pero no le importaba. No sabía cuánto tiempo iban a necesitar aquellos dos en tomar una decisión y tenía que aprovechar ese margen de tiempo.

Siguió corriendo y se perdió en la oscuridad de la noche. No sabía cómo iba a llegar a casa, probablemente pararía a algún taxi y le explicaría que era una emergencia. Algo se le ocurriría. Lo único que sabía con certeza era que iba a tirar aquel vestido azul en cuanto llegara a casa.

ANA LA SANTA

"Why do we so often fail to know what will make us happy in the future?" [12]

En "Stumbling on Happiness" de Daniel Gilbert.

Dormía como si acabaran de hacerle una autopsia. Desnuda, boca arriba y cubierta con una fina sábana blanca que dejaba descubiertos sus hombros. Era verano y Madrid una ciudad soporífera. Los turistas que iban por esas fechas se derretían en las esquinas de la noble ciudad e intentaban sobrevivir comprándose un helado o un granizado cada vez que cruzaban de calle.

Eran las ocho de la mañana. Su despertador sonó y lo apagó fríamente. Salió de la cama con sencillos gestos que parecían automatizados, casi mecánicos. Una de sus manías era destaparse con el brazo derecho y seguidamente incorporarse en la cama por el lado izquierdo. No se demoraba en ponerse de pie y lo hacía velozmente. Por suerte nunca se mareaba. De hecho era tan brutal en su modo de levantarse que le faltaba tolerancia a la hora de entender que no todo el mundo era como ella y que algunas personas necesitaban un tiempo antes de levantarse.

Esa mañana había quedado para desayunar con su novio en "Ana la Santa", un agradable restaurante que hacía esquina en la Plaza de Santa Ana. Encendió la plancha del pelo y mientras la dejaba calentarse se metió en la ducha. Se aclaró tres veces el cabello y se enjabonó dos veces el cuerpo. Al salir se embadurnó el cuerpo con crema de urea y empezó a secarse el pelo desnuda frente al espejo. Se preguntó cuánto tiempo podría seguir mirándose desnuda en el espejo. ¿Cambiaría mucho su aspecto después del lunes? Mientras se miraba con curiosidad, la crema penetraba en la piel dejándola hidratada, suave y tersa. Cuando terminó de secarse el pelo, se planchó cada mechón con cuidado de no quemarlo. Se perfumó. Se puso un vestido de verano de lino que había planchado la noche anterior. El color malva quedaba bien con sus ojos verdes. Antes de salir de casa se calzó unos zapatos blancos de tacón a juego con el pequeño bolso donde guardó el dinero, su teléfono y una pequeña libreta de piel negra que siempre llevaba consigo y donde escribía mientras esperaba a su novio o a sus amigos. Le daba la impresión de que todos llegaban siempre demasiado tarde –o quizás ella llegaba demasiado pronto—. Hacía poco había leído que la gente que llegaba siempre tarde tenía en común el hecho de ser optimista. Sólo esperaba que eso no significara que su extrema puntualidad fuera signo de pesimismo. En cualquier caso se alegraba de haber encontrado un método para no ponerse de mal humor. Anotar sus pensamientos mientras esperaba a los tardones era la técnica perfecta.

Salió a la calle y le golpeó con fuerza la ola de calor. Procuró mantenerse en las zonas de sombra, pero aún así empezó a sudar cuando apenas llevaba diez minutos caminando. Por suerte se había puesto el vestido de lino, un material muy transpirable, de lo contrario habría sufrido mucho en el breve trayecto de su casa a la cafetería donde había quedado para desayunar con su novio.

Al llegar a "Ana la Santa" cogió una pequeña mesa al lado de la ventana y sacó su *mouleskine* para empezar a escribir. Cuando la camarera llegó, le pidió un café con leche.

—No calientes la leche, por favor. Natural.

Siguió escribiendo:

"Mario llega tarde otra vez. Es tan impuntual siempre. Pero hoy voy a ser paciente. Después del desayuno le voy a decir que quiero que dejemos la relación."

Su teléfono vibró. Le escribía Mario: "Llego en diez minutos". Volvió a dejar el teléfono sobre la mesa. No le sorprendía. Mario no había llegado puntual ningún día, ni siquiera en las primeras citas. Pensó que tampoco pasaría nada si desayunaba sin esperarle. Así sería todo más rápido cuando él llegara y ella se despidiera dejándole claro que la relación había terminado. No tenía sentido alargar ese duro momento.

Hizo un gesto con la mano a la camarera que parecía aburrida en la barra del desayuno. La camarera se acercó. Llevaba una coleta rizada alta. Se notaba que se había peleado con su pelo esa mañana.

—¿Puedo empezar a desayunar? —preguntó ella.

—Claro –respondió la camarera sonriendo. Tenía una bonita dentadura. ¿Vas a desayunar de bufé o quieres pedir algo especial?

—¿Puedo incluir el café en el bufé?.

—Sí.

—Entonces tomaré el bufé.

La camarera hizo un gesto con la mano indicándole dónde estaba la barra.

—Pues sírvete todo lo que quieras. ¿Cómo te preparamos los huevos?

—¿Me podéis hacer una tortilla sólo con la clara?

—Ahora hablo con el cocinero —dijo sonriendo, disimulando que le parecía una petición extraña.

Mientras tanto ella se levantó de la silla, estiró su vestido y caminó hacia la barra. Cogió un bol y se acercó a la sección de frutas. Aunque no toda era fresca se sirvió un poco de todo:

piña, fresas, kiwi, mango y plátano. Añadió yogur natural y miel. Dejó el bol en la mesa y regresó a la barra para servir otro plato con queso –siempre apostaba por las variedades más oscuras y curadas— y jamón –tenían además un buen corte ese día, con poca grasa, como le gustaba a ella—. Cogió por último varios panecillos integrales y se sentó satisfecha en la mesa. La camarera le había dejado el café al lado de su libreta. Empezó a comer la ensalada de fruta. Antes de que hubiera terminado, le trajeron la tortilla. Miró el reloj. Había pasado ya un cuarto de hora y Mario seguía sin llegar. Típico de él. Diez minutos nunca eran diez minutos.

Mientras comía seguía apuntando pensamientos en su libretita. Estaba muy cansada y decepcionada de todo. ¿Qué le estaba pasando? El lunes iban a operarla de un tumor en el pecho. Su madre había muerto de cáncer de pecho a los treinta y dos años. Ella tenía sólo veintiocho años y ya le habían detectado un bulto. No conocía a ninguna mujer tan joven que hubiera tenido que hacerse una biopsia. Pero tampoco de pequeña había conocido a muchas niñas que hubieran perdido a su madre por un cáncer de pecho. No era justo. Ella había controlado toda su vida su dieta y hacía deporte regularmente. No fumaba, no bebía, no tomaba el sol, evitaba todo lo que fuera nocivo para la salud. ¿Qué más podía hacer? Pese a todo, iban a quitarle un bulto en el pecho el lunes por la mañana. Cáncer. La palabra le parecía demasiado dura para tener que entrar en su perfecta vida. Siempre buena hija, buena amiga, buena estudiante, ordenada y disciplinada. Sin duda había sido una hija ejemplar y el mejor apoyo de su padre, quien al quedarse viudo ya no quiso rehacer su vida y centró todas sus energías en su hija. "Nunca voy a encontrar a nadie como tu madre, de qué sirve buscar." Le había dicho alguna vez. Cuando ella se independizó, él se volcó en su carrera como escritor de ensayos filosóficos y aunque no le iba bien vendiendo libros, con lo que ganaba como profesor tenía suficiente para vivir.

Llevaba dos años viviendo independizada. Había elegido una carrera larga. Medicina había sido una maratón académica de la que sin embargo había disfrutado. Había llenado todos los momentos que siempre había sufrido de profunda tristeza. Tenía claro desde que había fallecido su madre que quería estudiar medicina. Tenía claro que su sino iba a ser ayudar a otras personas.

La carrera de medicina había sido sin duda dura, pero llena de enormes y preciosas recompensas. Sólo en ese momento sentía frustración por primera vez. Si no podía ayudarse a sí misma, ¿cómo sentir que podía seguir ayudando a los demás?

Pese al calor que hacía, empezó a chispear fuera. Una tibia lluvia de verano transformaba el color de aquella mañana que se azuló, camuflando momentáneamente la sensación del calor.

Le entraron ganas de salir y de dejarse mojar por la llovizna. Qué sensación tan agradable. Recordaba sus veranos en Galicia durante su infancia, donde vivía la familia de su padre y esas tardes de playa en las que chispeaba de ese modo cálido y especial. Claro que le traía buenos recuerdos.

Una brisa entró por la puerta y le llegó el olor de la tibia lluvia. Respiró profundamente disfrutando de las sensaciones que le llegaban.

Ya casi estaba terminando su desayuno. Pensaba seriamente en la idea de marcharse sin esperar a Mario si llegaba mucho más tarde. Todo tenía un límite.

Regresó a sus pensamientos sobre su carrera. Después de tantos años de estudios y sacrificios, terminó su especialidad en pediatría. Le encantaban los niños. Tenía mano para ellos y soñaba con ser madre, pero Mario jamás había hablado del tema ni le había hecho una seria proposición de matrimonio. No parecía darse cuenta de que ella estaba entrando en la treintena y de que necesitaba sentir que podía seguir avanzando en la vida. Ni siquiera habían decidido irse a vivir juntos después de tres años de relación y ya era un síntoma, en su opinión, de que algo no funcionaba.

Mario llegó azorado. Tenía el pelo húmedo. Qué guapo era el cabrón, pensó ella para sí misma. Se había enamorado porque era un chico guapo. Ahora se daba cuenta de su banalidad. No había tenido en cuenta otros muchos aspectos importantes. Ella era una mujer independiente que se ganaba bien la vida y pensaba que cualquier hombre que encontrara atractivo podría hacerla feliz. Pero no había sido así. Algunas de sus amigas le insistían para que fuera ella la que diera el primer paso, que le propusiera ir a vivir juntos, casarse, tener hijos. Pero ella lo había intentado con el tema de vivir juntos y no había logrado nada. Desde entonces no se había atrevido a tomar la iniciativa en ninguno de los otros temas. Sus amigas no la entendían. "Pero si tu ganas más que él, pero si tú vales mucho más, si para él sería un regalo que se lo propusieras, una médico tan atractiva como tú. Estaría loco si te dijera que no." Pero él había dicho que no y no estaba loco, lo que la volvía loca a ella. ¿Qué quería entonces Mario de la relación?

—Lo siento, Patty, ya me conoces.

—Sí, ya te conozco.

—Veo que has empezado. Muy bien.

Ella no contestó y cogió el último trozo de queso que quedaba en el plato. Lo masticó lentamente mientras él se sentaba en la mesa y se frotaba el pelo húmedo por la lluvia. Ella cogió su taza de café y también la apuró. Ya no le quedaba nada más por tomar.

—¿Quieres volver a desayunar conmigo? —preguntó él en tono de broma—. ¿O hacerme compañía?

—En verdad quería irme —respondió secamente.

Él borró su sonrisa de un plumazo. No esperaba esa respuesta.

—Siento haber llegado tan tarde —empezó a justificarse—. El transporte público es una locura y con este calor, parece que uno no avanza en esta ciudad por más que corra.

—No es la primera vez que llegas tarde —dijo ella guardando su libreta y su teléfono en el bolso.

—Lo sé —dijo él mirando la mesa—. Siempre llego tarde. Lo siento.

Mario era mecánico. Trabajaba en un taller reparando coches y entraba siempre a trabajar tarde. Aunque llegara con retraso nadie le decía nada. Además, a las pocas horas hacían todos un largo descanso para almorzar y luego retomaban tranquilamente la faena.

—No importa –respondió ella cogiendo su bolso—. De verdad, no importa que hayas llegado tarde, pero no voy a quedarme mientras desayunas. Sólo quería que vinieras para decirte en persona algo importante —su mirada era dura—. No quiero volver a verte, Mario —ni siquiera pestañeó—. Creo que es evidente que esto se ha terminado.

—¿Es por la operación del lunes? Patty —dijo él acercándose a ella, buscando la conciliación—, entiendo que estés nerviosa, pero no va a ser nada, ya lo verás. Te quitarán el bulto lo analizarán y te dirán que no tienes nada —dijo posando sus manos sobre las manos de ella, impidiéndole que se pusiera de pie—. Escúchame, eres joven, eres guapa, eres una médico excelente. Todo va a ir bien —dijo apretándole las manos.

—Mario, dime una cosa —dijo ella retirando sus manos y apartándose de él—. ¿Cómo te imaginas tu vida dentro de unos años?

Él la miró sin responder. Patty hizo ademán de levantarse.

—Espera –dijo Mario subiendo de nuevo las manos en un gesto impotente—. Perdona, perdóname por ser tan ruin. Si quieres que te diga la verdad, todavía hay veces en las que me cuesta creerme que estoy con alguien tan increíble como tú. Y eso me paraliza, ¿sabes? Me llena de miedo. Mírame —dijo bajando la mirada. Ella nunca lo había visto tan vulnerable—. Soy un mecánico. Eso es todo lo que tengo que ofrecerte. Y tú eres una pediatra de prestigio y encima la chica más increíble y atractiva que conozco. Cuando he llegado y te he visto con ese vestido color malva, casi me he quedado sin aliento. Y pensar que eres la mujer con quien estoy… No sé por qué me genera miedo. ¿Tiene sentido algo de lo que digo? —preguntó él elevando la mirada.

Patty se quedó mirándole. No esperaba una reacción tan sincera y tan rápida por su parte. Mario evitaba siempre hablar de temas delicados. Era muy escapista. También le gustaba demasiado irse con sus amigos a tomar cervezas después del trabajo, pero eso a ella no le importaba porque mientras podía aprovechar para ir al gimnasio. No obstante, si por lo menos vivieran juntos, podrían luego verse en casa, cocinar juntos y disfrutar de una velada en pareja, en lugar de verse brevemente para un encuentro sexual antes de despedirse hasta el día siguiente. Él nunca quería quedarse a dormir en casa de ella porque decía que era más cómodo dormir en su barrio, donde cruzando apenas un par de calles tenía su casa y su taller de reparación de coches.

—Patty, a mí me gustaría poder ofrecerte algo mejor, pero siento que no puedo. Y creo que tengo miedo porque algo dentro de mí me dice que te mereces algo mejor y que conmigo no vas a tenerlo.

—Mario, sé que eres una buena persona. Pero te faltan agallas. Te falta aprender a luchar por las cosas en la vida, ¿sabes? Yo he tenido que luchar mucho —dijo acercándose a él—. También he luchado mucho por esta relación —añadió bajando el tono de voz—, pero siento que ya no vale la pena —hubo un breve silencio durante el cual se miraron. Él quería cogerle de la mano pero no se atrevía. Ella interpretó su silencio como si todo le diera igual—. A partir de ahora me gustaría seguir mi camino —dijo al fin. No creía ser capaz de pronunciar esas palabras, pero lo había hecho. Ya no había vuelta atrás.

Él se quedó callado mirando la mesa. Nunca lo había visto tan desarmado.

—Intuía que este día iba a llegar —logró musitar al fin.

—No habría llegado si hubieras tenido el valor de luchar por mí, porque yo te quería de verdad —dijo ella sin ablandarse—. Pero no te preocupes, ya no esperaba que lo hicieras. He meditado mucho antes de tomar esta decisión.

—Patty –dijo él de nuevo cuando ella se puso otra vez de pie. Ella le miró—. ¿Puedo llamarte el lunes después de la operación para ver si todo ha ido bien?

—Prefiero que no lo hagas, Mario, a partir de ahora cada uno estamos solos. No tiene sentido alargar algo que no va a ningún lado.

—Tengo que decirte algo —dijo él tratando de recuperar la compostura, aunque no conseguía que su voz sonara más firme—. Has sido la mejor novia que he tenido —ella negó con la cabeza como si no le creyera—. Y no creo que pueda volver a estar jamás con alguien tan increíble como tú. No creo que vaya a tener la misma suerte dos veces.

A ella le dolía que él fuera tan conformista, que la dejara escapar sin oponer un mínimo de resistencia. ¿Por qué no le proponía irse a vivir juntos e intentarlo de verdad? ¿Por qué no aceptaba que había hecho cosas mal en la relación pero que podía cambiar y que quería luchar por ella? No conseguía entenderle, pero lo curioso era que imaginaba que esa iba a ser su reacción. No sabía por qué pero cuando había ensayado la escena mentalmente, él había reaccionado de la misma manera, sin ofrecer ninguna resistencia. De alguna manera eso la había preparado para sentirse más fuerte ante la actitud de Pablo.

—Eso tenías que haberlo pensado antes —susurró Patty—. Yo ya no puedo seguir luchando sola por esta relación. Ahora mismo no sé qué va a ser de mi vida. Y necesito esta energía para mí y para luchar. Intuyo también que aunque no quieres reconocérmelo, la operación también te da miedo —empezaba a sentirse confundida, en verdad no quería hablar de ese tema, pero no había podido evitar sacarlo, como si necesitara que él reconociera sus sospechas—. Te da miedo que me digan que tengo cáncer.

—Claro que me da miedo.

—A mí también me da miedo. Pero es algo que debo afrontar. No tengo elección. Y siento que tú no estés preparado para estar a mi lado —dijo sin querer reconocer que tenía la esperanza de que él la contradijera, de que le dijera que sí quería estar a su lado.

—Patty, no sabes cuánto lo siento. No te mereces esto —él seguía dándose por vencido sin mostrar la más mínima necesidad por intentar arreglar las cosas.

Patty se levantó de la mesa. Esa última frase había acabado con su paciencia. Ella había pasado toda su infancia preguntándose por qué se había merecido una situación tan dura, por qué había tenido que perder a su madre mientras tenía que escuchar a otras niñas quejarse de lo tontas que eran las suyas. No se le ocurría nada más injusto que la vida pudiera hacerle a una niña. De modo que las palabras de Mario le tocaron la fibra. Estaba claro que él no iba a luchar por la relación.

—Mario, te deseo lo mejor —dijo ella a modo de despedida—. Estoy segura de que vas a encontrar a alguna buena chica que sabrá hacerte feliz y tú a ella. Eres después de todo un chico muy atractivo.

—Patty, no estoy muy seguro de todo lo que está pasando. Tengo miedo.

—Yo también —dijo ella sinceramente.

Sentía que no se podía hacer nada más.

Se giró y caminó hacia la salida.

Fuera seguía la tibia llovizna de verano que daba una tregua a la ola de calor. Dejó que las gotas cayeran en su rostro. Miró al cálido cielo y sonrió sin saber por qué. Se sentía bien. Se sentía feliz. Había dado un gran paso. ¿Quién podría saber lo que iba a pasar? Pero ese momento de felicidad no podría robárselo nadie.

DIBUJOS SECRETOS

"We make decisions about whom to marry, where to work, when to reproduce, where to retire, and we base these decisions in large measure on our beliefs about how it would feel if this event happened but that one didn't." [13]

En "Stumbling on Happiness" de Daniel Gilbert.

Él sabía que ella lo sabía. Lo que no sabía era que iba a tomar medidas tan drásticas. Volvía conduciendo pese a haber bebido champán con una mujer en la habitación barata de un hotel. Podría haberse permitido una habitación mucho mejor, pero aquel tranquilo hotel le agradaba y se sentía más cómodo llevando allí a las prostitutas. En hoteles mejores corría el riesgo de coincidir con clientes y algunos conocían a su mujer y aquello habría sido comprometedor. Por ello pensaba que con los pequeños hoteles situados en las afueras de la ciudad había encontrado la estrategia casi perfecta. Habría sido completamente perfecta, claro, si su mujer no se hubiera enterado. Pero era hábil y astuta y observadora como un detective. Tal vez llevaba semanas siguiéndole la pista sin decir nada, manteniendo la misma actitud serena en casa, recibiéndole con una buena cena y con un beso de enamorada, planeando mientras en secreto su escapada.

Bajó al garaje y efectivamente no vio el coche de su mujer. Al subir al cuarto abrió los armarios. Vacíos. ¿Cómo había podido llevarse todas sus cosas? ¿Quién había ido a ayudarla? ¿Quién más sabía en qué se gastaba él el dinero y se había convertido en cómplice de su mujer?

Al ver la casa vacía todavía en estado de sorpresa, pensaba que le iba a dar igual, porque hacía mucho tiempo que todo le daba igual. Sin embargo, se dio cuenta de que le costaba respirar. Tenía una incómoda presión en el pecho como si le hubieran golpeado con un martillo en el esternón. Cada vez se ahogaba más y más y sentía que sus vías respiratorias habían olvidado cuál era su principal función. Respirar.

Cogió el teléfono y marcó el número de su mujer. Le temblaban las piernas como a un niño pequeño que acaba de salir de una piscina y tiene frío. Tuvo que sentarse. Escuchó dos tonos y después saltó el contestador. Colgó. No quería dejarle ningún mensaje a su mujer en ese estado.

—¿Qué está pasando aquí? —dijo en voz alta, como si todavía pudiera escucharle alguien en aquella casa vacía.

Pensó en la noche anterior. No había notado nada diferente. Su mujer había cocinado para él igual que todas las noches. Habían tomado pollo al horno con limón. Natalia había cocinado incluso postre, un original flan de café y coco. Todo estaba delicioso, como siempre. Hablaron poco, pero habían hablado muy poco las últimas semanas —¿meses?—. Él se había acostumbrado a su rostro ausente y había dejado de preguntarle. Pensaba que estar todo el día en casa no le hacía bien y que debería de apuntarse a alguna actividad, pero ella no parecía tener interés en nada más.

O eso era lo que percibía él. En realidad su mujer iba todas las mañanas a la reunión de una asociación de vecinas del barrio residencial. La mayoría eran mujeres jubiladas. Ella era con diferencia la más joven y se sentía fuera de lugar, pero seguía asistiendo a aquellas reuniones donde encontraba algo de compañía. Algunas mujeres le preguntaban si no quería buscarse un trabajo y ganar algo de dinero por su cuenta, para sentirse realizada. Natalia sonreía y si las mujeres insistían, decía entonces que no sabía hacer mucho más aparte de cocinar. "A mi marido le encanta cómo cocino. Creo que es lo único que le encanta de mí." Y era lo único que su marido le reconocía.

Dos días a la semana iba a nadar a la piscina del club de tenis. Conocía a los instructores porque su marido iba los fines de semana a jugar allí al tenis con amigos, mientras ella y las mujeres tomaban un café y algún pastel que las hacía sentir culpables. A veces sólo tomaban café con sacarina y decían que estaban a dieta. En esos días no disfrutaban de la triste merienda, pero por lo menos no se sentían culpables. Lo curioso era que se ponían todas siempre de acuerdo. O tomaban todas pastel o ninguna.

Él no daba todavía crédito a lo que estaba pasando. No quedaba nada de su mujer en la casa. Ni ropa, ni zapatos, ni libros. Tampoco era que tuviera muchas posesiones, apenas compraba nada, pero desde luego que se lo había llevado todo. Todo. En unas horas su mujer había tenido tiempo de llevarse todas sus cosas y desaparecer mientras él había pasado el día en el trabajo y por la noche se había acostado con una prostituta en un hotel barato situado a las afueras de la ciudad.

¿Dónde estaría en esos momentos? ¿Con quién? Apenas tenía familia y se llevaba terriblemente mal con sus padres, quienes vivían además a más de cuatrocientos kilómetros de distancia. Sus padres nunca habrían ido a ayudarle para una cosa así, de eso estaba seguro. Le habrían dicho que esos problemas los tenían todas las parejas, que ella tenía que quedarse porque era su obligación y que tenía que ayudar y apoyar a su marido, que era quien trabajaba por los dos y quien se preocupaba de que no les faltara de nada. Ella tenía que ser una buena mujer y la definición de una buena mujer que le habían inculcado era que debía estar siempre ahí para él, para lo bueno y para lo malo. Nadie le había dicho nunca qué era lo que tenía que hacer en el caso de que su marido se dedicara a gastarse el dinero en prostitutas.

Conforme lo pensaba, se daba cuenta de que había abusado demasiado de la buena educación de Natalia. Sin duda había tenido suerte de que sus padres la hubieran educado con valores tan tradicionales. Eso le había puesto las cosas muy fáciles a él. Siempre había tenido a su lado a una mujer de buen humor, que le besaba al llegar a casa y que hasta le ayudaba a quitarse los zapatos, aunque desde fuera la escena hubiera sido ridícula para cualquier otra pareja del siglo XXI. Era una auténtica anacronía vivir con una mujer que ya tenía preparada la cena cuando él llegaba de trabajar y que después de comer le permitía subir al cuarto mientras ella se quedaba recogiéndolo todo. Y encima sin haberse quejado jamás. Él nunca tenía que preocuparse de nada. ¿De qué iba a preocuparse él? Ella nunca le había dado signos de malestar, por lo menos no verbales. Lo único que recordaba era su silencio más exagerado que de costumbre, pero no se imaginaba que el resultado fuera ser abandonado. No, no podía creer que su mujer le hubiera abandonado. Ella jamás haría una cosa así. Pero entonces, ¿dónde estaba Natalia?

En el club de tenis Natalia había conocido a un hombre que había empezado a cortejarla y que además la percibía de otra manera. Aquel hombre parecía ver en ella mucho más de lo que veía su marido. Fue una sorpresa para Natalia que alguien se interesara por ella, una mujer casada y ama de casa.

"Podrías estar haciendo algo mucho más importante en la vida." Le había dicho un día, sacándola de forma inesperada de un mundo donde jamás se había cuestionado su felicidad. Ella pensaba que tenía que aceptar las cosas tal cual eran. Era la educación que había recibido de sus padres. Era muy difícil cambiar ese patrón y le daba miedo salir de su zona de confort.

Ya no quedaban muchas mujeres como ella; mujeres que se habían casado tan jóvenes y que no habían trabajado porque habían aceptado el papel de ama de casa como si no pudieran aspirar a algo mejor en la vida. En el caso de Natalia, no se había cuestionado nada porque sus padres venían de un pequeño pueblo donde se aceptaba con total normalidad ese tipo de situación. Su propia madre nunca había trabajado. ¿Por qué tenía que aspirar ella a algo mejor en la vida?

Su marido le había dicho desde el principio que no quería que trabajara y ella lo había aceptado. ¿Por qué había aceptado algo así? ¿Por qué se había sentido demasiado joven para tomar por sí misma esa decisión?

Ella recordaba que quería trabajar y desarrollarse profesionalmente, pero al mismo tiempo no veía ningún futuro claro en el ámbito laboral. No sabía qué opciones podía tener una chica que sólo destacaba en bellas artes. Le daba la impresión de que no existía ningún trabajo para alguien como ella.

Cuando él le propuso casarse, ella pensó que sería su única opción de llevar una vida normal y de ser feliz. Tal vez ese era su camino; ser madre, cuidar de su marido y de sus hijos. Pero llevaban cinco años casados y no habían tenido hijos.

Cada año que había pasado le había hecho sentir que envejecía diez años. A esas alturas se sentía como una anciana de ochenta años a la que no le quedaban tantos años de vida. Empezó a sentir pánico del día a día y de lo que parecía ser su vida.

Pese a todo, en las sesiones de natación encontraba sosiego. Cuando empezó a coincidir con aquel hombre y a charlar con él, se dio cuenta de que todavía no era esa anciana con la que se sentía identificada. Quizás tenía todavía una oportunidad para vivir una vida propia.

Un día ella llevó a la piscina una carpeta. Nunca había compartido ese trabajo con nadie, pero tampoco había compartido nunca tanto con nadie. Le enseñó al hombre sus dibujos con vergüenza, como si fuera una niña pequeña avergonzada de haber dibujado en clase en lugar de prestar atención, que era lo que solía ocurrirle.

El hombre contempló bellas Ilustraciones en blanco y negro. La mayoría presentaban trazo grueso pero al mismo tiempo estaban llenas de detalles mínimos. Era sensacional ver esas ilustraciones. Ella tenía algo especial para dibujar. No cabía la menor duda. Todo era muy pequeñito, como si no quisiera acabar el papel, como si necesitara que le durara mucho tiempo hasta tener el dibujo terminado. Si además era una actividad secreta, era fácil imaginarse que cuanto más le durara el papel, durante más tiempo podría mantener en secreto su actividad. Al fin y al cabo, era un riesgo tener que comprar otro bloc y arriesgarse a ser descubierta.

El hombre que se había portado todo el tiempo tan bien con ella trabajaba en una galería. Quería organizar una exposición con su trabajo. Quería pagarle un adelanto. Era mucho dinero. Ella nunca había ganado dinero y menos tanto dinero tan rápido. Iban a llevar la exposición a París y a Londres. Querían preparar material para la promoción, querían hacerle fotos y entrevistas. Natalia no quería que apareciera ninguna foto suya en prensa. Su marido podría reconocerla. ¿Cómo podía escapar ella de esa situación? Lo peor era la sensación de vértigo que le entraba cuando pensaba en que habría sido capaz de seguir viviendo toda la vida así, por inercia, sin cuestionarse nada más. ¿A cuántas mujeres les habría pasado lo mismo? ¿Cuántos talentos se habrían perdido?

Ella había tenido suerte. Alguien se había fijado en ella y le había dado la oportunidad de aspirar a algo mejor. Todavía no podía creérselo. Pero le horrorizaba pensar que si ese hombre no se hubiera cruzado en su camino, ella no habría creído en sí misma. Le habría gustado creer en sí misma sin que nadie le hubiera abierto los ojos, pero a esas alturas, ya no importaba el modo. Lo importante era que había tomado una decisión importante.

En casa su marido se había sosegado. Volvió a llamarla por teléfono. De nuevo nadie respondió. Saltó el contestador. En esta ocasión se sentía más tranquilo y dejó un mensaje:

—Natalia, soy yo, no sé qué está pasando, pero acabo de llegar a casa y me estoy volviendo loco porque no estás aquí y porque te has llevado todas tus cosas y tengo la certeza de que no tienes pensado venir esta noche a casa y quizás mañana tampoco, pero te pido por favor que seas razonable y que pienses en que estamos casados y en el tiempo que llevamos juntos. Esto me supera y me encuentro muy mal. Me gustaría que pudiéramos hablar con tranquilidad de todo.

Cortó. Dejó el teléfono en la cama y se llevó las manos a la cabeza. No podía respirar. Todo le daba vueltas. Se tumbó y trató de tranquilizarse y de pensar con claridad. Se había ido. Natalia se había ido. Se había llevado todas sus cosas y nada indicaba que fuera a regresar. Hacía repaso una y otra vez de su vida juntos. Ella había sido una mujer estupenda. La mujer perfecta. ¿Cómo era posible que de repente hubiera desaparecido? Lo peor era que empezaba a cuestionarse su propio comportamiento. Si ella era una mujer tan deseable, ¿por qué se había dedicado él a follar con prostitutas en los hoteles? ¿Qué modo absurdo de llevar su vida era ése?

Podría haberse gastado ese dinero en regalarle un viaje y visitar todos los museos de la ciudad. A su mujer siempre le habían encantado los museos. Habían viajado muy poco juntos, pero su viaje de novios lo hicieron a París y ella sólo quería ir al Museo de Orsay y al Louvre todo el tiempo. La pintura. Se volvía loca con los cuadros. Era algo sensacional. Al principio le hablaba de los cuadros de una forma muy bonita y especial. Él nunca había oído a nadie hablar así de la pintura. Parecía que entendía a la persona que había dado forma y color al lienzo. Era una sensación muy intensa, como si pudiera sentir lo que el pintor debía de haber sentido en el momento de ejecutar su obra. Por entonces, eran todavía una pareja enamorada y él le rodeaba la cintura y la atraía hacia sí cuando ella le hablaba de los cuadros.

—Pobrecito Van Gogh, qué triste y solo debió de sentirse –dijo un día mirando uno de los cuadros de campos de trigo del asilo de Saint Paul, donde estaba ingresado el pintor—. ¿Te das cuenta? –le decía ella apoyando su cabeza en su hombro como si él pudiera ver lo mismo. Él sólo apretaba más su cintura. No podía hacer nada más. No sabía qué decir. Le parecía bello lo que su mujer le decía, pero no lo entendía.

A veces Natalia se acercaba al cuadro y seguía el trazo con el dedo –a una prudente distancia para que no saltaran las alarmas de seguridad—. Se concentraba como si estuviera dirigiendo una orquesta de colores. Él observaba cómo ella a veces entraba en trance y no se daba cuenta de que su respiración se aceleraba.

Recordaba esos días en los que estaban enamorados. Trataba de encontrar el momento en que todo cambió. El momento en que él empezó a ir a prostitutas en lugar de llevar a su mujer a museos o de viajar con ella de vez en cuando, pues nunca iban a ningún lado los fines de semana más allá del club de tenis. Sabía que a veces Natalia iba a la ciudad y que se pasaba el día en los museos, en el Reina Sofía y sobre todo en el Thyssen Bornemisza. Lo sabía porque veía los tickets. Natalia se los guardaba todos.

Tenía a la mejor mujer del mundo y lo había echado todo a perder con una conducta totalmente irracional. Volvía a ahogarse. Marcó el número de su mujer. Saltó el contestador.

—Natalia, soy yo. Por favor, llámame cuando puedas.

Al otro lado de la línea, Natalia observaba el teléfono y no se atrevió a cogerlo hasta que dejó de sonar. Se imaginaba a su marido desesperado y se le encogía el corazón de dolor, pero ya había tomado una decisión y no podía dar marcha atrás.

Los galeristas se estaban portando increíblemente bien con ella. Estaba claro que uno de ellos tenía un interés adicional, además de sus cuadros, pero era evidente que Natalia iba a necesitar un tiempo para acostumbrarse a su nueva situación. Todo se tenía que hacer a su debido tiempo y lo primero era sacarla de su casa, de modo que alquilaron una furgoneta de mudanza y se encargaron de ayudarla a recoger todas sus cosas. Entraron con ella a la que había sido su casa durante cinco años para ayudarla a recoger todas sus pertenencias. A veces Natalia se desmoronaba y se sentaba en la cama o en el sofá sintiendo que le fallaban las fuerzas. El hombre que la había ayudado tanto se acercaba entonces y le masajeaba los hombros y el cuello. Le habría gustado también besarla, pero se reprimía. Todo tenía que hacerse bien. Ella no estaba atravesando un momento fácil. Trató de transmitirle palabras de cariño.

—Tranquila. Todo va a ir bien. Sé que tienes miedo, pero todo va a ir bien.

Ella respiraba entonces hondo, se ponía de pie y seguía guardando sus cosas.

—¿Esto es todo? –preguntaron sorprendidos cuando ella dijo que habían terminado de recoger sus cosas.

Lo guardaron en un estudio con mucho mimo. Su material se quedó en la galería, pues iban a empezar a organizarlo, tenían que encargar los marcos para preparar cada ilustración y luego fotografiarlas. Con esas imágenes podrían elaborar los catálogos para las exposiciones y para la venta. Tenían mucho trabajo.

Después de guardar las cosas, la llevaron al hotel y le dijeron que iban a devolver la furgoneta de alquiler, pero que podrían volver si necesitaba cualquier otra cosa. Natalia no tenía que preocuparse de nada. Todo estaba pagado.

—¿Tienes todo lo que necesitas? –le preguntaron— ¿O quieres llevarte más ropa al hotel para estos días?

Con voz débil ella aseguraba que tenía todo lo necesario. En su coche, aparcado en el garaje del hotel, había una maleta con algunos vestidos de verano y sandalias, un par de libros, sus lápices y su bloc de dibujo donde sumergirse las horas de miedo y angustia.

—Todo va a ir bien –le dijeron antes de despedirse.

Pero todo no había ido bien. Al volver su marido del trabajo, no había dejado de llamarla y aunque entendía que necesitara llamarla todo el rato, a esas alturas sentía tentaciones de tirar el teléfono para no volverse loca. Había escuchado dos mensajes de voz y se le había encogido el corazón al escuchar la voz de su marido. ¿Era posible lo que estaba pasando? En cuestión de unas horas había cambiado por completo de vida. Eso era real. Pero todavía tenía mucho miedo. Y ese miedo también era real.

Respiró profundamente y miró con detalle su bonita habitación de hotel. Sabía lo que tenía que hacer para relajarse. Se sentó a la mesa y abrió su bloc de dibujo. Estaba nuevo. Iba a empezar la primera página. Sonrió sintiéndose extraña, como si su vida fuera ese nuevo bloc de dibujo y tuviera la posibilidad de empezar desde cero. Miró el papel en blanco, tan limpio y sugerente, acercó la mano y empezó a imaginarse algunos trazos. Antes de darse cuenta, entró en trance y empezó a dibujar.

UN VESTIDO DE CÓCTEL A LAS 8 DE LA MAÑANA

"Your mistake was in unthinkingly treating what you imagined as though it were an accurate representation of the facts."[14]

En "Stumbling on Happiness" de Daniel Gilbert.

—¿Estás bien?

Una mano la mecía. Abrió con dificultad los ojos. Alguien le ventilaba la cara con una hoja de papel. Era una ligera brisa pero la apreciaba enormemente. No sabía por qué estaba tumbada en el suelo soportando aquel horrible calor. Le dolía la cabeza y tenía mucha sed. Intentaba concentrarse para contestar pero no acudían las palabras a su boca. También quería ponerse de pie pero se daba cuenta de que se le cerraban los ojos con pesadez y no podía hacer nada. Otro túnel negro se la llevó a un lugar onírico donde los sueños parecían ocurrir a una velocidad demasiado rápida para ser asimilados.

—Eh, eh, eh —la mano la mecía con más fuerza—. Venga, abre los ojos. ¿Estás bien? ¿Nos oyes? ¿Cómo te llamas?

Volvió a despertar. Había viajado por muchos países en cuestión de segundos, pero no lograba reconocerlos. Todos eran familiares y desconocidos a la vez.

—Mmmmm... —su lengua estaba dormida—. Miriam –consiguió pronunciar al final arrastrando la "r" con dificultad.

—¿Sabes dónde estás?

Qué pregunta tan complicada. No, en ese momento no sabía dónde estaba. Se sentía terriblemente confundida y mareada. Agradecía la brisa que provenía de aquella hoja de papel. Aunque quería mirar mejor a las personas que le estaban hablando, se le cerraron los ojos. Era inevitable, parecía que sus párpados pesaran toneladas. Rápidamente empezó a soñar de nuevo. Se encontraba en una exótica playa en una secreta isla tailandesa, de claras aguas y suave arena, donde su cuerpo reposaba plácidamente y el sol no le molestaba —como ocurría en la realidad— ni se clavaba las piedras de la dura acera.

—Venga, llama a la ambulancia —dijo al fin la voz.

Escuchaba las voces con bastante claridad, pero no podía reaccionar. Distinguía a un hombre y a una mujer. Empezaron a hablar de nuevo, pero progresivamente fue percibiendo más y más lejos el sonido de aquel diálogo.

—¿Qué crees que ha sido? —dijo la voz que pertenecía a la mujer, quien seguía ventilando a la chica con una hoja de papel.

—No lo sé cariño. Vamos a esperar a que venga la ambulancia.

—¿No tiene documentación para poder identificarla?

—No, no tiene nada.

La chica llevaba un elegante traje negro. El escote era prominente y la falda relativamente larga, aunque tirada como estaba en el suelo, se veían perfectamente sus piernas y sus rodillas magulladas. El vestido había sufrido algunos destrozos y levantaba serias dudas sobre el transcurso de los acontecimientos de lo que habría empezado como una inofensiva cena. También la cara de la chica presentaba un labio sospechosamente hinchado y su maquillaje estaba derretido por el sol, lo que daba a entender que llevaba bastante tiempo en la calle, soportando los rayos del solsticio de verano. Su media melena estaba salvajemente cortada, como si alguien le hubiera agarrado del pelo y le hubiera cortado la coleta en un arrebato de ira. Había perdido un tacón, pero quizás lo sorprendente fuera que hubiera conservado el otro.

La ambulancia no llegaba y la chica estaba sudando y fruncía el ceño como si estuviera teniendo una pesadilla.

—Ven, ayúdame, vamos a intentar incorporarla y a ponerla en la sombra. Le ha dado demasiado el sol. A lo mejor tiene una insolación

—dijo el hombre que seguía agachado observando a la chica como si fuera un agente buscando pistas para resolver un crimen.

—¿No dicen siempre que hay que evitar mover a las personas porque pueden tener alguna fractura?

—Tienes razón —dijo él mirando preocupado a la chica y dándose cuenta de que por muchos capítulos de CSI que hubiera visto, había estado a punto de meter la pata. Quizás era más prudente aceptar que no podía hacer nada en esa situación—. Espero que llegue pronto la ambulancia —él también empezaba a sudar.

Al cabo de cinco largos minutos, se escuchó la sirena. La pareja se miró en señal de alivio. Él se incorporó e hizo señas al vehículo que se acercaba.

—¿Qué haremos? —preguntó ella.

—No lo sé —dijo el inspirando profundamente—. Ve al trabajo, cariño, yo iré con la chica al hospital si hace falta —tratando de sonar convencido, pese a que no sabía qué se suponía que tenían que hacer.

—¿Qué dirás en la oficina?

—No te preocupes, ahora llamaré y le diré a mi secretaria que empiece a poner al día la agenda de los clientes de Francia. Si hay algo urgente, buscaré un sitio en el hospital donde pueda hablar por teléfono. Pero tú ve a la escuela, los niños no van a aprender matemáticas solos.

La mujer se puso de puntillas y le dio un tierno beso en la frente. No le explicó a su marido que los niños eran todavía demasiado pequeños para aprender matemáticas y que generalmente hacían muchos juegos en clase y dibujaban mucho. En cualquier caso, era verdad que los niños la necesitaban.

—Te quiero.

—Yo también —respondió él con los ojos cerrados.

—Mantenme informada, ¿vale?

Él asintió. La mujer cruzó la acera, paró a un taxi y se despidió con la mano desde la distancia. La ambulancia había aparcado mientras al lado del cuerpo de la joven que yacía en el suelo. Todo sucedió rápido. Por alguna razón el hombre había empezado a encontrarse mal. Le horrorizaba pensar en lo que le habría podido pasar a aquella pobre chica. Le hicieron todo tipo de preguntas: ¿Qué ha ocurrido? ¿Cómo se llama? ¿Cuánto tiempo lleva inconsciente? Les miraba atónito mientras le planteaban todas esas cuestiones y al mismo tiempo colocaban con una gran coordinación a la chica en la camilla. No pudo responder a nada. Sólo sabía que se llamaba Miriam, pero imaginaba que no servía de mucho saber su nombre.

—Mi mujer y yo íbamos camino del trabajo cuando la hemos encontrado en la calle —logró balbucear—. No sabemos nada más. No hemos encontrado ninguna documentación.

—¿Quieres venir con nosotros al hospital? No estás obligado —añadió enseguida el enfermero.

El hombre levantó los hombros. Se sentía indeciso. No sabía cuál era la mejor decisión. Por una parte, estaba preocupado por la chica. Por otra parte, no la conocía de nada, ni sabía si era correcto acompañarla.

—Creo que iré al trabajo —consiguió murmurar al final—. Si está bien así.

—Por supuesto. Podría tal vez facilitarnos únicamente su número de teléfono, en caso de necesitar preguntarle sobre algunos detalles.

—No faltaría más.

Sacó su tarjeta de la cartera y se la alargó a uno de los muchachos.

—Podría acercarme al hospital después de trabajar para ver cómo se encuentra —dijo sintiéndose culpable por no acompañar a la chica. Era una situación de impotencia—. ¿A qué hospital la llevan?

—A la Fe.

Los enfermeros ya habían sujetado a la chica a la camilla y la habían subido a la ambulancia por la parte trasera. Parecía que se iba a caer, pero las patas de la camilla se desplegaron solas de un modo bastante estable. Uno de los dos tomó asiento a su lado. Era el único que parecía hablar todo el tiempo.

—Vamos a confiar en que todo salga bien —dijo tranquilamente, aunque al mismo tiempo daba la impresión de que era una frase de su rutina laboral que había dejado de tener ningún significado.

El otro muchacho, el que no hablaba, salió después de ayudar a su compañero, cerró la puerta trasera y subió al coche por la puerta del conductor. Arrancó el motor y la sirena volvió a sonar. El vehículo se alejó rápidamente.

Él se quedó en medio de la calle encontrándose extraño. Se había quitado un peso de encima, pero se sentía mal por sentirse así. Su modo de actuar había sido totalmente evasivo. Bueno, no del todo, por lo menos se habían detenido para atender a la chica. Por su vestimenta sabían que no era ninguna mendiga. El vestido parecía de gran calidad pese a estar destrozado.

Estaba seguro de que alguien más la habría visto tirada en la calle y no habría hecho nada. Era imposible que nadie la hubiera visto antes, de modo que no eran tan mal ciudadanos después de todo —o eso necesitaba pensar—. Tal vez alguien habría pasado escribiendo con su teléfono y leyendo las noticias o tuiteando y ni siquiera habría percibido el cuerpo. Desde luego había gente para todo.

Intentó no darle más vueltas al asunto y retomar su rutina. Con un potente grito paró a un taxi para llegar lo antes posible al trabajo. A los pocos minutos le llamó su secretaria.

—Llego con retraso —se justificó él directamente al teléfono, sin darle los buenos días a la persona que estaba al otro lado de la línea—, pero llego enseguida. Puedes empezar a llamar a los clientes de Francia.

Respiró profundamente. Se aflojó el nudo de la corbata y miró por la ventana. ¿Qué estaba pasando en aquella ciudad? No recordaba haber visto nada tan insólito en su vida. ¿Una chica bien vestida tirada en medio de la calle y ningún ciudadano —aparte de él y su mujer— se había detenido? En momentos así se alegraba de no haber tenido hijos.

En el trabajo se mostró ausente. Le contó nada más llegar el incidente a la secretaria, quien se mostró horrorizada. Ella tenía una hija adolescente que estaba empezando a salir de marcha por las noches y dijo que no se imaginaba que en una ciudad tan aparentemente tranquila pudieran verse cosas tan horribles.

A las pocas horas le llamó su mujer.

—¿Cómo va todo?

—No he ido al hospital.

Un silencio al otro lado de la línea. Él ya sabía lo que eso significaba. Iba a tener problemas dijera lo que dijera. Pero tenía que decir algo.

—Cariño, me habían dicho que no hacía falta, que no iba a hacer nada allí aparte de perder el tiempo —añadió exagerando la versión para que su mujer no se enfadara.

El silencio continuaba.

—He preguntado si podemos ir a verla después del trabajo. Si quieres podríamos ir juntos y así vemos cómo está.

—¿A qué hospital la han llevado? —preguntó ella con voz seria.

—A la Fe.

—Llámame cuando termines.

—¿Cómo ha ido con los niños? —él intentaba tener un poco de conversación normal.

—Bien —respondió su mujer secamente—. Nos vemos luego —colgó sin darle pie a seguir hablando.

En la pausa para el almuerzo, el hombre no podía comer. La sola idea le horrorizaba. Seguía preocupado y no podía dejar de pensar en la chica, de modo que decidió acercarse al hospital para calmar su conciencia.

No entendió por qué no llamó enseguida a su mujer para avisarle. Ella podría haberle acompañado. Quizás quiso pensar que así no la preocuparía más. Quizás quiso pensar que así le daba tiempo para que se le pasara el enfado. Pero lo cierto era que a esa hora su mujer podría haberse escapado perfectamente al hospital con él. Lo cierto era que él quería ir solo.

El taxi le dejó en la entrada para urgencias. En recepción relató lo que había ocurrido esa mañana. Confiaba en que fuera fácil localizar a la chica que se llamaba Miriam. Su nombre no lo había olvidado. Todavía recordaba la dificultad con la que la chica había pronunciado esas sencillas sílabas.

—La han subido a la primera planta —empezó a decirle la enfermera que estaba en recepción, después de pelear un rato con el ordenador—. Habitación 101. Parece que está estable. Podría subir quizás a verla, pero espere un momento. Voy a llamar a una enfermera, porque como es un caso especial, no queremos dejar a nadie a solas con ella.

—Me parece muy bien, pero ¿ha venido alguien más? —dijo extrañado.

—Sí. Un hombre vino también hará cosa de dos horas.

—¿Cómo puede ser?

—Dijo que era un amigo.

—¿Pero si no sabemos todavía la identidad de la chica?

—El chico sabía que se llamaba Miriam. Es todo lo que teníamos anotado sobre la chica. Y sabía cómo iba vestida, de modo que creímos su versión. ¿Por qué? ¿Qué está pensando?

—Es muy extraño. ¿Y dice que el hombre subió a verla? —estaba preocupándose más.

—Sí. No podíamos hacer nada más.

—¿Nada? Alguien ha intentado esta noche atacar a esa chica. Mi mujer y yo la hemos encontrado esta mañana. No sabemos qué ha podido pasarle —inevitablemente recordó el momento en el que encontraron a la chica tirada en la calle otra vez. Ese momento se había convertido en una secuencia que su cabeza no paraba de proyectar, como si fuera una película que se repetía incesantemente—. ¿Qué aspecto tenía el hombre que ha venido a verla? —dijo tratando de recuperar un tono amable.

—Era extranjero. Tenía acento francés, pero hablaba muy bien español. De estatura mediana, ojos negros y pequeños, pero muy vivos. Iba bien vestido. Llevaba un traje chaqueta elegante. Pero tenía aspecto muy cansado, como si no hubiera dormido en toda la noche. Lo noté por las venas de sus ojos que estaban enrojecidas —por la cantidad de detalles que le daba, parecía que la enfermera también había visto muchos capítulos de CSI.

—¿Subió alguien más con él a la habitación? —continuó él asumiendo el papel de investigador.

—Por supuesto. Una enfermera le acompañó. Es el protocolo para este caso.

Respiró aliviado.

—¿101? —preguntó de nuevo.

La mujer asintió.

Desde el fondo del pasillo llegó la enfermera que tenía que acompañarle a la habitación. Caminaba pesadamente. Daba la impresión de que acababan de despertarla de la siesta.

—Este es el visitante —dijo la enfermera de la recepción.

La otra enfermera asintió sin decir nada y miró al hombre como si con ese gesto tuviera que darse por saludado. Empezó a caminar hacia el ascensor y el hombre la siguió entendiendo que eso era lo que tenía que hacer.

Por su parte, la enfermera de la recepción le miraba alejarse con gesto serio. No le quitó la vista de encima hasta que se cerraron las puertas del ascensor y lo perdió de vista.

El ascensor era grande y alargado, habrían cabido por lo menos dos camillas. La enfermera que estaba con él no había pronunciado palabra. Era una chica joven, de cabello corto y rizado, parecía ser el tipo de persona que por la mañana se ducha y sale directamente a la calle sin mirarse ni al espejo. Parecía exhausta.

No hablaron en el corto trayecto de un único piso. Cuando se abrieron las puertas, ella salió primero, pero después se giró para esperarle. Caminaron en silencio hasta la habitación 101. La puerta estaba abierta. Él suspiró. Al entrar vio a la chica. Enseguida observó que llevaba gotero. Le habían quitado su vestido y lavado la cara. Vestía la bata azul del hospital y tenía mucho mejor aspecto.

—¿Se ha despertado ya? —preguntó en voz muy baja.

La enfermera asintió.

—La hemos despertado para comer, aunque no tenía apetito.

Él se acercó y se sentó en la silla. Qué extraño se sentía con todo aquello.

—Miriam —logró decir tenuemente.

Ella emitió un leve gemido, como si estuviera soñando y abrió lentamente los ojos. No reconocía al hombre que la había llamado por su nombre.

—¿Sabes quien soy? —preguntó él sabiendo de antemano la respuesta.

Ella negó con la cabeza.

—Esta mañana mi mujer y yo te hemos encontrado en la calle y hemos llamado a la ambulancia enseguida.

—Ah —dijo cerrando los ojos tratando de recordar la escena, una escena que él no había podido quitarse de la cabeza en toda la mañana—. Gracias. Sí, ella me hacía aire con una hoja de papel, ¿verdad? —él asintió—. Muchas gracias —añadió ella con una sonrisa triste.

—Sí, se lo diré, le diré que le das las gracias. A lo mejor ella también viene después del trabajo. ¿Te gustaría que viniera?

Miriam asintió tímidamente.

—Miriam, ¿recuerdas lo que ha pasado? —ella negó con la cabeza mientras gruesas lágrimas asomaban a sus ojos—. ¿Estuviste ayer en alguna fiesta? ¿Algún evento? ¿Recuerdas a las personas con las que estabas?

Ella había cerrado los ojos y trataba de regularizar su respiración. Daba la sensación de que estaba recordando algo y de que sentía miedo de nuevo.

—Lo siento —dijo abriendo los ojos—. No recuerdo nada. Me siento muy desorientada.

—Es normal —dijo él con voz tranquila—. ¿Conoces al hombre que ha venido antes a visitarte?

Miriam no respondió, pero sus ojos se abrieron mucho.

—Dime, no tengas miedo, ¿lo conoces?

La enfermera le interrumpió en ese momento.

—No estoy segura de que esto sea bueno para la chica. Tiene que descansar. Quizás sería mejor idea llamar a un médico.

Miriam seguía con los ojos cerrados. Las lágrimas resbalaban por sus mejillas. Él miró a la enfermera sin saber qué hacer y ella le hizo una señal para salir de la habitación. Se sentía irritado. Qué manera tan incompetente de organizarlo todo. En cualquier caso, estaba sorprendido con su propia conducta. Se estaba comportando como un detective, cuando él no era más que un comercial. A lo mejor había visto demasiados capítulos de CSI, pero no podía evitarlo. La escena que había vivido aquella mañana había sido demasiado fuerte. No parecía real sino ficción y él era como un personaje encargado de velar por la vida de Miriam ya que nadie más parecía preocuparse.

Bajaron de nuevo a la entrada. Se acercó al mostrador y le dijo personalmente a la enfermera de la recepción que no dejaran de nuevo pasar a aquel hombre. Insistió en que si volviera a presentarse, llamaran a la policía.

—Disculpe —dijo la enfermera molesta—, pero sabemos hacer nuestro trabajo.

—Por lo visto no —dijo él entre dientes. No quería discutir, pero le hervía la sangre.

La enfermera del pelo corto se marchó dejándole a él hablar con la enfermera recepcionista como si aquello no fuera con ella. Tampoco parecía tener energía para pelearse con visitadores. Ese no era su trabajo y probablemente, si nadie más volvía a molestarla, intentaría dormir de nuevo.

Él observó el pasotismo de la enfermera joven que había desaparecido al final del pasillo. Se giró y salió fuera tratando de calmarse. Cogió un taxi y regresó al trabajo. Al llegar, todavía irritado, su secretaria estaba desbordada con las llamadas telefónicas.

—*Oui, Monsieur Pascal, nous lui appelons dans une demi heure. Il n'y a pas de soucis. À plus tard.*

Su secretaria subió la mirada derrotada.

—No paro de pensar en esa chica. ¿Cómo está?

—Parece que bien —trató de disimular su enfado.

Dudaba. No sabía si contarle con detalle todo lo que había pasado en el hospital, pero vio a su secretaria desbordada con las llamadas y decidió que era mejor no preocuparla más.

—Qué alivio —dijo la secretaria cogiendo la agenda y anotando los últimos pedidos antes de que se le olvidaran. No tenía tiempo para seguir preocupada.

Él entró a su despacho y trató de aprovechar las horas que quedaban. A la media hora llamó el señor Pascal, el cliente de Francia, quejándose de que no le habían llamado. Él no tenía fuerzas para discutir y menos por algo tan banal. Por momentos percibía su trabajo como una actividad carente de sentido que no ayudaba a nadie. El señor Pascal podría sobrevivir media hora sin problemas. Podría sobrevivir sin su pedido. ¿De qué servía alterar a todo el mundo?

A las seis terminó. Normalmente se quedaba más tiempo, hasta que la agenda estaba al día y podía irse a casa tranquilo, pero ese día no tenía ganas de alargar la jornada laboral. Llamó a su mujer.

—Salgo ahora. ¿Nos vemos en la Fe?

—¿No pasas a recogerme? —dijo ella extrañada.

—Es más rápido que nos veamos directamente allí. Tengo que dar un poco de vuelta si te recojo.

—Pero también pagamos dos taxis.

Su mujer era una ahorradora compulsiva. Incluso en momentos como ese se le ocurría que podían ahorrar algo con el taxi. Él tenía otros planes. Quería llegar antes para asegurarse de que todo iba bien. No quería que su mujer se llevara otro disgusto. Le dijo que se verían directamente allí y le explicó con detalle dónde tenía que dirigirse. Él estaría esperándola.

Su taxi llegó a la Fe. Bajó de nuevo en la entrada de urgencias. La misma enfermera estaba en la recepción. No parecía llevarse muy bien con el ordenador porque arrugaba el ceño, como si para cada click del ratón necesitara concentrarse. Se miraron con ese gesto especial de reconocer una escena que acababa de suceder. Ella parecía todavía molesta, pero él se acercó de todos modos. Sentía que no tenía mucho tiempo que perder.

—¿Cómo sigue? —preguntó siendo consciente de que después de su brusca despedida, la enfermera no se habría olvidado de sus últimas palabras.

—Sigue estable. Muy cansada. Tendríamos que preguntar al médico si todavía es posible subir a verla —respondió ella un poco a regañadientes.

—Mi mujer viene ahora del trabajo también. Se quedaría mucho más tranquila si viera que la chica está bien.

La enfermera entrecerró un poco los ojos, como inspeccionándole, tratando de percibir el grado de verdad de esa afirmación.

—Voy a llamar al doctor.

—Muchas gracias.

Su mujer llegó en ese momento.

—¿Acabas de llegar? —preguntó preocupada mientras se acercaba a él.

—Sí.

—Me habías dicho en la entrada. Pensaba que te referías fuera.

—Ah, perdona, me refería aquí dentro —dijo dándole un beso.

Ella se quedó estática.

—Han llamado a un doctor —le explicó para cambiar enseguida de tema—. Subiremos con él. Cariño, yo he venido este mediodía y la he visto bien.

—¿Has venido sin decirme nada? ¿Pero qué te pasa? —su tono de voz subía por momentos.

—Estaba preocupado. Me sentía mal por no haber venido desde el principio.

—Con razón —dijo ella cruzando los brazos. Su expresión era seria.

—Venga, no te enfades —dijo él—. Esto ya es bastante duro. Hoy he tenido que pelear mucho con los clientes.

—A mí se me ha cagado un niño en clase.

—Vaya, lo siento.

Los dos se relajaron. Se daban cuenta de que no les llevaba a nada discutir. Ambos estaban frustrados y preocupados. El médico llegó caminando desde el fondo del pasillo. Llevaba una bata verde y una carpeta que sujetaba con una mano como si fuera un elemento más de su anatomía.

—¿Son ustedes quienes la han encontrado esta mañana?

Asintieron. Él rodeó a su mujer con el brazo acercándola a sí.

—Vengan conmigo, por favor.

Subieron al primer piso y caminaron hasta la habitación 101. Antes de entrar, el médico se detuvo en la puerta.

—La chica quiere ver sólo a la mujer.

Se miraron confusos.

—¿Tú entiendes algo? —le preguntó él.

La mujer subió los hombros y entró en la habitación cerrando la puerta tras ella.

Estuvo dentro dos horas. A él se le hicieron eternas. Si no hubiera dejado de fumar hacía tres años, probablemente habría salido fuera a encender algún pitillo para matar la ansiedad, pero ya no tenía ese vicio, ni tenía tabaco en esos momentos y no iba a cometer ninguna tontería. Se compró un café en la máquina del pasillo —que le daría poco después dolor de estómago— y luego pasó el tiempo leyendo las noticias en su teléfono.

El primer titular que leyó: "Al menos 30 cargos detenidos por el fraude en cursos de formación". Ya le aburrían esos titulares. Saltó a la siguiente noticia: "Rajoy busca un sustituto a Sáenz de Santamaría como portavoz" y continuaba "La mitad de los votantes del PP no quiere a Rajoy como candidato." ¿Qué más pasaba en el mundo? Islandia se preparaba para eliminar la restricción de capitales. El partido de Erdogan perdía la mayoría absoluta en Turquía. Obama y Merkel hacían frente común contra Putin en el G-7. Estados Unidos y Alemania pactaban para mantener las sanciones para que Rusia cumpliera el acuerdo de paz con Ucrania. Durante la cumbre política, Obama había bebido cerveza de trigo, había desayunado salchichas y había proclamado que quería comprarse un *Lederhose*, un pantalón típico bávaro, de piel y con tirantes, que suelen llevar los hombres. Se imaginaba esa cumbre llena de folklore bávaro. ¿Le gustarían de verdad las salchichas alemanas a Obama? ¿Le apetecía desayunar cerveza de buena mañana? ¿Quería en serio ponerse esos pantalones?

Su mujer salió por fin de la habitación y cerró la puerta con mucho cuidado. Parecía que había llorado, pero su postura era digna. Tenía otro brillo en la mirada.

—Vamos —dijo pasando enfrente de él.

Él seguía sentado y se levantó lento de reflejos mientras su mujer ya caminaba hacia el ascensor.

—Espera, pero dime, ¿qué ha pasado? ¿todo bien?

Su mujer estaba entrando en el ascensor y pulsando el botón. No le esperaba. Él se dio prisa.

—Cariño, ¿estás bien?

—No —gritó ella. Luego se cubrió el rostro con las manos y se puso a llorar. Cuando se abrieron las puertas se secó las lágrimas y salió dignamente.

—¿No vas a contarme nada?

—¿Podemos ir a casa de una vez?

Nunca le había escuchado ese tono de voz. Cuando ella estaba enfadada sencillamente no hablaba. Esa actitud era nueva.

Cogieron un taxi y llegaron a casa. Su mujer dejó el bolso en el suelo, fue a la cocina, se sirvió un vaso de agua y se sentó en la mesa. Bebía abstraída. Él observaba cada uno de sus movimientos.

—Unos cabrones —dijo al fin.

Su marido tomó ese comentario como un gesto para poder sentarse enfrente de ella. La observó paciente. En verano siempre le salían en el rostro muchas pecas. Le quedaban muy bien. Le daban un aspecto más saludable.

Ella bebió otro sorbo de agua.

—¿Te puedes imaginar que en una ciudad tan tranquila como ésta hay una mafia que recluta a estudiantes como prostitutas de lujo?

Aquello era una afirmación fuerte. Él no se sentía preparado para decir algo inteligente y dejó que su mujer siguiera hablando.

—Esa pobre chica no quiso ayer acostarse con un cliente y el cliente le dio una paliza y la dejó tirada.

—¿Pero cómo puede ocurrir algo así? —otra vez la realidad parecía superar a la ficción.

—Ella estaba un día en una discoteca y un atractivo hombre se acercó a ella. Era el gancho. Por lo visto es el modo en que siempre operan. Cuando el hombre atractivo ha seducido a la mujer, entonces llega el cliente y... —su voz se quebró.

—Cariño —dijo él alargando la mano para sujetar la mano temblorosa de su mujer—. Tranquila. Ya ha pasado todo. Esa chica está a salvo.

—¿Tú crees? Por lo visto es una mafia muy bien organizada. Asustan a las chicas diciéndoles que si no cumplen con su parte del trato, las delatarán y todo el mundo se enterará de que se han prostituido. Son chicas jóvenes, estudiantes, con una familia que las quiere y las apoya, ninguna querría jamás que algo así saliera a la luz. Por eso Miriam no va a denunciar nada. El hombre que fue a verla por la mañana trabajaba para la mafia. Le ofrecía más dinero por lo que había pasado y le prometía que si no decía nada, la dejarían tranquila.

—¿Por qué te lo ha contado todo a ti?

—Me ha dicho que quería agradecerme que le hiciera aire con la hoja de papel esta mañana. Que le había hecho mucho bien y que no podía olvidarse de esa agradable sensación. Quería darme las gracias. Eso era todo…

LA HERMANA PEQUEÑA

"Apparently, gaining control can have a positive impact on one's health and well-being, but losing control can be worse than never having had any at all."[15]

En "Stumbling on Happiness" de Daniel Gilbert.

—¿Pablo? ¿Cómo estás? Los papis preguntan si vas a venir a casa este fin de semana, ¿no? ¿tampoco este fin de semana? Tienes que estudiar. Bueno, vale, pero, ¿el siguiente? Todavía no lo sabes. Vale. Intenta decirnos algo. Sí. Te llamo porque me lo han pedido ellos. Están preocupados. Sí. Yo también estoy preocupada.

Colgó el teléfono. Su hermano estaba pasando una mala racha. No le cabía la menor duda. ¿Qué había sido de ese estudiante brillante y de ese niño ejemplar que cada vez se alejaba más de la familia? Durante su primer año en la universidad solían quedar bastante. Comían juntos a veces a mediodía en algún bar barato de la universidad y el fin de semana cogían juntos el tren para ir al pueblo a casa de sus padres y disfrutar de la familia. Pero ese último año, su hermano se había vuelto muy arisco.

Una de las noches que salió con sus compañeras de clase, ni siquiera lo reconoció en el local donde coincidieron. Estaba tan colocado de coca que su rostro se había transformado por completo.

—¿Pero qué te pasa? —dijo ella sorprendida empujándolo cuando él la agarró del culo, como si no la hubiera reconocido y no supiera que era su hermana quien se había acercado a saludarle.

—¿Marta? —dijo él recobrando la cordura durante un breve segundo, tras el cual desapareció corriendo entre la marabunta de gente que bailaba en la discoteca.

Al día siguiente ella fue a su casa sin avisar. Le abrió un hermano al que apenas reconocía. Parecía avergonzado. Por primera vez sentía que él era el pequeño y ella la mayor. Sentía que tenía que protegerle ella a él y no al revés, como había sido siempre.

—¿Pablo estás bien? —dijo buscando el acercamiento—. Podemos ayudarte, lo sabes, ¿no? —en un primer momento se refería a su familia, pero su hermano se mostraba muy reacio a ir a ver a sus padres, como si se avergonzara de algo. Marta cambió entonces de estrategia, quizás había sido demasiado obvia—. Puedes contarme lo que quieras.

Él seguía acurrucado en el sofá, las piernas dobladas, la barbilla apoyada en sus rodillas, la mirada perdida. Marta aprovechó para hacer una inspección. Había un jarrón con flores muertas en la mesa. Se acumulaban también las tazas y los tazones con una gran cuchara. Conocía a su hermano. Cuando tenía que estudiar no cocinaba nunca nada, se dedicaba a comer grandes tazones de leche con muesli. Según él, el muesli tenía todos los nutrientes que el organismo necesitaba y no necesitaba más para sobrevivir. Su hermano había perdido mucho peso y observó que se le habían manchado los dientes de café, pero no dijo nada. El piso olía a cerrado, de modo que se puso de pie y abrió una ventana.

—¿Cómo va con los estudios? —preguntó Marta sentándose de nuevo en el sofá más cerca de su hermano.

—Marta, por favor, deja ese "small talk". Estoy bien.

—Pareces todo menos bien. Me preocupas.

No quería decirle eso a bocajarro. Era lo peor que podía decirle. Su hermano era muy reacio a aceptar ayuda. En el colegio un compañero se había dedicado desde el primer curso a robarle el bocadillo del almuerzo y a veces le pegaba si Pablo no se lo daba. Nadie se enteró hasta que el profesor descubrió el asunto.

—Marta, ¿puedes dejarme solo? Tengo que estudiar. Se acercan los exámenes.

Ella quiso entender aquello como una buena señal. Si seguía estudiando, todo iba bien. Tal vez sólo lo había visto en una mala noche y tal vez había ido a su casa justo en un día en el que todo estaba horripilantemente sucio. Tal vez su hermano se comportaba por lo demás con total normalidad y no había ningún motivo para preocuparse.

Pero tras varias semanas sin saber nada de él, volvió a ir a casa y encontró un escenario todavía más patético que el de la última vez. Olía de un modo especialmente fuerte a tabaco y a alcohol. Había cajas de pizza y trozos secos a medio terminar en algunos platos.

—¿Qué tal, Marta? —dijo él husmeando en las cajas y alegrándose al encontrar un trozo de pizza todavía intacto. Empezó a comer ante el rostro estupefacto de su hermanita.

—Pablo, ¿podemos ir a casa juntos este fin de semana? Nos vendrá muy bien a los dos. Podemos dar uno de esos largos paseos con los papis y hablar tranquilamente de qué tal nos va todo, como hacemos siempre. La mamá y yo podemos hacer la torta de yogur y nueces que te encanta para desayunar y podemos salir a cenar por la noche al bar de Miguel. Seguro que aún le salen las croquetas de jamón igual de buenas. Como las croquetas del bar de Miguel ningunas, ¿verdad? —dijo imitando el tono de su padre, quien siempre se comía una ración de croquetas él solo y luego pedía otra ración para su familia, avergonzado por no haber podido controlarse más.

Su hermano dejó de comer el trozo de pizza frío y reseco. Parecía de repente triste, como si se le hubiera cerrado el estómago.

—No me encuentro muy bien —logró musitar.

—¿Qué te pasa? —dijo Marta alarmada.

—Me duele la barriga.

—Ay, Pablo, no me extraña, te estás alimentando fatal. ¿Cuántos días tiene esa pizza?

—Sólo dos. La encargué el lunes.

—Pablo, hoy es viernes. Venga, por favor, vamos a casa este fin de semana. Tengo mi última clase a las tres y podemos salir directos a la estación y coger el tren.

—¿A qué hora?

—¿Nos vemos en la estación a las cinco y media y cogemos el tren de las seis? La mamá puede venir a recogernos a la estación cuando lleguemos al pueblo, ya he hablado con ella —lo tenía todo planeado.

—Venga, vale.

Se despidieron con un breve abrazo. Ella notaba sus huesos como nunca. Lo percibía más pequeño, como si se hubiera encogido. Se fue a clase preocupada, pero aliviada al mismo tiempo pensando que por lo menos lo había convencido para ir a casa.

Sin embargo, las cosas acontecieron de otro modo y Marta no pudo hacer nada para evitarlo.

Al salir de clase, recogió algunas cosas de su piso y salió en dirección a la estación. Eran las cinco de la tarde cuando subió al metro lleno de gente. Muchas personas —la mayoría profesores y funcionarios— salían del trabajo. Llegó a la abarrotada estación de trenes y después de hacer la cola compró dos billetes. Se acercó a la cafetería que había cerca de los andenes, pidió un café con leche y se sentó para leer una revista de moda que había comprado en el kiosco. Esperó pacientemente a su hermano. Ya había controlado que su tren salía a las seis del andén número dos.

A las seis menos cinco llamó por teléfono a su hermano, pero él no se lo cogió. Le mandó un mensaje: "Pablo, ¿dónde estás? Por favor, ven ya o perderemos el tren. Ya he comprado los billetes. Sale del andén número dos. Date prisa por favor." Pero no tuvo noticias de su hermano. Su móvil no daba señales de vida. Cada vez que intentaba llamarle saltaba el buzón de voz. Fueron unos minutos angustiosos. Pensó que no podía sentirse peor hasta que el megáfono anunció la salida de su tren. Ella misma estaba a punto de perderlo. Dudaba. No sabía qué era lo correcto, si subir al tren sin esperar más a su hermano o no subir y quedarse con él.

Miró desesperadamente en todas las direcciones. Había mucha gente en la estación, pero no sentía la presencia de su hermano. Algo le decía que Pablo no iba a ir, que quizás le había tomado el pelo cuando ella había ido a su casa para deshacerse rápidamente de ella. Qué ingenua había sido. En esos momentos mirando a los viajeros ir y venir, le parecía obvio que su hermano no tenía ninguna intención de ir al pueblo ese fin de semana —probablemente ni ese fin de semana ni ninguno—.

Qué tonta y qué ilusa había sido. Subió al tren con los hombros hundidos. Estaba preocupada. Tenía el corazón encogido y un nudo en la garganta que no le dejaba tragar saliva. A su lado había una madre con un bebé, un niño regordete de carita redonda vestido con un pelele blanco de verano. Era un niño hermoso y sano. Marta empezó a llorar y la mujer le preguntó si se encontraba bien.

—Sí, sí, lo siento —dijo secándose las lágrimas.

El bebé empezó también a llorar y Marta se lo quedó mirando intrigada. "Qué vidas tan libres de preocupaciones" pensó para sí misma mirando al pequeño. La madre sacó el pecho y empezó a darle de mamar. El bebé se calmó en cinco minutos y se quedó medio dormido.

—Nunca falla —dijo la mujer sonriéndole a Marta.

Marta pensó en ese momento que le gustaría regresar a un estado primigenio en el que todos los problemas se resolvieran mamando de una generosa teta como la que tenía la mujer que, sentada a su lado, miraba orgullosa a su rollizo bebé.

Mientras el tren iba haciendo sus diversas paradas, acercándose cada vez más a su destino, ella se imaginaba distintos escenarios de lo que podía haberle ocurrido a su hermano. Tal vez se había dejado el móvil y al intentar volver para cogerlo había llegado tarde. O tal vez había perdido alguna conexión del metro y se había quedado sin batería para llamarla y avisarla de que no llegaría a tiempo. Pero todo era poco plausible. En cualquier escenario, a esas alturas su hermano tendría que haberla llamado. Incluso en el caso de que se hubiera quedado sin batería, ya habría tenido tiempo de regresar a casa y llamarla para explicarle lo que había pasado.

Se sentía tonta por haberse subido al tren en lugar de ir a casa de su hermano de nuevo y pedirle en persona una explicación. Pero por otra parte, también tenía miedo. La situación le preocupaba cada vez más y necesitaba ver a sus padres y hablar con ellos sobre Pablo. No sabía cómo afrontarlo sola. Necesitaba perspectiva y consejo paterno.

Al llegar a su estación de destino, bajó con la misma pesadumbre. Se despidió de la mujer y del bebé intentando sonreír.

Su madre la esperaba en el coche a la salida de la estación. Al verla salió para recibirla. Cuando le preguntó dónde estaba Pablo, Marta se puso a llorar.

—Tranquila —dijo la madre abrazándola. Pese a que Marta era mucho más alta que su madre, se sentía protegida en sus brazos—. Vamos a casa y nos cuentas con calma qué ha pasado. Esta noche habíamos reservado mesa en el bar de Miguel, que sabemos que os encantan las croquetas de jamón, pero si quieres nos podemos quedar en casa y hablar tranquilamente de todo.

—A lo mejor esta noche sí, mamá.

Pasó un fin de semana agradable con sus padres. Se quedaron la primera noche en casa y hablaron de la situación. A Marta se le escapaban de vez en cuando las lágrimas, pero sus padres la tranquilizaban todo el tiempo.

Al día siguiente, salieron pronto a pasear, antes de que saliera el sol y al regresar cocinaron la torta de yogur y nueces. Marta guardó un pedazo para llevársela a su hermano el domingo por la noche.

Habían acordado que intentaría convencerlo de nuevo para que fuera a casa el fin de semana siguiente y si no funcionaba, los padres irían a la ciudad para ver por sí mismos qué estaba pasando.

—Quizás necesita un poco de tiempo —pensaba el padre—. Ha sido siempre un chiquillo ejemplar. Todos tenemos derecho a pasar una mala temporada.

—Sí, papá, pero Pablo no se deja ayudar. Tenías que haber visto su casa y su aspecto... —no quería preocupar a sus padres, pero no podía evitar transmitirles su miedo.

Pese a estar más tranquila, volvía a sentir pánico cuando recordaba el estado en que había visto a su hermano por última vez. ¿Dónde estaría su hermano en esos momentos? ¿Estaría bien?

Después de largos paseos y de sesiones intensivas con su familia, se sintió recuperada. Le había sentado bien el fin de semana. Al regresar el domingo por la noche en el tren se sentía fuerte y segura. Seguro que podría convencer a su hermano.

No obstante, conforme iba llegando a la ciudad, esa energía empezó a evaporarse y aumentaron de nuevo sus miedos. Cuando bajó en la estación se llenó de malas asociaciones y aunque trataba de pensar en lo que le habían dicho sus padres, que le habían repetido una y otra vez que todo iba a ir bien, albergaba sus dudas.

El lunes por la mañana se presentó en casa de Pablo. Llevaba el trozo de torta de yogur que había cocinado con su madre el fin de semana. Llamó al timbre varias veces pero nadie le abrió la puerta.

"Quizás tenga clase", pensó Marta para sí. Trataba de mantenerse optimista, pero lo cierto era que se sentía alarmada. Dejó la torta en el suelo con una notita. Al día siguiente volvió y la torta seguía en el suelo con la notita en la que ella le pedía que le diera un toque. Llamó al timbre y nadie le abrió. Pero ya no le sorprendía nada.

Y todo eso había pasado desde la última llamada telefónica en la que Marta intentaba desesperadamente convencer a su hermano para ir con ella a casa, en la que le había transmitido abiertamente que estaban preocupados por él.

Esa mañana le había dejado varios mensajes en el buzón de voz pidiéndole que por favor le diera señales de vida. Por la noche su hermano la llamó.

—Marta, ¿puedes venir a casa?

—Enseguida estoy allí —dijo colgando y saliendo disparada a la calle sin abrocharse los zapatos.

Le abrió la puerta un chico cadavérico. Sus ojos marrones parecían verdes, pero era por el contraste que se creaba con sus ojeras.

—Pablo, ¿dónde has estado? —dijo ella entrando directamente y dejando su bolso en el suelo. No se tomó la molestia de mirar el desorden y la suciedad.

—He tenido algunos problemas —dijo él con una voz agotada, como si acabara de regresar de un largo viaje.

—¿Qué pasa? Por favor, dime qué está pasando.

—Marta —empezó a titubear él—. Me he metido en algunos líos —añadió con la voz quebrada—. No sé de verdad cómo he llegado a este punto.

—Ven, vamos a sentarnos.

Marta lo condujo al interior, lo sentó en el sofá. Él parecía fatigado. Ella abrió rápidamente la ventana y se sentó enseguida al lado de su hermano. Cuando quiso acariciarle la cabeza él se apartó bruscamente.

—No me toques. Estoy muy sucio.

—Pablo... no me importa.

—Es que no podía concentrarme igual, ¿sabes?

—¿A qué te refieres?

—Ya no podía con los problemas matemáticos. Revisando incluso mis antiguas notas. Ya no podía hacer ejercicios que antes me habían parecido tan fáciles y sencillos. No sé —le tembló la voz—. Algo me ha pasado, Marta, pero no sé el qué. Mi cabeza no funciona igual, ¿sabes? —ella asentía y escuchaba con atención—. Y eso me asustó mucho. Sentí perder el control absoluto de mi vida. Yo siempre he sido el buen estudiante, si ya no podía ser eso, no sabía qué era. Marta, no te imaginas cómo me sentía. Estaba desesperado. Sé que es una idiotez, pero empecé a consumir coca para estudiar más y poder aprobar el curso.

Marta no quería interrumpir el relato de su hermano, pensó en decirle que todo habría tenido una solución, pero no quería decir algo tan superficial. De nada servía decirle que podrían haber contratado a un profesor para clases privadas o que su padre podría haber tenido clases de refuerzo con él los fines de semana, como había ocurrido cuando eran pequeños, pues su padre siempre había querido que tuvieran buenas notas.

—Marta, creo que necesito ayuda —su voz temblaba otra vez—. Ayer fue… ayer fue demasiado. Estábamos en una fiesta increíble, mucha gente, la música sensacional, había parejas enrollándose por todas partes. Increíble, de verdad —Marta le escuchaba tratando de imaginarse dónde habían fiestas tan desfasadas—. Yo estaba con un grupo de amigos con quienes salgo últimamente y entonces no sé cómo perdí el conocimiento. Varias horas después me desperté y no sabía qué había pasado ni dónde estaban los demás. Había un vómito justo a mi lado y pensé que alguien habría vomitado y se habría marchado, pero resultó que era mío. Yo había vomitado sin darme cuenta y me había quedado dormido o vomité después en estado inconsciente. —dijo cerrando los ojos, como si no quisiera acordarse de ese momento—. No sé qué pasó, pero podría haberme ahogado ¿sabes? Es que a veces pasa cuando alguien tiene un mal viaje y por lo visto yo tuve suerte de estar hacia un lado y no boca arriba.

Ella se llevó las manos a la boca. No sabía si estaba preparada para escuchar todo aquello. Desde luego que se había imaginado la peor de las historias, pero no se había preparado para escucharla de la boca de su hermano mayor, alguien que siempre la había cuidado y protegido.

—Y lo peor es que le debo bastante dinero a una persona.

—¿De cuánto dinero hablamos?

—Marta, olvídalo, de verdad.

—Pablo, yo tengo ahorros. Ya sabes que además siempre trabajo en ferias de azafata y me saco algún dinero.

—No podría coger tu dinero.

—Ya me lo devolverás cuando puedas. No te preocupes por eso, por favor. A mí no me hace falta para nada. Lo quería para irme en verano de viaje a Ibiza con mis amigas, pero dos no han aprobado ni la mitad de las asignaturas y no van a dejarlas ir, de modo que no me hace falta nada.

—Marta, tengo mucho miedo. No sé cómo he podido hacer las cosas tan mal. No sirvo para nada. No voy a poder devolverte nunca el dinero si me lo dejas. No sé si he hecho bien en llamarte. Me avergüenza demasiado todo esto. Yo soy tu hermano mayor y tendría que darte un buen ejemplo. Yo tendría que preocuparme de cuidarte a ti, no al revés.

—Tú me has ayudado muchas veces —él la miró incrédulo y ella se dio cuenta de que era un buen momento para tratar de reforzar su autoestima de hermano mayor—. Y lo que es más importante, me has enseñado a saber cuidarme a mí misma. Eso es mucho más valioso.

—¿De verdad? ¿Eso te lo he enseñado yo?

Marta no podía reprimirse más, se acercó para abrazarle, pero él la apartó agresivamente.

—No me toques —dijo elevando la voz—. No perdona, de verdad, lo siento, no quería hacerte daño —dijo ante el rostro sorprendido de su hermana—. Es que, Marta, he hecho algunas locuras. La última vez, compartí algunos utensilios con algunas personas que… —su voz se volvió grave hasta desaparecer. Se cubrió el rostro con las manos—. Madre mía, debería hacerme análisis de todo. Pero no me toques, por favor, no quiero contagiarte de nada.

Marta tenía ganas de llorar y de acurrucarse en el sofá como una niña pequeña. Pero no podía evitar enfrentarse a los hechos, sobre todo en una situación tan extrema. Era necesario empezar a actuar. De modo que se levantó y le dijo a su hermano.

—Vamos, ponte de pie.

—¿Qué? ¿Adónde vamos?

—Vamos al hospital a que te hagan las pruebas del VIH. Luego te ducharás, recogerás las cosas que te hagan falta y nos iremos a casa.

Pablo se levantó temblando pero obediente. Salieron juntos en dirección al hospital. Cogieron un taxi. Marta miró a su hermano de reojo y después de un largo silencio, preguntó.

—¿Viste el pastel?

—Sí —respondió él mirándola, sin entender muy bien a qué venía esa pregunta.

—¿Estaba bueno?

—Delicioso, como siempre —dijo sin evitar sonreír.

Al verle sonreír, pese a los dientes manchados de café, Marta creyó ver a su hermano tal y como lo recordaba, a ese chico feliz y motivado que además siempre la había cuidado. Quizás estaba disfrazado todavía de un chico calavérico, sucio y ciertamente inquietante y que, cuando no sonreía, ni siquiera parecía su hermano. Pero ahí estaba sentado a su lado. Respiró profundamente y miró por la ventana. Sintió que las cosas podían empezar a ir bien de nuevo. Su hermano había dado el primer paso. El más difícil.

TODO EL MUNDO QUIERE ALGO DE TI

"We cannot feel good about an imaginary future when we are busy feeling bad about an actual present."[16]

En "Stumbling on Happiness" de Daniel Gilbert.

—A las personas que te ofrezcan no les importas nada... tampoco puedes saber si yo también quiero algo de ti, pero lo que has de percibir es si quiero algo bueno o algo malo. No puedes confiar siempre en todo el mundo.

David dio una calada al porro. Su cabello rubio siempre despeinado le daba un toque original sin pretenderlo. Llevaba unas antiguas gafas redondas heredadas de su abuelo. Era el compañero de clase más insolente con diferencia. Siempre discutía con los profesores de un modo especial, sin hacer alarde descaradamente de su inteligencia, pero dejándoles claro a los docentes que tendrían que prepararse más las clases.

—Pero tengo ganas de probarlo —dijo ella observando cómo él daba otra calada.

—¿Estás segura? —preguntó exhalando el humo.

Ella asintió con la cabeza. Pensaba que todo iba a ser fácil en ese punto, que él le pasaría el porro sin más y le dejaría probarlo, pero en lugar de eso se acercó a ella y le preguntó:

—¿Por qué quieres probarlo? —parecía que le estaba poniendo una complicada pregunta de examen.

—Nunca lo he probado.

—Es un argumento demasiado débil —dijo volviendo a dar una calada.

Quedaba poco y le hacía sentir que tenía poco tiempo para encontrar la respuesta adecuada.

—Quiero saber qué se siente.

—Yo puedo explicarte cómo me siento.

—Quiero saberlo por mí misma.

Él sonrió y dio otra calada.

—Me da un poco de respeto —dijo mirando el porro que sujetaba entre sus dedos y que ya estaba casi consumido—. Te he visto emborracharte con una cerveza. No sé qué efecto puede causar esto en tu cuerpo. Puede ser peligroso, ¿sabes? No a todo el mundo le sienta bien.

—Bueno, pero no lo sabré nunca si no lo pruebo.

—El problema es que estás demasiado ansiosa por probarlo y eso no es bueno —dijo apartándose algunas greñas de la cara.

Sofía se sentía desesperada. Le gustaba ese chico, pero él no parecía darse cuenta y lo peor era que la estaba tratando como a una hermana pequeña. Ella era hija única, de modo que no sabía lidiar con esa sensación. Además, tenían la misma edad. ¿Por qué tenía que obligarla a cuestionarse cada una de sus decisiones? No se imaginaba que todas las personas que habían probado un porro en su vida, hubieran tenido que soportar semejante test psicológico.

—David, déjame dar una calada, por favor.

—Es que no creo que sea buena idea. Eres demasiado sensible —ella odiaba que alguien la tratara de esa forma—. Acuérdate del día que hicimos la pausa del mediodía al sol y mientras todos estuvimos disfrutando de esos cálidos rayos a ti te dio una insolación.

Era verdad. Aquel episodio había sido vergonzoso. La tuvieron que llevar al hospital. No entendía qué había pasado. Tal vez su pelo negro azabache había absorbido todos los rayos.

—Venga —dijo él observando su gesto serio—. Estabas muy mona. Hasta cuando vomitaste en el césped, al lado de nuestros apuntes.

—Por favor, no me lo recuerdes —recordó que lo peor había sido la sensación de confusión que tenía. Por lo visto empezó a decir un montón de tonterías e incoherencias, como si estuviera borracha—. Qué mal lo pasé.

—Bueno, ya hace tiempo. Fue el primer año de universidad y ya estamos a punto de licenciarnos. Cómo pasa el tiempo —dio la última calada.

Sofía suspiró. Se sentía impotente. David tiró el porro delante de ella, sin darle la oportunidad de probarlo. Su tiempo se había agotado.

—Sí, sí que ha pasado mucho tiempo —dijo sin poder enfadarse.

Recordó las noches en las que se habían quedado a dormir en la facultad en señal de protesta por el Plan Bolonia. "Las universidades deben financiarse más por lo que hacen que por lo que son, centrando la financiación más en los resultados pertinentes que en los insumos [...] Esto supone una diversificación productiva de sus fuentes de financiación mediante la colaboración con empresas [...], fundaciones y otras fuentes privadas." Lo que apareció publicado en 2007 en el Boletín Oficial de la Junta de Andalucía n°146 era en verdad un modo de camuflar la mercantilización de la universidad. A los estudiantes les preocupaba que el proceso de Bolonia se fundamentara en la idea de que el poder económico europeo, representado por poderosos grupos de presión de conglomerados empresariales, sentara las bases de la reforma universitaria. Los estudiantes iban a tener que cargar con esa reforma rascando sus agujereados bolsillos. El plan no era realista. ¿Cómo podía un estudiante financiar sus estudios con un sistema de asistencia obligatoria que dificultaba compaginar los estudios con el trabajo? El sistema estaba transformándose completamente. A los estudiantes que habían podido cursar una carrera gracias a las becas convencionales, se les ofrecía un nuevo sistema de becas-préstamos.

También el "Informe Universidad 2000" planteaba esta cuestión como si todo fueran ventajas para los estudiantes: "Con el sistema de préstamos, los estudiantes se hacen más conscientes del coste de su educación, tienen más incentivos para exigir una enseñanza de calidad y deben esforzarse en los estudios y en el trabajo, para poder devolver la financiación recibida". ¿Cómo devolver esas deudas en un país que no ofrecía oportunidades laborales a esos estudiantes?

De modo que los estudiantes habían pasado varios días encerrados en la facultad, durmiendo en colchonetas, duchándose en los baños y comprando el desayuno, la comida y la cena en los supermercados de la zona. No había servido de nada. La prensa apenas se había hecho eco de esas protestas. El sistema al final se había implantado. Ellos iban a ser la última generación de licenciados. En lo sucesivo, los estudiantes se enfrentaban a un nuevo sistema de grados, imitando el sistema anglosajón de "undergraduate" y "graduate".

—¿Y bien? —dijo Sofía—. Dime cómo te sientes. Ya que no me vas a dejar probarlo, por lo menos intenta explicarme qué es lo que ocurre —añadió resignada.

—Es que a mí no me hace nada. Si quieres que te sea sincero, sólo me deja un poco relajado, como si hubiera salido a correr una ronda de diez kilómetros y al llegar a casa me hubiera dado una ducha con agua fría. Sólo eso.

—No suena mal.

—Perdona que sea un poco autoritario.

No era la primera vez. David había asumido en varias ocasiones el papel de protector. Cuando salían a cenar, él controlaba que ella no se emborrachara. "No creo que sea buena idea otro chupito" le había repetido un montón de noches. Normalmente tenía razón. Sofía no toleraba bien el alcohol. Lo sabían todos. Ella era la única que a veces parecía tener una memoria selectiva y pretendía no recordar lo mal que le sentaba el alcohol.

—¿Has visto el cielo? —le preguntó él.

Sofía miró un cielo oscuro y nublado.

—Se ven las nubes porque detrás está la luna llena e ilumina todo el fondo —le explicó él, a quien siempre le encantaba explicar las cosas a los demás.

En silencio, miraron el cielo unos minutos hasta que David volvió a romper el silencio.

—¿Qué vas a hacer el año que viene?

—¿Te refieres al terminar la carrera?

—Sí.

—No lo sé. ¿Y tú?

—No tengo ni idea.

—A nuestra edad nuestros padres ya habían terminado, se habían casado y estaban pensando en tener hijos y nosotros estamos aquí perdidos, en medio de la noche, sin saber qué queremos o qué podemos hacer con nuestras vidas.

—Creo que tendremos que irnos al extranjero.

—¿Con una carrera de humanidades? No somos ingenieros. No van a querernos en ningún país.

—No seas pesimista, Sofía. Tiene que haber algo en algún lugar para nosotros.

—¿Adónde te gustaría ir?

David se acercó a ella levemente.

—A lo mejor a Sudamérica. Allí por lo menos el idioma es también nuestra lengua materna. Podría ser fácil encontrar trabajo como profesores. ¿No crees?

—¿Me estás proponiendo algo? —Sofía estaba confundida—. No sé si te has dado cuenta de que estás hablando en plural.

—La que no parece darse cuenta eres tú. Llevamos cinco años estudiando juntos. ¿Nunca te has preguntado por qué siempre me he preocupado tanto por ti?

Ella negó con la cabeza lentamente. Él la miró y sonrió.

—Sofía, me gustas. Me gustas muchísimo, pero te he percibido también siempre como una persona un poco inaccesible. ¿Recuerdas en primero cuando te dije un día que teníamos que ir a tomar café juntos? —Ella asintió—. Y tú me dijiste que no tomabas café —continuó él sin borrar la sonrisa de su boca—. Eras tan mona. No te dabas cuenta de que era una manera de pedirte una cita. Podías haber bebido cualquier otra cosa, ¿sabes? No hacía falta que fuera café. Pero evidentemente no te iba a decir que teníamos que quedar un día para tomar... agua.

Ella se llevó las manos a la cara.

—Ay, David, qué vergüenza. ¿Todo este tiempo? ¿Y yo? ¿Tan tonta?

—No —dijo él apartándole las manos—. Tonta no, sólo increíblemente mona. Me encantas, Sofía. Me has encantado desde el principio, pero me di cuenta de que eras diferente, de que necesitabas más tiempo, de que no podía acercarme a ti como me habría acercado a cualquier otra chica.

—Pero si has tenido ligues todos estos años. Incluso he llegado a conocer a un par de ellos.

—Bueno, soy humano, ¿sabes? Y tengo mis necesidades, como todo ser humano. Es como aquel que diga que no le gusta ver series y comer pizza. Mentiría. Seguro.

Ella repasaba todos los momentos que habían compartido durante esos cinco años. Era increíble revisar esos instantes y percibirlos de repente de otra manera.

—Pero recuerda lo que te he dicho antes, no puedes fiarte de nadie. Todo el mundo va a querer siempre algo de ti. Sólo tienes que saber diferenciar si quieren algo bueno o algo malo.

—¿Y tú que quieres, David?

Él sonrió. Ella se quedó mirando su sonrisa enigmática.

EL COCO

"We mistakenly conclude that we will feel tomorrow as we feel today."[17]

En "Stumbling on Happiness" de Daniel Gilbert.

—¿Te acuerdas de nuestro primer día en la escuela?

—Claro que me acuerdo. Te vi y me alegré enseguida, me volví loca y corrí hacia ti. Qué increíble, ¿verdad? Sólo teníamos tres años pero nos reconocimos porque habíamos coincidido en la guardería y habíamos jugado juntas todos los días.

—Yo estaba en las escaleras hablando con mi madre y tú te acercaste corriendo y me cogiste de la mano.

—Sí y desde entonces fuimos todo el tiempo inseparables. Lara y Abril, Abril y Lara. Siempre estábamos juntas.

Lara le sirvió otra copa de vino a Abril.

—No me pongas más —dijo Abril colocando la mano encima de la copa autoritariamente.

—Venga, está buenísimo.

—Sí. Sí que está bueno —dijo sintiéndose débil, apartando la mano y dejando que Lara le llenara la copa de vino blanco.

—¿Qué planes tenemos esta noche? —preguntó Lara animada.

—No lo sé —acercándose la copa y haciéndose la remolona—. Se está muy bien en la terraza de tu casa, la verdad —dijo con un tono amable, como si intentara convencer a Lara para quedarse en casa, sabiendo que en verdad Lara tenía muchas ganas de salir.

—Bueno, pero vamos a salir, ¿verdad? —respondió Lara inmediatamente. No iba a dejarse convencer tan fácilmente. Tenía sus argumentos—. Me he lavado y alisado el pelo y me he maquillado. No me voy a quedar en la terraza de mi casa. Tengo ganas de marcha, así es que bebe vino a ver si te animas.

Esa noche celebraban que Abril había terminado la carrera. Llevaba mucho esperando ese día, pero lo que pensaba que iba a convertirse en un momento de alegría, no era sino una paralizadora sensación de miedo.

—Venga, Abril, anímate. Brinda conmigo. Celebramos que has terminado la carrera.

Abril siguió las instrucciones de su amiga, pese a no sentirse animada.

—¿Qué es lo que pasa por tu cabeza? —Lara conocía a su amiga demasiado bien—. Apenas has cenado y he hecho salmón con espárragos verdes, una de tus comidas favoritas.

—Lo sé. Lo siento —añadió bajando la voz—. La cena ha sido increíble.

—¿Pero?

—¿Pero no sé qué me pasa? Me siento tan extraña. Terminar la carrera tenía que ser un momento de euforia, un gran paso en la vida, y sin embargo me siento paralizada. No veo ninguna salida profesional para mí. Hace cinco años habría encontrado trabajo enseguida como arquitecta, pero ahora... el sector de la construcción está totalmente paralizado.

—Tía, no pienses en eso ahora. Hoy celebramos que has terminado. ¿Tú sabes qué logro y qué orgullo? Ya me gustaría a mí tener una carrera como tú.

—No sé para qué —dijo Abril bebiendo vino. En momentos así se imaginaba lo fácil que sería comportarse como una alcohólica que bebía para olvidar sus problemas.

—Pues para no tener que ir todos los días a la peluquería como yo, para empezar. O para no sentir que día tras día haces exactamente lo mismo. Tía, en el trabajo, estoy tan mecanizada que sin darme cuenta acabo cortándoles el mismo pelo a todas las chiquillas. Dentro de poco irán todas como clones —se rió del modo peculiar que la caracterizaba, con varias carcajadas que salían profundamente desde el estómago y que se proyectaban con tanta fuerza que hasta tenía que cerrar los ojos—. Venga, no dramatices —dijo tratando de hablar con naturalidad de nuevo—. Brinda conmigo. Hoy celebramos que has terminado tu carrera. Mañana ya veremos cómo vas a buscar trabajo.

—Ay, Lara, de verdad, no sé qué haría sin ti. Siempre sabes cómo animarme.

—Pues, hale, hazme caso y bebe. Luego te voy a dejar un pintalabios rojo, ¿sabes? Que no tienes nada de color en la cara y así no se puede salir a la calle. Y hazme el favor de terminarte el plato o no podré sacar nunca el postre.

—¿Has hecho postre también?

—Tu tarta favorita.

—¿De zanahoria? —No se lo podía creer. No conocía esa faceta culinaria de Lara.

—Sí, pero nunca la he preparado, ni idea de cómo me habrá salido —respondió honestamente.

—Eres la mejor, de verdad.

—Hasta le he hecho la crema esa blanca por encima.

—¿El "Cream Cheese Frosting"?

—Yo que sé, ya sabes que yo el inglés no lo entiendo, pero le he echado azúcar con ganas. Dulce va a estar.

—Lara, eres la mejor. No sabes cuánto te quiero —dijo alargando su mano y buscando el contacto con su amiga—. De verdad.

Abril abrió su apetito y se terminó el plato de salmón con espárragos verdes. Lara fue a la cocina y sacó la tarta de zanahoria. Sacó una fuente alargada. El pastel tenía forma de ladrillo, pero quizás estaba bueno.

—¿Te importa si me fumo antes un cigarro? —preguntó Lara dejando el pastel en la mesa—. Es que si no me voy a comer la tarta entera y me sentará fatal.

—Bueno, vale, pero me espero a que termines para comer. Ya sabes que me molesta mucho el humo.

—Venga va, da igual, no me lo fumo. Hoy es tu noche.

Lara cortó dos enormes pedazos y los sirvió en dos platos. Le dio a Abril un tenedor de postre.

—*Bon appetit* —dijo Abril— y gracias otra vez.

La tarta estaba deliciosa, pero no le sorprendía de una receta de Lara, a quien había visto tomarse la Nutella a cucharadas. El azúcar subía inmediatamente al cerebro aumentando una agradable sensación de bienestar que había empezado con el vino.

Abril había probado la tarta de zanahoria por primera vez durante su primer verano en Estados Unidos, cuando tenía diecisiete años. Allí descubrió Starbucks y le fascinó el hecho de que en cada esquina de Nueva York hubiera una franquicia de la cadena de café. Cuando volvió, le contó a Lara con todo detalle lo que le había parecido Estados Unidos, pero Lara parecía tener problemas para imaginarse por qué eran especiales aquellas cafeterías y qué las diferenciaba de las cafeterías de su pueblo. "El café es café", había dicho Lara, sin creer que existía un mundo aparte para los amantes del café. Tampoco conocía la palabra "barista", referida al profesional especializado en el café de alta calidad y no sólo en la correcta elaboración, sino también en la mejor presentación posible. Abril descubrió aquel verano que la cultura del café en Estados Unidos era diferente a la de España donde las variantes del café eran más sencillas —sólo, cortado o con leche—, pero estaba convencida de que la moda llegaría tarde o temprano —y así fue—.

—Voy a explotar —dijo Lara desabrochándose el botón del vaquero—. ¿Me ha salido buena verdad? —dijo dándose palmadas en la barriga—. Uf, pero creo que me voy a cambiar y me pondré un vestido ancho para esconder esta barrigota —se levantó de la silla como si estuviera embarazada, haciendo un poco de teatro.

Volvió a reírse de ese modo único, con esas carcajadas que salían desde esa misma barriga que amenazaba con explotar.

Abril apreciaba esos momentos. Era una pena que ya no se vieran tanto. Lara se había quedado en el pueblo y Abril se había ido a estudiar a la capital y aunque en la gran ciudad había conocido a mucha gente interesante y a muchos compañeros en la carrera, lo cierto era que los momentos que pasaba con Lara seguían siendo los mejores momentos del universo.

Lara se levantó y fue a su cuarto a cambiarse dejando a Abril sola en la terraza.

Abril miró las vistas desde la terraza. El pueblo estaba iluminado y el calor del verano había invitado a mucha gente a pasear y a comprarse un helado. Las vacaciones acababan de empezar.

Recordó su infancia en aquel pueblo. Había sido feliz. Los mejores recuerdos de la escuela los tenía gracias a Lara. El segundo año, cuando tendrían unos cuatro años, tenían que disfrazarse para la celebración del carnaval. El día anterior al gran evento, Lara le dijo: "Nos disfrazamos de coco, ¿vale?". "Vale", respondió ella sin saber qué era coco. Le dijo a su madre que quería disfrazarse de coco, como Lara, pero su madre tampoco sabía qué era coco. "¿Cómo es ese disfraz mi vida?" Y Abril subía los hombros. No lo sabía. Pero le había prometido a Lara que iría disfrazada de coco igual que ella. Llegó el día de carnaval y Abril apareció disfrazada de princesa y Lara iba disfrazada de cocodrilo. "Pero no eres ningún coco", dijo Lara decepcionada y se puso a llorar. Se pasó todo el día de carnaval llorando. Abril se sentía tan mal que rompió su ridículo traje de princesa. Pero daba igual, Lara no paraba de llorar. Abril todavía no sabía lo que significaba pedirle perdón a alguien. Sólo tenía cuatro años. Pero se acordaba todavía de esa horrible sensación, de sentir que había decepcionado a alguien a quien quería.

Luego siguieron pasando de curso, siempre juntas, hasta que Lara empezó a dejar de hacer los deberes. En su casa sus padres nunca estaban y la niñera que siempre habían tenido, había dejado de trabajar para ellos porque por lo visto las niñas ya eran suficientemente mayores. Abril se acordaba mucho de esa niñera. Siempre iba a buscar a Lara y a su hermana mayor al colegio y les llevaba un bocadillo de Nutella. Abril siempre tenía envidia de sus bocadillos porque su madre no le dejaba comer tanta Nutella —como mucho un día a la semana— mientras que Lara y su hermana podían comerla todos los días.

A los cuatro años Abril se apuntó a clases de ballet y consiguió convencer a Lara para que fuera con ella. Era la niñera quien la llevaba, le daba su bocata de Nutella y mientras Lara se lo comía, la niñera le cambiaba la ropa, ayudándole a ponerse las medias porque Lara las rompía cuando se las ponía sola. Todas habían intentado explicarle cómo tenía que hacerlo varias veces —subiendo despacio desde el pie—, pero Lara seguía teniendo un talento único para romper las medias. El segundo año, la hermana de Lara se apuntó a tenis y la niñera no podía recoger a las dos niñas a la misma hora en dos lugares diferentes. Al final las dos hermanas acabaron jugando al tenis y Abril echó de menos a Lara en las clases de ballet. Aunque su amiga nunca se aprendía los movimientos, se lo pasaba increíblemente bien con ella. Cuando Lara ya no iba a las clases, la profesora de ballet llegó a hacerle un comentario que le sorprendió un día; le dijo que desde que su amiga ya no iba a las clases de ballet, ella había mejorado mucho y que era una niña que en verdad sabía concentrarse y trabajar muy bien. Pero durante mucho tiempo siguió sintiendo que las clases no eran lo mismo sin Lara.

Cuánto la quería. Había echado de menos que no hubiera ido con ella a la universidad, aunque hubiera estudiado cualquier otra carrera, pero poder tenerla en Madrid habría sido un regalo inmenso. Le daba pena que su amiga se hubiera perdido la oportunidad de vivir además en una gran ciudad y de conocer algo diferente al pueblo.

—Bueno, ya estoy, ¿qué te parece? —dijo Lara saliendo a la terraza y dando una rápida vuelta con la que subió el vestido y mostró sus bragas negras. Volvió a reírse—. ¡Qué ganas de bailar!

—¿Mañana trabajas? —preguntó entonces Abril saliendo de su ensimismamiento.

—Tía, ¿ahora me tienes que preguntar eso? Claro que trabajo. Mañana es sábado, es cuando más trabajo tenemos en la peluquería. Y es muy duro, porque los viernes tienes ganas de salir y luego al día siguiente no das abasto en la peluquería. Algunos compañeros han venido algún día colocados de coca.

—¿En serio?

—Ay. Qué ingenua eres a veces. Sí. En serio. Pero tranquila, a mí no me van esas cosas. A mí me encanta beber, salir, bailar y follar. Pero nada más. Las drogan no me van.

Abril respiró tranquila. Por lo menos su amiga no era una cabeza loca. Después miró la mesa llena de platos y comida y dijo:

—¿Quieres que recojamos?

—No te preocupes. Mañana vienen a limpiar la casa.

—¿Cuánto tiempo te vas a quedar sola en casa?

—Mis padres van a estar dos semanas en Mallorca, así es que voy a estar sola por lo menos dos semanas.

—¿Y si me quedo esta noche a dormir aquí contigo?

—Claro. Puedes quedarte en el cuarto de mi hermana. No hay problema. Yo mañana me iré a las nueve a trabajar, pero puedes seguir durmiendo todo el tiempo que quieras. ¿Qué me dices?¿Salimos ya a bailar?

—¡Vamos! —dijo Abril poniéndose de pie sintiéndose por fin animada. El vino parecía que empezaba a subirle de verdad o a lo mejor era el azúcar.

Había presentado esa semana su proyecto final de arquitectura. Quería realizar unas innovadoras viviendas para campos de refugiados, con el fin de proporcionarles mejores condiciones de vida. Empezaba a pensar que con un proyecto así, podría encontrar trabajo en muchos países donde iban a necesitarla seguro. Estaba claro que no tenía que quedarse en España. De hecho era muy poco probable que pudiera desarrollar su trayectoria profesional en su país. Tal vez en Kenia, donde se encontraba uno de los mayores campos de refugiados del mundo con 470.000 personas, o en Tanzania, con 68.000. Otras opciones eran la India o Turquía. Todo le parecía surrealista para una chica de pueblo como ella, pero tenía que empezar a cambiar su modo de pensar si quería encontrar oportunidades laborales.

Lara tenía de todas formas razón. Esa noche era mejor no pensar en nada y sencillamente disfrutar del momento.

—Lara, yo, yo creo que nunca te he pedido perdón por algo importante.

—¿Qué dices? Oye, se te ha olvidado ponerte el pintalabios. Toma —dijo alargándole un pintalabios rojo que ella ya se había puesto.

—Sí, pero Lara, en serio, es que te tengo que pedir perdón, es que yo todavía me acuerdo del día que me pediste que me disfrazara de coco y yo aparecí en la escuela disfrazada de princesa.

—¿Qué es coco? ¿De qué dices que iba yo disfrazada?

¿POR QUÉ (NO) SALIR A CORRER?

"Whether we think of something as a gain or a loss often depends on the comparisons we are making."[18]

En "Stumbling on Happiness" de Daniel Gilbert.

Los corredores nocturnos se encontraban en el antiguo cauce del Turia en Valencia. Ella era una neófita todavía. Se sentía patosa y ridícula. Le apretaban las mallas nuevas —tendría que haberse comprado una talla más—, no acababa de encontrarse segura con las deportivas, su sujetador deportivo no resultaba ser tan cómodo como había imaginado y la coleta no paraba de caérsele. Tenía que luchar contra todos esos elementos y se sentía muy desmotivada; llevaba apenas diez minutos y parecía que el resto de corredores estaban absorbiendo todo el oxígeno porque daba la impresión de que no quedaba nada para ella. Se ahogaba como no le había pasado jamás en su vida. También era cierto que nunca había intentado salir a correr con tanta decisión, pero estaba cansada de sentirse tan a disgusto con su propio cuerpo y había decidido incorporar nuevos hábitos en su vida.

Tomó la decisión porque hacía unas semanas había quedado para tomar café con una amiga suya que había bajado de peso increíblemente rápido y le había contado que era porque había empezado a correr. "Todos necesitamos de vez en cuando un cambio", le había dicho entre confidencias mientras tomaban un café en una de sus cafeterías favoritas, donde además se podía disfrutar de la lectura de un buen libro. Observó que su amiga no se puso azúcar en el café, de modo que algo más habría cambiado además de salir a correr. No le hizo ningún comentario pero sí tomó nota mental. Libremente decidió empezar esa semana a hacer ejercicio y a dejar de tomar azúcar con el café.

Era domingo y todavía no se había decidido a salir a correr, pero no quería romper la promesa que se había hecho a sí misma. Esa semana se había comprado prendas de ropa deportiva, como un secreto ritual para empezar con una actividad que necesitaba y que al mismo tiempo le producía terror. ¿Y si le daba un ataque corriendo? ¿Y si se enredaba con sus pies y se caía al suelo? Podía pasar de todo.

Al final esperó a que se hiciera de noche para intentar pasar lo más desapercibida posible. Se vistió con la ropa deportiva sintiéndose como una estafadora y procuró no pensar en nada más. Se puso los cascos de música y se dejó llevar con la música de Radiohead. Comenzó la carrera. Cruzó pletórica la calle, descendió rápidamente la cuesta que la conducía al cauce y cuando se sumergió en la marabunta de corredores, sintió que las fuerzas le abandonaban. Aguantó todavía cinco minutos, lo que le pareció una eternidad, y aceptó por fin que no podía seguir. Se internó en la parte más oscura del cauce, como si no quisiera que nadie viera su derrota. Sentía su cara arder. Seguro que estaba roja como un tomate. Respiraba con dificultad y su corazón latía con fuerza.

Entonces vio un bolso de mujer en el suelo. Estaba abierto y algunas pertenencias se esparcían como si alguien lo hubiera vaciado rápidamente. Pensaba que había encontrado algo de valor. Identificó una funda de gafas de sol y un pequeño neceser de maquillaje. Se agachó para ver con detalle lo que parecía una cartera de piel marrón. La abrió. Estaba vacía. Empezó a entender que habían robado a alguien y que, después de coger el dinero, habían tirado el bolso. Pero se equivocaba. La víctima estaba mucho más cerca de lo que imaginaba. Se quitó los cascos de música. Escuchó primero el viento de la noche empujando las ramas de los árboles que crujían. Después percibió unos leves gemidos, como si alguien llorara. Se asustó. Dejó caer de nuevo la cartera al suelo y sigilosamente se acercó hacia el lugar del que provenían los gemidos. Detrás de un arbusto vio a un hombre con los pantalones bajados encima de una chica a la que le había subido la falda. No entendía por qué ella le dejaba, pero después vio con atención que el hombre sujetaba una navaja con su mano derecha y que con la izquierda le tapaba la boca a la chica. Su corazón dio muestras de ser capaz de latir todavía más rápido. Se le nubló la vista y sintió que iba a perder el conocimiento. ¿Qué podía hacer?

Dio un paso hacia atrás con tan mala suerte que pisó una rama y la partió. El sonido del crujido llamó la atención del hombre que se giró alarmado. Ella pudo ver sin querer sus rasgos. Él también la vio a ella. Se miraron apenas un segundo, pero la sensación fue de eternidad, como si el tiempo se hubiera detenido y el viento de aquella noche hubiera estado meciéndoles durante años. No recordaba haber pasado tanto miedo en su vida. Ni siquiera cuando se juntaba con sus amigas de instituto para hacer maratón de películas los viernes por la noche. En las sesiones se juntaban siempre en casa de alguna de ellas y veían dos y hasta tres películas de puro horror y se hinchaban a comer chocolate y palomitas. Eran sesiones silenciosas. A veces no sabían si no podían hablar del miedo que las paralizaba o del empacho.

El hombre seguía mirándola y ella no sabía si le quedaba mucho tiempo hasta que reaccionara. Tal vez él se había quedado igual de sorprendido que ella y le estaba costando reaccionar. Pero no podía arriesgarse más. Tenía que darse prisa. Se giró y empezó a correr con todas sus fuerzas. Necesitaba salir a la luz del cauce. No podía creer que sus piernas estuvieran reaccionando de aquel modo. Parecía que era otro cuerpo el que corría por ella. Ella jamás habría sido capaz de avanzar tan veloz. Ni siquiera sentía sus pesados michelines ni las poderosas nalgas de su culo, algo que la había martirizado durante la previa carrera a cada trote que había logrado dar, durante aquellos patéticos diez minutos, sintiendo a cada paso que sus nalgas ascendían y descendían y le hacían sentir que la ley de la gravedad era muy injusta con las mujeres voluptuosas.

Logró salir de la oscuridad en la que se encontraba a la luz de las farolas donde había por suerte más corredores, ciclistas y algunos patinadores. Intentó fundirse con la gente para pasar desapercibida, aunque con sus mallas apretadas y sus glúteos moviéndose de arriba a abajo no era tarea fácil. No tenía ni idea de si el hombre la estaba siguiendo. No quería girarse de modo demasiado obvio para mirar, pero necesitaba saber si estaba detrás de ella. No soportaba la incertidumbre. ¿Y si él avanzaba veloz y se encontraba a pocos pasos de distancia? No habría podido soportarlo. Prefirió no girarse y seguir corriendo. Se imaginaba que si estuviera en el mar y la persiguiera un tiburón, haría mejor nadando sin parar en lugar de detenerse para ver lo bien que nadaba el tiburón, pues era obvio que el animal habría avanzando más velozmente y que ella no habría tenido oportunidad de escapar.

Se sentía despreciable y cobarde. Había salido corriendo sin ayudar a aquella pobre chica. Pero, ¿qué oportunidades habría tenido ella contra el hombre que tenía una navaja? Además, había miradas que lo decían todo y la del hombre era muy expresiva, daba la impresión de que no habría tenido demora en atacarla si hubiera sido necesario. De la chica sólo había visto las piernas y parecían de un cuerpo joven y bonito. La imagen se había quedado grabada en su mente. Una ira creció dentro de ella y le hizo sentir que no tenía ninguna dificultad para respirar, ni para correr. No se lo podía creer pero avanzaba veloz. Cogió su teléfono que guardaba en la riñonera donde también guardaba las llaves de casa y marcó el 112. Se dio cuenta de que le temblaban las manos. Tampoco parecían suyas. Pero siguió avanzando mientras el teléfono empezó a dar tono.

La central de policía respondió enseguida. Ante sus primeros balbuceos, una mujer de agradable voz la tranquilizó con sus palabras y le preguntó qué había ocurrido. Ella intentó darle una ubicación exacta y trató de explicar lo mejor posible lo que había visto. Su voz vibraba y se quebraba a veces y le costaba decir la palabra "violación" sin sentir que se iba a echar a llorar. Por su modo de hablar se percibía su fatiga —y el miedo—, pero su cuerpo seguía avanzando veloz. La mujer de la central de policía le dijo que un coche de policía estaba de camino con tres agentes. "Gracias" logró jadear. Colgó el teléfono y se concentró en hacer un buen sprint. En una de las subidas, cogió carrerilla y ascendió hasta lo más alto. Por fin pudo girarse. Se sentó en el muro que separaba el cauce de la calle e intentó observar a los corredores y a la gente que paseaba. Trataba de localizar a aquel individuo sospechoso y sus ojos recorrían el cauce como si fueran un radar militar.

Por momentos se nublaba su vista y regresaba la imagen de la joven que gemía y de aquel hombre con los pantalones bajados. No podía borrar esa escena de su cabeza. El modo en que él la había descubierto mirando tampoco. Todavía podía ver con claridad esos ojos negros amenazándola desde la distancia, sin la necesidad de pronunciar ningún sonido ni ninguna palabra. Se llevó las manos al rostro asustada. Volvió a mirar en dirección al cauce. No vio nada sospechoso.

La policía llegó en diez minutos. El coche paró donde ella se encontraba y bajaron tres agentes. Se dirigieron rápidamente al cauce bajando por el otro lado. Ella no quería gritar y descubrirse de modo que bajó corriendo al cauce para ayudarles a encontrar el lugar exacto. Notó entonces la fatiga de sus piernas, pero algo superior a sus fuerzas la seguía animando a avanzar. Cuando por fin estaba cerca y se sentía segura gritó a uno de los agentes y le hizo una indicación con los brazos. Los otros dos siguieron avanzando hacia la oscura zona interior del cauce. El tercer agente esperó paciente hasta que ella llegó donde se encontraba él.

—¿Has llamado tú?

Ella asintió. No sabía si podía hablar. Caminó hacia el interior del cauce también. Le mostró el lugar. Allí estaba la chica que había sido atacada. Tenía la falda todavía subida y su cuerpo temblaba. El agente se acercó.

—Tranquila. ¿Estás bien?

La chica no respondía. El agente le bajó la falda y le subió la ropa interior. Después la ayudó a girarse y a incorporarse, pero las piernas de la chica no podían sujetar su menudo cuerpo y se quedó sentada. Su mirada estaba perdida en el vacío y las lágrimas resbalaban. Daba la sensación de que estaba tan ausente que no se daba cuenta de que estaba llorando. No podía hacer otra cosa que temblar, sentada en el suelo. El agente llamó a sus dos compañeros. No tocaron a la chica, sólo trataban de transmitirle que todo iba a ir bien y que ya estaba a salvo. Pocos minutos después se escuchó el sonido de una ambulancia.

Todo sucedió rápido. La ambulancia bajó al cauce. Dos enfermeros colocaron con cuidado a la chica en una camilla, la taparon con una sábana, la subieron al vehículo. Uno de los agentes subió a la ambulancia, los otros dos se quedaron en el cauce. La ambulancia se alejó con una sirena tal alta que podría haber perforado los tímpanos de todas las personas que disfrutaban de sus paseos o de sus actividades deportivas, ajenas a lo que había pasado.

Ella no se dio cuenta de que había vuelto a cubrir su rostro con las manos. Se le escapaban las lágrimas. Su corazón parecía recuperar un ritmo normal, pero ella se sentía peor. Tenía angustia. No podía dar crédito a todo lo que había pasado. Recordó la brutal escena de "Irreversible" del director de cine Gaspar Noé, en la que Monica Bellucci era brutalmente violada en un metro. Qué salvaje escena. No había podido dormir en toda la noche por culpa de aquella escena. Pero pensaba que algo así sólo podría ocurrir en una película de Gaspar Noé, o en ciudades como Nueva York o Chicago, pero no en una tranquila ciudad como la suya. Ella jamás se había sentido insegura. De hecho, ni siquiera se le había pasado por la cabeza que pudiera ser peligroso salir a correr de noche por el cauce sola.

La chica a la que se llevaron era joven y muy bonita y muy delgada. Ella se sintió muy tonta, pero en ese momento miró cómo sus mallas de correr apretaban sus piernas como si fueran dos morcillas listas para ser cocinadas y servidas acompañadas de huevos fritos. También pensó que si hubiera sido una chica tan bonita, podría haberle pasado algo tan horrible como lo que acababa de ver.

El agente con el que había hablado antes se acercó a ella y le preguntó si estaba bien. Necesitaba saber más detalles sobre lo que había visto. Ella dijo que estaba dispuesta a colaborar en todo lo posible.

—Tenemos que darnos prisa. Tal vez esté todavía por aquí.

Ella quería ayudar y dar una descripción exacta para encontrarlo, pero no encontraba las palabras. Tenía una imagen en su cabeza que no podía reproducir verbalmente. Se daba cuenta de que la escena de encontrar al individuo atacando a la chica había sido muy poderosa y se superponía a la imagen del hombre girándose y encontrándose con su mirada. Daba la impresión de que su cerebro había borrado su rostro por miedo. Sólo podía recordar una y otra vez las piernas jóvenes y bonitas de aquella chica y a aquel hombre sujetándola mientras la penetraba por detrás contra su voluntad.

Se puso a llorar porque sentía que no podía ayudar. Era sólo una estúpida que había salido a correr para empezar a ponerse en forma y que no había podido ayudar a aquella chica y en esos momentos tampoco podía ayudar a la policía. No servía absolutamente para nada. Se sintió tan ridícula con aquellas mallas que le apretaban. Le habría gustado irse a casa y olvidarse de todo.

La policía tomó sus datos, en caso de necesitar realizar cualquier otra consulta. Poco después los agentes se marcharon y ella empezó a caminar en dirección a casa. Temblaba todavía. Se preguntó cuál era el verdadero significado de querer ser bonita. ¿Para qué? Aquello no había ayudado en absoluto a aquella chica que había sido atacaba. ¿Por qué quería entonces ella ser bonita?

PREMONICIÓN

"Presentism occurs because we fail to recognize that our future selves won't see the world the way we see it now."[19]
En "Stumbling on Happiness" de Daniel Gilbert.

Llegó a un inquietante edificio sin saber por qué se había dirigido allí. Se sentía confuso y desorientado. Había pasado mil veces por aquella pequeña calle que le conducía al trabajo y nunca había reparado en aquel edificio ni en aquella entrada con una curiosa puerta exageradamente pequeña. Conforme miraba la diminuta puerta extrañado, empezó a llover y se refugió en la entrada donde el agua no le alcanzaba. Tuvo que agacharse para no golpearse en la cabeza y pensó que incluso para su estatura de metro ochenta, todo resultaba demasiado pequeño y que cualquier persona por encima de la media, habría tenido problemas con aquella peculiar entrada.

No tenía ningún otro lugar adonde ir. Ese día se había quedado sin trabajo y al salir de la oficina le habían robado el móvil y la cartera. Pensaba que al menos podría regresar a casa cuando descubrió que había olvidado las llaves dentro. Algo así sólo podría ocurrir en la peor de las pesadillas.

Miraba la lluvia y trataba de repasar los fatídicos momentos de aquel día que había empezado mal desde el principio. Parecía que algunos días estaban predestinados a ser catastróficos desde las primeras horas.

Por la mañana se había dormido. La noche anterior se había acostado tarde y borracho y se había dejado caer sobre la cama sin quitarse la ropa. Estaba tan agotado que había olvidado poner el despertador. A las nueve de la mañana le había despertado la vecina pasando el aspirador en el piso de arriba. Sorprendido con lo tarde que e, había salido disparado al trabajo, sin ducharse ni desayunar ni cambiarse de ropa —aunque no era lo ideal, eso le había hecho ganar algo de tiempo—.

En el recibidor había empezado a ensayar una excusa para su jefe mientras se ataba los zapatos. Estaba preocupado. Trataba de ver qué versión le otorgaba más veracidad y entre tantos nervios escénicos y tanta actuación había acabado olvidando las llaves dentro de casa. Se había sentido extraño al salir, como si hubiera olvidado algo importante, pero no le había dado más importancia porque la preocupación de llegar tarde al trabajo acaparaba toda su atención.

Había elegido el peor día para dejarse las llaves. Normalmente podría haberles pedido la copia de seguridad a sus padres, pero esa semana estaban de vacaciones en un spa en Andorra. Estaban recién jubilados y se sentían fascinados por el mundo de los spa y los *resorts* de relax.

Otra opción habría sido llamar a alguno de sus amigos, pero había pasado una mala época con todos ellos. Habían discutido porque todos insistían en que tenía un problema y además parecían saber lo que tenía que hacer con su propia vida mejor que él. Después de un día tan duro no tenía ganas de escuchar ningún sermón, de modo que tampoco tenía ganas de ver a ninguno de sus amigos —porque sabía que no podía tener lo uno sin lo otro—. Si los hubiera llamado y les hubiera contado lo que había pasado, ellos le habrían dicho que ya se lo habían advertido. Desde hacía meses, sus amigos se habían convertido en malos predicadores al insistir en decirle únicamente lo que no debía hacer, en lugar de proponerle alternativas de lo que sí podía intentar para cambiar su situación. Pero por lo visto ayudarle en su complicada situación estaba por encima de la capacidad de sus amistades, quienes carecían del don para hacer críticas constructivas. Con sus comentarios acusadores lo único que habían logrado había sido que él se alejara más y más de ellos y que se encerrara más y más en su problema.

Había llegado a un límite peligroso y lo sabía. Su jefe había sido muy claro esa mañana. Le había acusado de que en el último mes había llegado repetidamente tarde al trabajo y no había cumplido con los plazos de entrega de los presupuestos, lo que les había hecho perder a muchos clientes. Ese comportamiento era inadmisible y la empresa no podía seguir tolerando a un trabajador que había descuidado sus responsabilidades.

Lo peor de todo fue que no le sorprendió que le despidieran. De alguna manera estaba esperando que llegara ese momento para liberarse de una carga. Casi se alegró cuando salió de la oficina sabiendo que no iba a tener que volver al día siguiente. Se despidió de su pequeño y austero despacho, el cual no había tenido tiempo de decorar, pues no había colgado ningún cuadro ni había llevado ninguna foto. Apenas había llevado material propio, tan solo un par de libros sobre contabilidad que tampoco habían sido de gran uso. De modo que no eran importantes y podría recogerlos cualquier otro día.

No quiso despedirse de los compañeros. Tampoco había intimado con ellos.

Al salir al exterior parecía incluso que podía respirar con más facilidad. Pero pronto cayó en la cuenta de que había olvidado sus llaves y de que no podía regresar a casa. Cuando había sacado el teléfono para llamar a un cerrajero, dos chicos en moto le habían robado el móvil. Se quedó pasmado mirando cómo los dos jóvenes sin casco se alejaban con su teléfono, pero le faltaron las fuerzas para reaccionar. Todavía estaba tratando de asimilar que le habían despedido.

Encontró una terraza donde se sentó para pensar sobre cuál iba a ser su siguiente paso. Tenía tentaciones de ir a un lugar donde siempre encontraba la calma. Un lugar donde había estado refugiándose todos los días, aunque por otra parte, era por culpa de ese mismo lugar que se encontraba en su situación actual. Tuvo un flash en el que estuvo a punto de ver con claridad que sus amigos tenían parte de razón, pero su orgullo le impidió seguir cogiendo perspectiva y ver con claridad el problema al que se enfrentaba. A veces la mejor forma de solucionar un problema era dejar de participar en él. Sin embargo, él había seguido participando cada día acudiendo a su refugio.

Hacía calor y estaba cansado. Necesitaba algo de energía para ver si así recuperaba un poco de lucidez. Se pidió un café solo y trató de darse un tiempo para pensar. Cuando pidió la cuenta, dejó la cartera sobre la mesa y un chico en bici le robó. Dos veces en menos de dos horas, no conocía a nadie que hubiera tenido tan mala suerte. En esta ocasión salió corriendo detrás del ladrón, pero la bici fue mucho más rápida y pronto se quedó sin aliento en una bocacalle donde lo perdió de vista, pues no sabía si había girado a la derecha o a la izquierda.

Ya no tenía llaves de casa ni móvil ni cartera. Lo que más le dolió fue el último robo, pues sin su cartera tampoco podía dirigirse al lugar donde día tras día había encontrado la paz.

Por la noche tenía hambre. No sabía qué hacer y seguía desistiendo de acudir a sus amigos. Tenía su orgullo. Sólo se le ocurrió una idea para poder cenar. Se acercó al bar donde solía comer a mediodía de menú; un pequeño y acogedor negocio familiar donde alternaban cada día un menú de pasta o de arroz y sólo los viernes se comía pescado, casi siempre mero.

Llegó agotado y sediento. Ya era tarde y no iban a tardar en cerrar. Estaba desesperado y no sabía adónde más podía ir. Les contó lo que le había pasado aquel día y se portaron bien con él. Enseguida le sacaron una botella de agua y le dijeron que esperara a ver qué encontraban en la cocina que pudiera comer. En la barra había otro hombre que comía en silencio y que aunque parecía haber prestado atención a la historia, no decía nada. Había sobrado paella del mediodía. Él nunca habría tomado paella para cenar, pero agradeció el detalle. Se fue satisfecho y les prometió regresar al día siguiente para pagarles.

Al salir del bar ocurrió algo extraño. El otro hombre que seguía en la barra y que había pedido tarta de queso de postre, se acercó a él. Le silbó para llamar su atención. Le dio una tarjeta y le dijo que si necesitaba ayuda, que acudiera a aquella calle, a aquel número.

Y por esa razón, después del peor día de su vida, se encontraba allí en la entrada de aquel extraño edificio que no había visto jamás —pese a conocer bien la calle—.

Seguía protegiéndose de la lluvia agachado. Miraba intrigado aquella curiosa puerta sin saber si el pequeño tamaño era un buen indicio o una señal de que debía marcharse y pedir ayuda a alguno de sus amigos.

Finalmente llamó a un timbre que era un gran botón blanco sin ningún nombre, tal y como le había indicado en el bar el hombre que le había dado la tarjeta con la dirección.

La puerta se abrió automáticamente sin que nadie contestara al interfono. Dentro olía a cerrado y a viejo. El edificio no tenía ascensor y las escaleras empezaban inmediatamente sin tener ningún rellano, lo que daba a la entrada una atmósfera asfixiante. Al subir dos escalones se dio cuenta de que seguía agachado. No sólo la altura seguía siendo demasiado baja, sino que además los escalones eran curiosamente estrechos. Se sentía encajonado. Él calzaba una talla 44 de pie y sólo cabía la mitad en cada escalón, de modo que casi tuvo que subir de puntillas. Se sujetaba de la pared para no perder el equilibrio.

Llegó al primer piso —¿había acaso más pisos?—. No había timbre. Llamó a la puerta con los nudillos y mantuvo el aliento hasta que escuchó unos pasos acercarse lentamente a la puerta. La luz del rellano era de un tono suave verde y hacía que las blancas paredes y la puerta adquirieran ese mismo tono. Los pasos siguieron acercándose hasta que se detuvieron delante de la puerta. Abrió una muchacha menuda que llevaba unas grandes gafas verdes. Le miró sorprendida levantando una ceja.

—Me dijeron en el bar… —comenzó él intentando explicarse.

—Sí. Lo sé. Aquí puedes quedarte esta noche. No hay problema —respondió ella abriendo más la puerta y dejándole suficiente espacio para pasar.

—¿Vives sola? —preguntó él todavía antes de entrar.

—¿Crees que es la mejor pregunta que le puedes hacer a una chica que te ofrece su casa para que te quedes a dormir? En una situación normal generarías desconfianza.

—Lo sé. Lo siento. Estoy muy nervioso. Me siento muy perdido.

—Aquí viene mucha gente que se siente perdida.

Los dos se miraron en el rellano. Ella abrió más la puerta antes de preguntar.

—¿Quieres pasar entonces?

—Por supuesto. Gracias.

Se agachó inconscientemente para entrar por la menuda puerta. Dentro todo era igualmente pequeño. Le hacía sentir especialmente grande.

—¿Quieres beber algo?

Él asintió con la cabeza.

—Un vaso de agua sería perfecto —dijo tímidamente.

—Bien. Siéntate en el sofá si quieres. Vengo enseguida —respondió ella autoritaria.

Se quedó solo en el salón. Se giró y observó con atención el pequeño sofá blanco que no levantaba más de tres palmos del suelo. Al sentarse se sintió pesado, como si el sofá no pudiera aguantar por mucho más tiempo su peso. Procuró no moverse.

Realizó una panorámica a su alrededor. Era un entorno curioso lleno de elementos antiguos y pasados de moda, tal y como si allí viviera una abuelita centenaria que no hubiera cambiado jamás la decoración. Había manteles de punto en el respaldo del sofá y en el apoyabrazos, así como encima de la mesa y de la estantería. No conocía a ninguna persona joven que hubiera guardado aquellas reliquias de generaciones anteriores. Todos sus amigos, al igual que él, habían amueblado sus casas en Ikea.

Los libros de la estantería parecían muy viejos y muy usados. Intuía que si los ojeara, observaría el típico tono amarillento de las páginas envejecidas. Hasta la televisión parecía sacada de un museo. Pensó que daba la sensación de que ni siquiera era un aparato a color. Algún amigo habría pensado que se trataba de un moderno aparato que imitaba la estética antigua, pero él sabía que no. Algo le decía que en aquella casa no se había cambiado ninguna pieza de mobiliario en décadas.

La chica regresó al salón con un pequeño vaso de agua. Le alargó el vaso, que parecía un chupito y le dijo:

—Bien, cuéntame, ¿por qué estás aquí?

Él abrió mucho los ojos sorprendido. Se concentró primero en coger el menudo vaso con cuidado para no derramar ninguna gota.

—Todos vienen aquí por alguna razón. ¿Cuál es la tuya? —insistió ella.

Le miraba con unos ojos inquietantes. Eran ojos de gato inteligente. El marco verde de las gafas resaltaba un color casi amarillo del iris. Era una mirada fascinante.

—Yo —empezó a titubear—, he tenido algunos problemas con el juego.

Ella asintió animándole a continuar. Se sentó a su lado y el sofá volvió a crujir, pero ninguno de los dos se pronunció al respecto. Él continuó su relato, animado por los ojos de gato que le observaban con atención.

—No sé cómo empezó todo. Quizás en mis últimos años de carrera, cuando empecé a ir a jugar al casino con algunos compañeros de clase. El primer día me pareció un lugar cutre, lleno de gente decadente. Hasta las camareras parecían deprimidas. Los asientos estaban mohosos, las ventanas sucias. El baño tenía un olor a orín insoportable. Pero pese a ese ambiente, algo me atraía de aquel lugar, algo que no lograba entender. A veces perdía bastante dinero y me quedaba con un remordimiento de conciencia que me duraba toda la noche. Pero no sé cómo explicarlo, volvía una y otra vez porque tenía la sensación de tener suerte para el juego. Entonces empecé a ir solo. Mis compañeros no querían acompañarme tantas veces. Para ellos era una distracción, pero para mí era algo diferente. Me pasaba el día pensando en que por la noche podría escaparme por fin al casino. La espera era angustiosa y cada vez aparecía por el casino más pronto. Siempre había gente, de modo que seguí apareciendo por allí a mediodía y al final incluso por las mañanas. Me fascinaba el hecho de poder ganar o perder. Así de sencillo. No había más opciones. O ganabas o perdías.

Realizó una breve pausa. ¿Qué hacía contándole todo aquello a una chica a la que no conocía de nada?

Ella le miraba a través de sus lentes. Su expresión era serena. Tenía rasgos que a él le resultaban familiares, como si la conociera de algo pero no lograra recordar de qué. Cuanto más vueltas le daba más desorientado se sentía. Esos ojos le resultaban tan únicos y conocidos a la vez. Le invitaban además a continuar su relato, de modo que tras dar un pequeño sorbo de agua —y casi terminársela—, continuó.

—Me dijeron que padecía un desorden obsesivo-compulsivo. En el fondo la ludopatía es una forma de adicción no farmacológica, pero es igualmente adictiva.

—¿Qué buscabas en el juego? —dijo ella sin pestañear.

—No lo sé. Tal vez el éxito. Tenía la sensación de que cualquier día podía cambiar mi suerte y podría hacerme rico.

—Pero eras todavía estudiante. Ni siquiera habías empezado a trabajar y a ganar dinero. ¿De dónde sacabas tus ingresos? ¿Y por qué no confiabas en poder ganar ese dinero a través de otros medios?

—Engañaba a mis padres. Al principio me parecían mentiras inofensivas, como cuando era adolescente y quería regresar un poco más tarde a casa, solo eso. Nada preocupante. Pero poco a poco mentir se convirtió en otra dinámica que no podía evitar. Me había metido en un gran lío y no podía salir de ese círculo vicioso. Necesitaba jugar y para ello necesitaba el dinero y para ello necesitaba mentir a mis padres. En mi cabeza no cabía ningún otro algoritmo. La fórmula funcionaba siempre del mismo modo como si estuviera programada. A veces era como si alguien me hubiera programado para comportarme de esa manera y yo no pudiera resistirme a la que parecía ser mi naturaleza.

—No has contestado a mi segunda pregunta —dijo ella mirándole tranquila.

—Perdona, ¿cuál era? —respondió él dándose cuenta de que seguía sujetando el pequeño vaso y no sabía muy bien qué hacer con las manos.

—¿Por qué no confiabas en poder ganar ese dinero a través de otros medios? —repitió la pregunta—. Si te hubieras concentrado en acabar la carrera y en buscar un trabajo, por ejemplo, habrías podido acceder a una profesión con ingresos regulares.

—Probablemente. Pero me faltaba confianza. Me veía en el trayecto final de mi carrera, me faltaba sólo un año para terminar, y de repente tantos años de estudio no parecían tener mucho sentido. La economía me había interesado como disciplina durante mis años universitarios, pero a punto de terminar y de meterme en el mundo profesional, perdí el interés. La mayoría de profesiones a las que podía dedicarme me parecían increíblemente aburridas y carentes de interés. Lo peor de todo es que a mis compañeros les pasaba al revés. Ellos se sentían motivados con la idea de empezar a trabajar en cualquier sector. Conforme sentía que para ellos todo tenía cada vez más sentido, para mí tenía menos. No me veía capaz de cerrar ese círculo universitario y de meterme en la vida profesional. En la universidad siempre había sido bueno. Se me daba bien estudiar. Se me daban bien los exámenes y las relaciones con los profesores. El mundo profesional, sin embargo, no parecía para mí.

—¿Y quedarte en la universidad? ¿Ser profesor? ¿Dar clases a alumnos? —preguntó ella sin pestañear.

—No me lo había planteado jamás. Siempre me había burlado un poco de la gente que se había quedado estudiando, haciendo un doctorado y dando posteriormente clases a alumnos. Me parecían en cierto modo cobardes que no se habían atrevido a salir al mundo real… y quizás era yo quien se sentía así en el fondo, como un cobarde. Sin embargo, con el juego todo era diferente. En esos momentos sí tenía valor y era capaz de apostar altas sumas y mi corazón latía y me gustaba escucharlo y esa adrenalina era algo que ya no tenía con mi carrera y supongo que el juego me devolvió algo que pensaba que había perdido. Quizás me devolvió la posibilidad de sentirme tan vivo otra vez.

—Jugar no es para todo el mundo un problema, ¿sabes? Hay gente que puede tener esa actividad como pasatiempo.

Conforme la chica había empezado a hablar, el suelo había empezado a temblar, pero ella no parecía darse cuenta.

—Lo sé. Para mis compañeros no suponía ningún problema —respondió él intentando ignorar también el modo en que el suelo temblaba cada vez más fuerte—. A mí sin embargo me absorbió tanto que estuve a punto de no presentarme a los últimos exámenes, casi me arriesgué a no poder terminar la carrera… Pero tuve la suerte de haber sido siempre un estudiante ejemplar. Los profesores me conocían y creo que hicieron la vista gorda. Aprobé los exámenes finales y a las pocas semanas de licenciarme empecé a trabajar como contable en una empresa de exportación.

—Ya tenías tu fuente de ingresos.

El suelo empezó a resquebrajarse, pero la chica seguía inalterable. Se mantenía serena como si acabara de tomarse una tila. Ni siquiera parpadeaba. Él intentaba imitar esa actitud relajada y continuar con el relato. Le daba la sensación de que nunca había podido hablar con tanta claridad con nadie de lo que había vivido.

—Sí, pero en el trabajo todo era terrible, monótono y aburrido, tal y como me lo había imaginado. La adicción al juego empeoró. Cada vez necesitaba más escapes. Mi trabajo era insoportable. Las horas se me hacían eternas y pensaba todo el tiempo en escaparme para jugar y darle de nuevo algún sentido a mi vida.

—¿Y lo encontraste?

Dijo ella antes de que el sofá empezara a hundirse en el suelo. El edificio gemía y el techo se desmoronaba. Primero se resquebrajó la escayola blanca y más tarde empezaron a caer pesados ladrillos. La chica de las gafas verdes seguía mirándole con sus ojos de gato inteligente. Él no podía seguir manteniéndose tranquilo, se cubrió la cabeza para protegerse de los objetos que empezaban a caer y gritó con todas sus fuerzas. Al abrir los ojos se encontró escondido debajo de su sábana. Respiraba con dificultad. Estaba llorando. Se quedó unos minutos meciéndose a sí mismo en la cama tratando de calmarse. Llevaba la ropa del día anterior y se había olvidado de poner el despertador, con lo que se habría quedado dormido para ir al trabajo. Logró llegar puntual y puso al día los presupuestos que tenía atrasados para contentar a su jefe. Salió de la oficina a las diez de la noche, cuando normalmente a las cinco se escapaba. Habló con sus padres y con sus amigos por teléfono aquella misma noche.

Al día siguiente pidió cita con una psicóloga que le habían recomendado. La mujer tenía una voz agradable al teléfono y consiguió tranquilizarle con sus palabras. Le dio cita para la semana siguiente. El día en cuestión, se sentía tan nervioso y preocupado que antes de salir de casa tuvo que ducharse tres veces, porque no paraba de transpirar ante la idea de acudir a un profesional. Jamás había recibido ningún tipo de terapia. No tenía ni idea de lo que podía pasar ni de lo que debía esperar de todo aquello. ¿Cómo podía saber si se trataba de una buena profesional?

Conocía la calle, pero nunca había visto el edificio tan pequeño que había en el número 33. Llamó al timbre y la puerta se abrió. Entró con la sensación de tener un *déjà vue*. Las escaleras eran pequeñas y estrechas y sólo cabía la mitad de su pie, por lo que casi tenía que subir de puntillas. Llamó a la puerta con los nudillos. La luz del recibidor era ligeramente verde y las paredes blancas se contaminaban de ese tono. Escuchó unos pasos acercarse a la puerta. Le abrió una menuda mujer con unas gafas de pasta verde que le miró con unos ojos de gato inteligente inquietantemente familiares.

—Hola —dijo alargando la mano—. Te estaba esperando.

VOZ DE RADIO

"People misremember their own pasts by recalling that they once thought, did, and said what they now think, do and say."[20]

En "Stumbling on Happiness" de Daniel Gilbert.

Tuvo que dejar a su último novio por culpa de su voz. Cada vez que hablaba parecía que hubieran sintonizado mal una radio y las frecuencias y los desajustes de sus cuerdas vocales la volvían loca. ¿Cómo podía cambiar el timbre de una sílaba a otra de un modo tan irritante? No tuvo otra opción. Le explicó en una cena que su relación tenía que terminar.

—No eres tú. Soy yo —dijo susurrando.

En su cabeza escuchaba a gritos: "Es tu voz, lo siento pero no puedo soportar tu voz". Se reprimió, claro. No podía decirle a una persona que la estaba dejando por culpa de su voz.

Pensándolo bien, había tenido problemas similares con otros chicos. A uno de ellos lo tuvo que dejar por su risa. Era siempre tan falsa y forzada que le generaba desconfianza. ¿Cómo podía enamorarse de alguien que nunca daba muestras de reír sinceramente?

Dejó de salir con otro chico porque siempre probaba su comida en las cenas sin preguntarle y eso a ella le irritaba muchísimo. ¿Cómo se atrevía a comerse su plato con ese descaro? Ella tenía muy buen apetito y debido a eso, le daba miedo quedarse con hambre cuando salía a cenar a restaurantes. Cuando alguien comía de su plato sin preguntarle, padecía más que disfrutaba. Estaba claro que tampoco podía tener una relación con nadie que esperara que una mujer nunca se terminara su plato.

Desde que había dejado al chico con la voz mal sintonizada, llevaba cinco meses sola y empezaba a hacerse a la idea de que lo que al principio era sólo una temporada de soltería podía convertirse en un modo de vida del que sorprendentemente disfrutaba.

Por las noches, después de cenar, se preparaba palomitas y se sentaba frente al televisor sin que nadie interrumpiera la película para hacer comentarios que en verdad le molestaban. Viendo "Taxi Driver" uno de los chicos no paraba de hablar maravillado sobre la transformación física de Robert De Niro, como si ella no pudiera darse cuenta. ¿No podían guardarse sus impresiones y compartirlas al final? Pero no, por lo visto todos los chicos con los que había estado tenían una forma peculiar de ver las películas, casi como si fueran comentadores de un partido de fútbol y tuvieran que constatar lo obvio. Tal jugador coge la pelota, tal jugador dispara y oh, falla, ah, pero con ese fantástico pase por fin marca, sí, sí, sí, señores, gooooooool. Solo que en las películas, a diferencia del fútbol, había diálogos que quería escuchar con atención y no apreciaba esos comentarios superfluos.

Se ponía muy nerviosa porque no sabía cómo decirles que se callaran sin parecer una grosera. Tanta tensión y contención acababa produciéndole fuertes jaquecas. Acusando dolor de cabeza, tampoco quería tener después sexo con quien le había impedido disfrutar de la película. Era un círculo vicioso.

Sólo hubo un chico al que recordaba tranquilo durante las proyecciones. Sencillamente no hacía comentarios porque siempre se dormía cuando llevaban cinco minutos viendo la televisión. Daba igual que fuera drama o comedia, thriller o romance. Daba igual que fuera una película de culto o una producción comercial. Ella lo había intentado todo para despertar la pasión por el cine en aquel chico y sólo había logrado constatar su gran pasión por dormir.

Lo peor era que había muchos momentos en los que se sentía frustrada del mismo modo en sus relaciones. A veces eran pequeños detalles, pero para ella los detalles lo eran todo. A veces ocurría cuando, por ejemplo, leía el periódico por las mañanas mientras desayunaba. Era un hábito que tenía desde pequeña y que había compartido con sus padres, dos ávidos lectores de prensa. Sin embargo, con sus parejas tenía que interrumpir la lectura de cada titular para escuchar tonterías. Intentaba leer sobre la crisis en Grecia: "Grecia da transporte gratis y abre bancos para pagar las pensiones." Una noticia importante, pues ella a veces se imaginaba que España podría estar perfectamente en la misma situación que Grecia. Antes de que pudiera terminar de leer el subtitular: "El ejecutivo griego toma algunas medidas para aliviar ante el cierre de los bancos y...". Tenía que escuchar comentarios como: "Uf, qué calor" o "no sé si quiero tomar té o café." Y tenía que levantar la mirada airada antes de poder leer el final: "Y el corralito financiero." Normalmente no añadía ningún comentario. Algunos chicos se daban cuenta relativamente rápido de que para ella era importante poder leer la prensa en tranquilidad. Otros no parecían darse cuenta o sencillamente para ellos era más importante comentar en voz alta el gran dilema de sus vidas al despertar, el hecho trascendente de si debían tomar té o café.

En ocasiones ocurría, cuando estaba disfrutando de la lectura de alguna novela, que alguien le insistía para salir a cenar o le proponía cocinar algo, cuando ella ni siquiera tenía hambre. En esos casos miraba el libro y luego al chico, tratando de encontrar cuál era la decisión acertada. Leer o no leer, comer o no comer; esa era la cuestión. Pero también pensaba que si no hubiera estado con esa persona que la apremiaba para salir a tomar algo, podría haber leído todo el tiempo que hubiera querido y haber comido cuando hubiera tenido hambre. No habría tenido que tomar ninguna decisión o mejor dicho, podría haber decidido cuándo quería cada cosa. Podría haberlo tenido todo. Pero daba la impresión de que para eso tenía que estar sola.

Después de llegar a sentirse despreciable por lo que era su modo de ser, llegó a la conclusión de que el hombre de su vida no había aparecido. Tan sencillo como eso. Un compañero tenía que ser alguien que la comprendiera y que no le hiciera sentir mal por querer hacer las cosas que quería hacer. Tenía que ser alguien más parecido a ella y si no podía encontrarlo, prefería estar sola y poder disfrutar de aquellos maravillosos momentos.

Tras haber aceptado esa realidad, su etapa de soltería se había convertido en un precioso tiempo de tranquilidad.

Cuando se miraba en el espejo, veía a una mujer medianamente atractiva. Medía un metro setenta y tenía curvas proporcionadas que lucía con vestidos ajustados con los que llamaba la atención de los chicos —probablemente no de los chicos que le interesaban, sino de chicos que luego le hacían comentarios superfluos que le irritaban—. Algunos apreciaban otros pequeños detalles más adelante, como sus bonitas manos y sus uñas, un elemento del que se sentía especialmente orgullosa. Su pelo era rizado natural y tampoco pasaba desapercibido, sobre todo en días de lluvia en los que la humedad le jugaba alguna mala pasada con el volumen, algo que la ponía de mal humor. Pero a los chicos parecía encantarles aquella melena rebelde y algunos se habían quedado dormidos acariciándola en la cama, cosa que a ella le encantaba.

Con aquella constitución significaba que, cuando tenía ganas de sexo ocasional, le bastaba salir con sus amigas y buscar a algún chico que estuviera también buscando algo esporádico —y no eran pocos—.

Sorprendente era el hecho de que algunos incluso tenían pareja, pero ella intentaba pensar que no era tema de su incumbencia. Si ella era libre, podía invitar a los hombres que quisiera a su casa. No era su culpa si ellos no sabían apreciar a sus novias, sobre todo si ella no sabía de su existencia hasta que el sexo se había consumado y el tema salía involuntariamente. Algunos eran tan limitados que decían algo así como: "Tengo que escribir a mi novia para que no se preocupe." A lo cual ella nunca sabía qué responder.

Le ocurría con frecuencia al despertar que se sentía agobiada y necesitaba despachar al chico lo antes posible. No les ofrecía ni café ni agua para beber. Sencillamente se deshacía de ellos. A continuación, se dirigía a su habitación y cambiaba las sábanas, como si no pudiera soportar el olor de un desconocido en su cuarto. Después se daba una ducha larga, exfoliando y frotando todo su cuerpo. Cuando la lavadora estaba lista, tendía la ropa y dejaba que el olor a suavizante de lavanda impregnara la casa y restableciera la sensación de limpieza. Sólo entonces podía sentarse relajada a desayunar.

El último fin de semana todo había sido bastante diferente. Para empezar, esa noche ella ni siquiera tenía ganas de sexo, en verdad tenía ganas de conocer a alguien que le pareciera interesante. Tomó además la iniciativa —cosa que tampoco solía hacer— y se acercó a un chico bastante atractivo, pese a que era bastante mayor que ella. Despertó su curiosidad porque tenía el pelo canoso y no se veía a muchos hombres así en los locales que solía frecuentar. Vestía de un modo juvenil, con vaqueros oscuros de pitillo que marcaban sus potentes gemelos de ciclista y una camisa blanca bien planchada —muy bien planchada—. Al salir a la calle se puso una chaqueta de piel negra que le quedaba indescriptiblemente bien y hacía que sus canas todavía fueran más sexis. ¿Qué tenía esa combinación de canas y chaqueta de piel? Pese a que no tenía ganas de una noche loca, él debió de interpretar su iniciativa como promiscuidad y enseguida le propuso un plan.

—¿En tu casa o en la mía?

—¿Vives solo? —preguntó ella dudosa.

Empezó a pensar que tal vez lo mejor habría sido darse el número de teléfono y quedar otro día con tranquilidad. Por otra parte, llevaba meses acostándose con desconocidos y algo involuntario en su cuerpo hizo que se dejara llevar, como si fuera una inercia del fin de semana a la que no podía resistirse.

—Vivo solo —respondió él con rostro serio. Quizás percibía las dudas de la chica, pero tampoco hacía nada por persuadirla.

—Podemos ir si quieres a tu casa, aunque no podré quedarme mucho tiempo —añadió ella enseguida.

En verdad podía quedarse toda la noche. Tristemente nunca tenía otro plan para el fin de semana, ni excursiones, ni cine, ni cocinar con amigos. Pero aunque estuviera completamente libre, necesitaba dejarle claro que no quería ir rápido, que no quería ser una presa fácil de la que él fuera a olvidarse enseguida por la mañana. Por una vez necesitaba algo diferente. De hecho creía saber casi exactamente lo que quería, pero no sabía cómo comportarse para tenerlo. Sólo sabía cómo comportarse para seguir teniendo lo mismo que había tenido todos los fines de semana.

Él respondió con una divertida sonrisa. ¿Cuántas veces habría escuchado lo mismo, que la chica tenía que irse enseguida y luego casi había tenido que tirarla de casa al día siguiente para poder trabajar?

A través únicamente del lenguaje mímico, ella trató también de sonreírle, pero su cabeza estaba embotada con pensamientos y al final en su rostro quedó un gesto que transmitía más vergüenza que seguridad —que era lo que ella pretendía—. Seguía dudando. ¿Cómo podía darse cuenta de que estaba haciendo las cosas mal y pese a todo no reaccionar? ¿Era posible que hubiera perdido su capacidad para tomar decisiones? ¿Tanto se había automatizado a estar con cualquier chico que en un momento en el que sin embargo sí quería tomar una decisión no podía hacerlo? ¿De verdad no era capaz de decir que no?

Por lo visto no. No era capaz.

Cogieron el metro y se subieron a un vagón con más personas borrachas que también salían de alguna discoteca. Muchas de esas personas, al igual que ellos, apenas se conocían e iban a intimar en la oscuridad de algún cuarto.

Llegaron a un viejo edificio. El apartamento tenía una estructura interesante, como si lo hubieran restaurado hacía poco. Era bastante espacioso y tenía grandes ventanas a través de las cuales entraría probablemente mucha luz durante el día. Había una gran terraza donde tomaron una última copa de vino blanco, muy afrutado y dulce y que a ella le subió enseguida a la cabeza y le hizo decir un par de tonterías.

El chico le hablaba con interés sobre su trabajo como diseñador. Se notaba que tenía auténtica pasión y entusiasmado le mencionó muchas obras que ella no conocía en absoluto. Después de hacer varios comentarios superfluos de los que se arrepintió al momento, prefirió sonreír en los momentos en los que no sabía qué responder.

Un detalle sorprendente: su perro se llamaba Joseph Stalin, un bulldog francés muy gracioso. Lo llamaba todo el rato por su nombre completo; Joseph Stalin. El perro era tranquilo y simpático y se les quedaba mirando todo el tiempo con cara de tonto. Daba la impresión de que perro y amo se conocían muy bien.

—Joseph Stalin —el perro levantó las orejas reconociendo su nombre—. Danos un poco de privacidad. Estamos disfrutando de una copa de vino.

—¿Quieres que salgamos a pasearlo?

—¿Seguro? ¿No te importa? —dijo él poniéndose de pie antes de que ella contestara, dando por sentado que podían salir a pasear al perro.

A ella le apetecía dar un paseo, de modo que recorrieron las calles de Madrid, del interesante barrio de Malasaña, donde todavía había mucho ambiente y mucha gente sonriente. Él parecía ausente por momentos, pero ella se sentía cómoda paseando a su lado. Joseph Stalin meó en un lujoso mercedes que estaba aparcado enfrente de un restaurante italiano.

—Espero que no esté el dueño cenando dentro —susurró él.

Ella sonrió ante la divertida situación.

Cuando regresaron a casa, el vino les había bajado, pero seguían desinhibidos. El alcohol tampoco había jugado un gran papel a la hora de justificar lo que ocurrió a continuación. Ella se sentía muy relajada. Estaba siendo una noche diferente hasta que él la atrajo hacia sí para besarla, sin forzarla, sencillamente como si fuera algo natural. Puesto que estaba cansada y no sabía cómo hacer las cosas de otro modo, se dejó besar y después le permitió que le que acariciara el pelo. Tampoco opuso resistencia cuando poco a poco sus manos fueron descendiendo de su melena para explorar también su cuerpo. Ella sabía cómo funcionaba esa coreografía. Llevaba ensayando todos los fines de semana. De modo que empezó a desabrocharle los botones de su camisa blanca y dejó al descubierto su pecho y después desabrochó sus pantalones de pitillo negro, aunque le surgieron dudas mirando de nuevo sus gemelos de ciclista. ¿Cómo podían salir unos vaqueros tan estrechos a través de aquellos potentes músculos? Lentamente fueron acercándose a la habitación dejando en el salón a Joseph Stalin, quien se acomodó enseguida en el sofá.

Sentía que no estaba haciendo las cosas bien. En verdad quería conocer más a aquel chico. Algo le decía que podría ser una relación interesante. Había esperado bastante tiempo hasta encontrar a alguien así y se daba cuenta de que podía estropearlo todo acostándose con él tan rápido. Pero su cuerpo parecía haber sido entrenado para seguir una rutina sexual a la que ya no ofrecía ninguna resistencia.

Él se desnudó rápidamente, después de todo ya tenía los botones de la camisa y de los pantalones desabrochados. A ella le había ocurrido pocas veces que un hombre se hubiera desnudado antes de desnudarla a ella. Le sorprendió esa gentileza. Imitándole, ella también terminó de desnudarse, acelerando así, sin darse cuenta, el momento en el que se dejaron caer en la cama para explorar otras zonas de sus cuerpos. Él apagó la luz y se acercó a ella dejándole sentir una potente erección.

Si ella hubiera hablado más con él sobre su reciente pasado, habría descubierto que aquel chico seguía muy herido por una ruptura con una chica de la que seguía enamorado, pese a que era un tema del que jamás hablaba. Incluso en el hipotético caso de que hubiera hablado de ello, jamás le habría reconocido a nadie que seguía enamorado, ni siquiera a Joseph Stalin.

Si hubiera hablado más con él, habría sabido también que la oscuridad le permita fantasear con ella, como si fuera su ex y disfrutar de una fantasía sexual con una persona en su cama.

Por la mañana se despidieron delicadamente. No había sido el mejor sexo de su vida. Pese a que él había tenido una buena erección y la había penetrado con ganas, se había mostrado frío, como si no estuviera atento al modo en que ella se sentía. Pese a todo, había disfrutado como pocas veces de la compañía de alguien y le daba pena tener que despedirse tan pronto, sin tener oportunidad de conocerlo mejor. Pero era complicado, él se mostraba amable pero distante en muchos momentos, como si todavía estuviera pensando demasiado en una antigua relación. Esas cosas se notaban. Y ella percibió enseguida esa incomodidad típica que le indicaba que él se sentía abrumado y prefería que ella se marchara lo antes posible.

No le ofreció café ni agua. Se sintió molesta y al mismo tiempo sorprendida, pues ella se comportaba del mismo modo con los chicos a los que quería tirar de su casa por las mañanas. Pensó que quizás su presencia le molestaba también a aquel chico. Sabía que había hecho las cosas mal, pero no imaginaba que las había hecho tan mal como para ser despachada de esa manera.

Salió a la calle con el sol de la mañana pensando en que no le habría importado quedarse a desayunar y haber disfrutado algunas horas en compañía de alguien interesante. Pero percibía que para él no era el mejor momento, incluso durante la agradable velada de aquella noche se había notado en varios momentos ausente. A ella le habría gustado poder hablar de cuál era el tema que parecía preocuparle tanto, pero no vio ocasión.

"Estúpida, estúpida", se dijo a sí misma dándose cuenta de que no le había pedido el número de teléfono. Qué noche tan estúpida. Se había limitado a seguir la misma coreografía de todos los fines de semana sin pensar y en esos momentos se arrepentía de haber hecho las cosas mal. Lo peor de todo era que había tenido la intuición de que iba a pasar lo que había pasado, que al despertar él se sentiría agobiado con su presencia y le diría del mejor modo posible que se fuera a su casa. Su excusa de que había quedado a comer con su madre no había estado mal, tenía que reconocerlo, pero ella sabía que era sólo eso, una excusa. De hecho, era mejor excusa que las que ella había llegado a utilizar a veces y pensó que tal vez podría utilizarla en la siguiente ocasión que tuviera que despachar a alguien de su casa.

Mientras paseaba se daba cuenta de que era probable que aquellos jóvenes a los que había despachado por la mañana rápidamente se hubieran sentido igual que ella en ese momento.

Mientras paseaba se daba cuenta de que le habría gustado que aquel hombre le hubiera ofrecido café. Esa era la verdad. Eso podría haber cambiado muchas cosas.

PRIMER DÍA DE TRABAJO

"People of every age and in every walk of life seem to regret not having done things much more than they regret things they did." [21]

En "Stumbling on Happiness" de Daniel Gilbert.

Caminaba como si estuviera dando los últimos pasos antes de aparecer en el escenario. Inspiraciones profundas y nerviosas la acompañaban con cada movimiento con el que se acercaba al aula.

Era su primer día como profesora de inglés en una academia privada situada en un barrio residencial para ricos. Se imaginaba el perfil de sus estudiantes; universitarios que serían como niños malcriados y que probablemente prestarían más atención a sus teléfonos que a la clase. No sabía cómo iba a lidiar con ese tipo de jóvenes, pero le consolaba pensar que al menos iban a pagarle bien por las clases.

Llevaba toda la mañana fantaseando con la idea de vivir una historia como Michelle Pfeiffer en la película de "Mentes Peligrosas", donde la actriz norteamericana interpreta a una profesora que tiene que impartir clases de literatura en un conflictivo barrio.

Llegó al aula. Tomó su última inspiración antes de abrir la puerta. Se quedó sorprendida con los alumnos, mucho mayores de lo que había imaginado. No estaban tirándose papeles ni peleando ni nada por el estilo, sino que hablaban de pie, en el centro de la sala, de un modo que ella consideró civilizado. Muchos chicos tenían las manos en los bolsillos, lo que transmitía una actitud más bien tímida.

Una de las chicas se giró al escuchar su entrada y se acercó amablemente.

—Tú debes de ser nuestra profesora de inglés. Alba, ¿no?

—Sí —dijo ella sintiéndose tímida ante la desenvoltura de aquella joven.

La joven se dirigió al grupo:

—Venga, sentaos todos —dijo asumiendo momentáneamente el rol de profesora.

Después miró a Alba y le sonrió. A continuación se sentó en la primera fila, en el centro. Daba la sensación de que sus compañeros le habían cedido ese espacio por respeto. Parecía ejercer bastante fuerza en el grupo, como si fuera la líder. Pese a ser menuda, su lenguaje corporal resultaba autoritario. Quizás se debía al hecho de tener un cuerpo muy fibroso, como si toda las mañanas se dedicara a hacer una tabla de ejercicios de flexiones y abdominales. Llevaba unos vaqueros blancos ajustados y deportivas del mismo color, lo que ópticamente creaba la ilusión de que sus piernas eran más largas. Su camiseta de tirantes de tono salmón era de tela muy fina y dejaba ver claramente que no llevaba sujetador. Tenía unos hombros elegantes y definidos a la vez. Su pelo era muy largo y muy liso. Parecía que el control de aquella chica sobre su vida era tal que podría haber pasado todo el fin de semana de rave, escuchando música sin parar, bailando y durmiendo en cualquier parte sin ducharse durante tres días y, sin embargo, habría sido capaz de volver a casa con la misma melena impecable, perfectamente peinada, suave y brillante.

Alba se sentía eclipsada por aquella joven. Envidiaba aquella larga melena y pensó en su ridículo corte, en lo corto que llevaba el pelo y en la cantidad de trabajo que pese a todo le daba. Siempre decía que ella necesitaba cinco minutos para estar lista, pero que su pelo necesitaba media hora más. Le robaba mucho tiempo y siempre tenía tentaciones de cortárselo a lo chico, pero no acababa de encontrar el corte con el que decidirse a dar el cambio. En sus épocas de crisis gustosamente se habría rapado la cabeza si los estándares sociales no hubieran mirado todavía con malos ojos a las mujeres que llevaban el pelo rapado, como si tuvieran alguna enfermedad física o psíquica.

Antes de que Alba pudiera hacer una presentación —tal y como había ensayado en casa delante del espejo—, la joven se le volvió a adelantar.

—Alba —la llamó de nuevo por su nombre—. Después de la clase habíamos pensado ir a tomar algo al bar de la urbanización. ¿Te apetecería venir con nosotros?

Se sintió muy cohibida. Nada estaba saliendo como ella había previsto. Además, no podía aceptar esa invitación, no sería profesional salir a tomar algo con sus alumnos, y menos alcohol, aunque ellos ya fueran adultos.

—Bueno, podemos discutirlo luego, si te parece. Antes me gustaría que empezáramos con la clase —dijo mirando a todo el mundo—. Y sería genial si pudiéramos empezar con una presentación. Me gustaría saber de dónde venís, cuál es vuestra formación, cuánto tiempo lleváis estudiando inglés y qué nivel tenéis y sobre todo las razones por las que queréis aprender inglés.

La ronda comenzó con la chica que siempre tomaba la iniciativa. Se llamaba Aurora y vivía en la urbanización, como todos los demás —había añadido para ahorrarles ese detalle en sus presentaciones al resto—. Aurora había estudiado biología y acababa de terminar la carrera, como muchos de los compañeros que hacían también el curso de inglés —había vuelto a añadir—. Por último explicó que quería mejorar su inglés porque en España no tenía ninguna posibilidad de encontrar un trabajo y sin embargo en Escocía podían ofrecerle una beca de investigación, donde además con el tiempo podría doctorarse. No obstante, para eso necesitaba presentar su solicitud junto con un certificado de idioma.

El resto hizo presentaciones más breves. Muchos habían terminado sus estudios, pero provenían de distintos campos; marketing, publicidad, economía, derecho y psicología. Por regla general, explicaban que el inglés siempre había sido su asignatura pendiente y que nunca habían tenido facilidad para los idiomas.

Alba conocía a muchas personas que tenían ese prejuicio sobre sí mismos y que sin embargo después habían aprendido sin problemas el idioma. Todo era cuestión de la metodología.

Estaban todos en paro. Como muchos jóvenes de su generación, no habían encontrado trabajo pese a ser licenciados. Todo el mundo les había dicho que hasta que no hablaran inglés, no iban a encontrar nada y por lo visto esa era la razón por la que habían decidido empezar el curso intensivo.

Alba prefirió no decir que ella conocía a personas que hablaban seis o siete idiomas y que pese a todo no tenían trabajo. No era el mejor modo de motivar a los estudiantes.

No quería comenzar la clase con la primera lección de gramática, de modo que apostó por un método más interactivo. Había preparado una actividad en la que tenían que trabajar por grupos para representar diversas escenas en las que tuvieran que discutir sobre algún tema de actualidad. Los alumnos podían preparar la participación durante unos minutos y después cada grupo la representaría para el resto de la clase. El objetivo era explorar las estrategias de comunicación y el modo de argumentar. Lo más importante era intentar encontrar los posibles fallos de los compañeros para comentarlos posteriormente. Ella no corregiría a nadie en ningún momento, pero anotaría los fallos y después los comentarían uno por uno tratando de explicar la gramática pertinente para cada uno de los errores cometidos.

La clase fue un éxito y el tiempo pasó volando. Algunos de los alumnos tenían un nivel bastante avanzado, pero les faltaba confianza a la hora de hablar. En el caso de Aurora, por ejemplo, era curioso el hecho de que pese a no hablar tan bien como el resto, tenía mucha más soltura, precisamente porque le sobraba confianza.

Pese a que la clase fue muy buena, Alba se sentía todo el tiempo intimidada por la mirada de Aurora y a veces hasta perdía un poco el hilo de sus explicaciones.

Cuando terminaron, Alba se quedó recogiendo mientras el resto salía y se despedía cordialmente. Se dirigían como habían dicho al bar de la urbanización, a tomar algo. Era verano, después de todo, y aunque estaban haciendo un curso intensivo de inglés, querían disfrutar del buen tiempo y de las terrazas.

Aurora se quedó la última. Se acercó a Alba cuando ya no había nadie más en la sala y le dijo en voz baja.

—Alba, estoy esta noche sola en casa porque mis padres están de viaje de negocios. He pasado una racha horrible últimamente y me encantaría poder hablar con alguien más maduro sobre algunos de mis problemas.

Alba dejó de recoger para mirar con atención a Aurora. Aquello parecía una escena preparada. ¿Había cámaras grabándola?

—Aurora, yo lo siento, pero no me parece profesional.

—Bueno, esto no es ningún colegio ni ningún instituto. Somos todos adultos. Nuestros padres te han contratado como profesora de inglés. Eso es todo.

Aunque su primera petición había sido educada, volvía a aflorar la naturaleza autoritaria de Aurora. Alba se sentía de nuevo intimidada.

Aurora pareció darse cuenta y cambió de estrategia.

—¿Tienes hambre? Porque encima mis padres han encargado un montón de sushi para la cena y va a ser imposible que logre terminármelo todo y es una pena tirar algo tan bueno.

—¿Por qué no invitas a alguno de tus compañeros? Seguro que se alegrará mucho.

—No. No serviría de nada. Sólo hablamos de cosas superficiales —respondió Aurora poniéndose la mochila—. Además, todos estamos metidos en el mismo círculo vicioso de haber acabado con nuestros estudios y no saber qué hacer con nuestra vida —empezó a caminar hacia Alba, acercándose lentamente—. Yo necesito a alguien que me ayude a coger más perspectiva —terminó su frase mirándola directamente a los ojos.

Alba empezó a sudar.

—¿Te gusta el sushi? —inquirió Aurora quien intencionadamente no le daba tiempo a Alba a declinar la invitación. Aurora era hábil. Era muy buena manipulando.

Alba asintió tímidamente sin darse cuenta de que ya estaba perdida.

—Venga, ven a mi casa. Vivo aquí al lado —siguió insistiendo.

Esperaba de pie dándole así tiempo a Alba para terminar de recoger sus cosas.

Alba guardó sus libros en su cartera, pero seguía pensándolo y dándole vueltas. Pese a todo, no era capaz de encontrar ninguna otra excusa. Se sentía demasiado intimidada.

Salieron del club social de la urbanización, donde tenían lugar las clases, y pasaron por delante del bar donde estaba el resto. Todos disfrutaban de una cerveza bien fresca en la terraza. Se saludaron con la mano.

—¿Cojo el coche? —preguntó Alba que todavía iba cargada con su cartera y que también llevaba una carpeta con fotocopias de los deberes.

—No hace falta, de verdad, es que vivo justo aquí al lado.

Cruzando tan solo una calle, entraron a un edificio con un bonito jardín donde había rosas rojas en la entrada. Subieron en el ascensor al último piso. Aurora abrió la puerta y encendió las luces. En la entrada le llamó enseguida la atención un gran jarrón de porcelana. Estaba colocado debajo del retrato de una bella mujer que parecía dar la bienvenida a los invitados.

—Es mi madre —dijo Aurora dejando la mochila en el suelo—. Guapa, ¿verdad?

Alba asintió. El tamaño, tanto del cuadro y como del jarrón, era bastante imponente.

La cocina estaba a la derecha. En la mesa había efectivamente una gran bandeja de sushi y una nota. Aurora cogió un maki de atún con las manos y se lo metió en la boca mientras leía rápidamente la nota y la tiraba a la basura sin hacer ningún comentario.

—¿Quieres beber algo? —dijo con la boca llena.

—Sólo agua —dijo Alba dejando la pesada cartera y la carpeta con las fotocopias en la mesa.

—¿Seguro? Tenemos un vino blanco increíble, es un Chardonnay dulce muy agradable y creo que puede quedar muy bien con el sushi.

—No, de verdad. Sólo agua.

Intentaba ser profesional. No beber alcohol era profesional. Pero, ¿era profesional haber aceptado la invitación de una alumna? Tenía tantas dudas. También intentaba ser autoritaria pero no lo lograba. En esos momentos no paraba de torturarse porque no sabía si estaba haciendo lo adecuado.

Por otra parte, Aurora había sido muy clara a la hora de pedir ayuda. Era muy difícil negarse cuando alguien pedía ayuda de un modo tan sincero. De modo que Alba se había ablandado y eso era humano. Entonces, empezó a pensar, a lo mejor no era tan profesional, pero al menos era más humana. Aunque por otra parte no sabía si tenía que ser profesional o humana en una situación así. No sabía cómo debía comportarse.

Para no sentirse mal intentaba pensar en el hecho de que no era tan problemático estar en casa con una alumna; porque era una mujer, no un hombre.

Mientras ella estaba perdida en su propia lógica y en sus dilemas morales, Aurora había abierto una botella de vino y se había servido una copa.

—¿Estás segura de que no quieres? —preguntó Aurora sonriendo.

Alba volvió a asentir. Pensaba que si no hablaba, a lo mejor conseguía ser más autoritaria. Pareció funcionar, Aurora le dio una tregua.

—Bien, vamos entonces al salón. ¿Me ayudas con la bandeja? —dijo acercándose a la mesa.

—Por mí podemos comer aquí en la cocina. Seguro que es más cómodo para recogerlo todo después.

No dijo que además la mesa de la cocina era bastante grande y si se sentaban cada una a un lado, habría una prudente distancia entre las dos.

—Como quieras —dijo Alba dejando la copa en la mesa y sacando los palillos para el sushi—. Todo está listo, así es que "enjoy".

Alba se sentó en la esquina de la mesa y para su sorpresa, Aurora, en lugar de sentarse enfrente, se sentó a su lado. Buscaba en todo momento el acercamiento.

Empezaron a cenar en silencio. La presentación del sushi era espectacular con varias filas de makis de atún, salmón y langostino con pepino; varias filas de niguiri de atún y salmón y varias filas de california maki con abundantes semillas de ajonjolí. El sushi era de gran calidad. Se notaba que el pescado era fresco y que tenía esa textura de mantequilla que se deshacía en la boca. El arroz no era pesado, sino fino y delicadamente envuelto. Era una delicia disfrutar de aquella comida. Si la situación hubiera sido diferente, podría haber sido una gran cena, pero Alba seguía a la defensiva y observaba con atención todos los momentos de su alumna.

Aurora empezó contándole sus problemas con los estudios y su desmotivación con una universidad que no sabía valorar a los estudiantes con potencial para ofrecerles mejores becas de formación. Ella había sido una de las mejores alumnas pero no le había servido de nada. Al terminar biología, se había encontrado con una constante frustración tras varios fracasados intentos por conseguir una beca de investigación.

—Dentro de tres años habré cumplido los treinta y no quiero estar en la misma situación en la que estoy ahora. No quiero sentirme tan poco valorada.

Le contó que en verdad sus padres habrían podido financiar sus investigaciones, pero que no era su plan de vida seguir dependiendo de sus ricos padres. Lo que necesitaba era que su país reconociera que ella podía hacer algo en el campo de la biología y dispusiera los medios necesarios para tal fin.

Alba comprendía esa situación. Para ella también fue complicado terminar la carrera y descubrir que las oportunidades laborales no eran las que les habían prometido. Ella tuvo que marcharse a Inglaterra varios años, donde encontró trabajo como profesora de español en un pequeño pueblo donde no conocía a nadie. Fue muy duro vivir dos años tan aislada del mundo, pues no le resultó fácil hacer amigos en un lugar donde parecía que todo el mundo ya tenía su vida. La mayoría de sus compañeros de la escuela eran generaciones más mayores, casados y con hijos, y por ello sin tiempo para invitar a sus casas a la joven española que estaba sola. Se pasó dos años sintiéndose aislada y a veces se preguntaba cuál había sido el sentido de estudiar tantos años para terminar en una situación que le deprimía. Los fines de semana se obligaba a salir para despejarse. Durante el día daba vueltas en el único centro comercial del pueblo porque necesitaba tener la sensación de que podía ver a la gente, aunque no se relacionara con nadie. En el centro comercial había tres salas de cine en el último piso, pero sólo podía ir tres veces al mes porque no traían más películas nuevas. En las primeras plantas había tiendas de ropa y restaurantes —había hasta un McDonalds— pero le parecía muy triste tener que ir siempre sola. Hasta que por fin, después de esos dos largos años, le llegó la oportunidad de regresar a España para dar clases de inglés en un colegio privado. Ese verano, además, se iba a sacar un dinero extra con las clases privadas de la urbanización, que estaban bien pagadas. Valoraba poder tener trabajo en su país y no quería perder ninguna oportunidad de seguir desarrollándose profesionalmente. Pese a que recordó todos aquellos momentos con mucha intensidad, no quiso compartir su historia con Aurora, prefería escuchar todo lo que su alumna necesitara contarle.

Con la segunda copa de vino, Aurora cambió el tono de la conversación y habló más y más abiertamente de su vida sexual. Compartió algunas increíbles experiencias que había tenido en las últimas semanas. Contó divertida que la última vez que había llevado a un chico a casa, casi le habían pillado sus padres y que el pobre se tuvo que esconder en el armario por la mañana cuando los padres subieron a despertar a su hija para que desayunara con ellos. Después confesó que hacía dos semanas había estado con una mujer más mayor, una abogada que vivía sola y con quien pasó una increíble noche.

—No te imaginas lo que saben hacer algunas mujeres —dijo Aurora entre bocado y bocado de sushi.

Alba estaba con la boca llena en ese momento y no pudo contestar. Tampoco habría sabido qué decir.

Terminaron de cenar y Alba se alegró de que aquella velada hubiera llegado a su fin. Era el momento perfecto para irse a casa. Seguía sintiéndose incómoda con Aurora, una alumna a la que apenas conocía y que se empeñaba en hablarle con tanta soltura de sus experiencias sexuales. Alba trataba de recordar cuál era el tema en el que aquella chica, que parecía tener las cosas tan claras, había dicho necesitar ayuda.

Aurora se daba cuenta de todas las reacciones de Alba. Era consciente de que se ponía muy tensa cuando le hablaba de sexo, pero quería tantearla. Necesitaba saber si era una persona abierta a nuevas experiencias.

—¿Has estado alguna vez con una mujer? —le preguntó sin parpadear.

Alba negó con la cabeza.

—¿No sientes curiosidad? —dijo Aurora acercándose.

Alba se sintió como una estúpida no habiendo avanzado antes esa situación. Tenía que haber sido obvio cuando le contó la historia de la noche que pasó con la abogada. Aurora se acercó a su cuello e inspiró su aroma. Colocó su mano en su pierna y fue avanzando lentamente hasta su sexo. Alba le quitó la mano lentamente. No quería herirla.

—Yo, no... de verdad que nunca...

—¿Tienes novio? —preguntó Aurora sin alejarse.

Alba negó con la cabeza. Aurora seguía muy cerca. Era como un depredador que sabe que ha capturado a su presa y quiere jugar primero un poco.

—¿Has tenido alguna vez un orgasmo con un hombre? —le preguntó directamente.

Alba volvió a negar con la cabeza mientras aprovechaba ese gesto para alejarse de Aurora y ganar algo de distancia.

—¿Quieres tener un orgasmo? —le preguntó acercándose de nuevo.

Todo daba vueltas. Alba se preguntaba si le habría sentado mal el sushi. Por suerte no había comido nada exótico, sino únicamente los mismos makis de siempre.

Una vez le ocurrió después de ir a un restaurante afgano que se sintió tremendamente excitada y acabó acostándose con un amigo suyo con quien había quedado en verdad para estudiar. Los dos le echaron la culpa al exceso las especias; cardamomo, clavo, canela y un toque picante de masala. Nunca volvieron a hablar de aquella extraña noche. El sexo tampoco fue nada del otro mundo, lo que convertía aquella situación en un recuerdo incómodo. Aquello ocurrió en sus años de universidad, cuando todavía cometía de vez en cuando alguna locura. Sin embargo, hacía ya mucho tiempo que se había serenado y que había entrado oficialmente en el mundo de los adultos.

Ajena a los recuerdos que volvían a agolparse en la mente de Alba, Aurora se sentía muy segura de lo que hacía. Lentamente desabrochó los vaqueros de Alba e introdujo su suave mano con mucha delicadeza. Con pequeños y hábiles dedos alcanzó enseguida el clítoris y lo acarició con mucha dulzura. Alba emitió un gemido. Estaba tan húmeda. No se había sentido así jamás. ¿Qué le estaba pasando?

—¿Quieres venir a mi cuarto? —dijo Aurora poniéndose de pie y sacando su mano de los pantalones de Alba, como si le hubiera mostrado únicamente lo que podía tener si subía al cuarto con ella.

—No, no puedo —dijo Alba abrochándose los vaqueros, aprovechando el breve momento de libertad que su depredador le había concedido.

Aurora se acercó muy despacio, con movimientos casi felinos. La miró a los ojos antes de acercar sus labios a los suyos y dejarle sentir la textura primero de unos labios suaves y después de una lengua dulce y delicada. Como contraste a esa delicadeza, Aurora colocó sus manos en su culo y la atrajo hacia sí con fuerza. Alba emitió otro gemido. ¿Qué le pasaba? Estaba totalmente descontrolada. Por una parte, se sentía como si fuera un instrumento que Aurora sabía tocar perfectamente para crear la melodía adecuada. Por otra parte, era como si esas notas fueran tocadas contra su voluntad, como si no fuera la melodía que ella quería escuchar.

O tal vez tenía demasiado miedo de escuchar esa melodía y descubrir que le gustaba…

SOBRE LA AUTORA

"No puedo dejar pasar un día sin sentarme a escribir." S. Barberá

S. Barberá nació en Francia (1985) y se crió en España. Desde temprana edad se decantó por el mundo literario escribiendo relatos que sólo ella entendía. A veces arreglando papeles en su cuarto aparecen todavía textos manuscritos, así como obras mecanografiadas con una vieja máquina de escribir que se convirtió en inseparable compañera durante su juventud.

Licenciada en Periodismo y en Comunicación Audiovisual por la Universidad de Valencia, S. Barberá decidió ampliar su formación artística con estudios de Fotografía y con un Master de Literatura y de Teatro.

En 2010 obtuvo una beca para estudiar en Estados Unidos. Fue durante su Master en Escritura Creativa, cuando por fin encontró el impulso que necesitaba para lanzarse a dar a conocer sus obras.

Punto Ciego (2014) y *Generación Nutella* (2015) son sus primeros libros. Ambos han sido publicados en *Amazon Publisher.*

CITAS

Extraídas de *Stummbling on Happiness* de Daniel Gilbert.

1 "Fue así cuando aprendí que los errores son interesantes y empecé a planear una vida que contuviera varios de ellos."

2 "(Sobre) cómo y cuan bien puede el cerebro humano imaginar su propio futuro, y (sobre) cómo y cuan bien puede predecir cuál de esos futuros disfrutará más."

3 "Cuando se le pregunta a las personas cuánto piensan sobre el pasado, el presente y el futuro, afirman pensar sobre todo en el futuro."

4 "El hecho de que la experiencia no es observable para todo el mundo sino para la persona que la tiene."

5 "Por lo visto, es posible —al menos para algunas personas algunas veces— estar felices, tristes, aburridos o sentirse curiosos, y no saberlo."

6 "La mayoría de nosotros recordamos un caso en el que hicimos el amor con una pareja atractiva o comimos un postre delicioso, solo para darnos cuenta de que fue mejor contemplar el hecho que consumarlo."

7 "En pocas palabras, no quieren decir *feliz* del mismo modo que nosotros queremos decir *feliz."*

8 "Se nos da mejor comparar algo que estamos experimentando en el momento de algo que experimentamos en el pasado."

9 "Porque la felicidad emocional es una experiencia, sólo pueda ser aproximadamente definida por sus antecedentes y por su relación con otras experiencias."

10 "Nadie sabe lo que es realmente la felicidad."

11 "Pero algo con lo que siempre podemos contar es con nuestra experiencia."

12 "¿Por qué fracasamos con tanta frecuencia a la hora de saber qué nos hará felices en el futuro?

13 "Tomamos decisiones sobre, dónde trabajar, con quién casarnos, cuándo tener hijos, cuándo jubilarnos; y nos basamos en gran medida en nuestras creencias sobre cómo nos sentiríamos si un evento ocurrió mientras que otro no."

14 "Tu error estaba en tu forma de tratar irreflexivamente lo que imaginabas como si fuera una representación exacta de los hechos."

15 "Por lo visto, ganar el control puede tener un impacto positivo en la salud y en el bienestar de uno, pero perder el control puede ser peor que no haberlo tenido nunca."

16 "No podemos sentirnos bien sobre un futuro imaginario cuando estamos ocupados sintiéndonos mal por el momento presente."

17 "Erróneamente concluimos que nos sentiremos mañana como nos sentimos hoy."

18 "Determinar si pensamos algo como una ganancia o como una pérdida depende de las comparaciones que estamos haciendo."

19 “El *presentismo* ocurre porque fracasamos a la hora de reconocer que nuestro *yo* futuro no verá el mundo del mismo modo en que lo ve en el momento actual.”

20 “La gente recuerda su propio pasado de forma distorsionada, por medio de recordar lo que una vez pensaron, hicieron y dijeron en lo que ahora piensan, hacen y dicen.”

21 “La gente de todas las edades y en todos los ámbitos de la vida parecen arrepentirse más de no haber hecho cosas que de haberlas hecho.”

13126700R00199

Printed in Poland
by Amazon Fulfillment
Poland Sp. z o.o., Wrocław